王干文集

王干 著

王干随笔选

作家出版社

图书在版编目（CIP）数据

王干随笔选 / 王干著. -- 北京：作家出版社，2018.1（2021.1重印）
（王干文集）
ISBN 978-7-5063-9711-7

Ⅰ.①王… Ⅱ.①王… Ⅲ.①散文集—中国—当代
Ⅳ.①I267

中国版本图书馆 CIP 数据核字（2017）第 229863 号

王干随笔选

作　　者： 王　干
书名题字： 沈　鹏
责任编辑： 赵　莹
装帧设计： 鸿儒文轩 · 书心瞬意
出版发行： 作家出版社有限公司
社　　址： 北京农展馆南里 10 号　　**邮　　编：** 100125
电话传真： 86 – 10 – 65067186（发行中心及邮购部）
86 – 10 – 65004079（总编室）
E – mail: zuojia@zuojia. net. cn
http: //www. zuojiachubanshe. com
印　　刷： 三河市华东印刷有限公司
成品尺寸： 155 × 225
字　　数： 319 千
印　　张： 27.5
版　　次： 2018 年 1 月第 1 版
印　　次： 2021 年 1 月第 2 次印刷
ISBN 978-7-5063-9711-7
定　　价： 78.00 元

目录

王干随笔选

·前　后·

·东　西·

·南　北·

·新　旧·

·左　右·

潜京十年

·第一章　起居·

·第二章　看客·

·第三章　坛子·

·第四章 球迷·

·第五章 怀乡·

·第六章　他乡·

·第七章　互文·

王干随笔选

前后

人生的三种颜色

三个朋友在开往远处的车上聊起了自己的个性和人生态度，说着说着就不由自主地与三种液体联系上，分别是酒、咖啡和茶。

酒是一位性情中人，做事为人大刀阔斧，有领袖风采。爱喝酒的人大都有朋友缘，餐桌上相识的不相识的，熟悉的不熟悉的，有利益关系的没利益关系的，三杯五杯下肚，往往称兄道弟，往往热情迸发，往往豪兴激增，霎时间四海之内皆朋友。因为酒，一位交际广泛而效率极高的人，他做生意白手起家，很快成为该市企业的“多少强”，他写诗，一个晚上能洋洋洒洒几百行。当然，这位老兄喝多了，也会对手下动点粗，第二天，惶然无知。一个身上充满酒精气息的人，你会感到他的活力，这活力必须与事业理想紧密相关，否则与暴力和虚无也常常分不开。在车上，他自我解嘲说，喝多了，就倒下了，就什么也做不了。酒精是人类奇怪的伙伴，人们欢庆时喝酒，痛苦时也爱喝酒。很多的国家都下戒酒令，但从来没有真正戒成。据说俄罗斯是酒鬼最多的国家，但就这个带着酒气的民族在“二战”时彻底打败了不可一世的德国法西斯。

爱喝咖啡的人，往往需要背景，需要装潢有特色的环境，需要那么一点温柔的音乐，当然还需要人群，需要穿行其间的侍者。咖啡馆是交际的场所，也是休闲的空间。咖啡馆里很少有隐秘的包间，在咖啡馆里大多是做一些透明的事，比如男女第一次约会往往是在咖啡馆，而不大聚餐，男女聚餐往往是暧昧的开始或暧昧的终结。喝咖啡有时也做些交易，但往往是水到渠成的形式，若是公关一般要放到酒楼去。喜欢约人喝咖啡的人，往往是看上去慢性子，其实是急性子的人。慢是因为咖啡只有一杯，不像喝酒那么一杯接着一杯干，也不像茶水那样可以不断地续，喝咖啡者虽有续杯的，但较少见，而且咖啡的内在力量也远在茶水之上，甚至超过酒。时常见到喝一大瓶白酒的人，但很少见到能喝一斤咖啡的，一斤咖啡水的容量不可怕，但饮那么多的咖啡恐怕心脏要爆炸了。喝酒者更多的是在自我表演，而喝咖啡者难免不抱有看客心态。因而好泡咖啡馆的，往往是对人生有些看透或偷懒的人，法国不少作家喜欢在咖啡馆写作，看上去有些不可思议，因为一般看来写作是要安静的环境的，但明白写作者的那种看客心态，就觉得挺正常的了。

茶在饮料中恐怕算是最有文化含量的，现在遍布城市大街小巷的茶馆、茶楼都是打“茶文化”的牌。茶是文化的载体，但现在的茶楼和茶馆与茶文化的关系并不特别密切，反而与“牌文化”和“赌文化”联系紧密，现在很多地方的茶楼差不多是“牌楼”的代称，大家聚在那里“斗地主”。茶道是唐代文化传到日本之后现在出口转内销的，茶道有很多的讲究，比如讲究个“圆”字，即茶道的表演者出手收手都得画出一个“圆”，像打太极似的，这倒深合中国的处世哲学。现在选择喝茶很少为了观赏茶道的，多半是一种社交的方式。温水泡茶慢慢浓，说的是喝茶的经验，也是人生的一种境界。约人喝茶者往往是把自信隐含得很深，不轻易出手也不敢轻易出手，但出手则有必胜的把握。茶越喝越淡，如果三开不见成效，双方则陷入尴尬的境地；换茶重沏一道茶，则表明双方喝出了味道，有戏。不过，喝茶还是“酒余”或“饭余”，用于解酒或消食，当然也是用来进一步强化友谊和信任的方式，是进一步确认和稳固。茶培养人的耐心和忍性，也消蚀人的创造力和力比多。茶表面上看去温和并不刺激，但茶喝多了喝迟了往往会失眠，而失眠让你觉得无由头。第二天早晨，才恍然想起：嘿，昨晚喝茶喝多了，失眠了。

酒辣，茶涩，咖啡苦，三种味道都是人生中必然会品尝的滋味。喝酒需要群体，茶对饮更合适，而咖啡往往伴随着孤独，也是人生经常出现的境地。我个人认为，这三种饮料时常混杂于一个人的身上。碰到不同的人往往喝的不一样，与老友和好友相聚当然喝酒，与女性喝咖啡显绅士风度，与闲人喝茶最合适。不同心情喝的也不一样，喜庆自然需要酒，闲适喝点茶，苦闷来杯咖啡或许会缓解一些。不同年龄喝的也不一样，青年好酒，中年宜咖啡，晚年品茶。不同的空间也喝的不一样，你不能在小酒馆里喝咖啡，也不能在茶楼里喝酒大声喧哗，当然喝茶是个例外，路上车上都能喝，屋里屋外都能喝，但品茶就有很多讲究了。

题目叫《人生的三种颜色》，酒，色最淡，但力量最烈；咖啡，色最浓，味道最苦；茶，色不浓不淡，是最普通的人生色彩。美酒加咖啡，不是人生，是艺术，是娱乐，娱乐至死也是一种不负责任的活法。

三　铭

我的墓志铭

有一位诗人这样写道：“卑鄙是卑鄙者的通行证，高尚是高尚者的墓志铭。”有点警句的味道，也有点愤世嫉俗的味道。我是很喜欢这两句诗的，并嘱咐家人，假如有一天本人“壮烈”了，就以此作为墓志铭。可我现在改变了，我不想让它作为我的墓志铭了，我有了新的墓志铭。

这次的内容不是抄袭别人的，是我自己生病的时候想起来的。这次高烧四十度，头昏脑涨，思维出奇地活跃和灵敏，居然生出很多美好的构想和美妙的愿望，当然更多地是在思考生老病死这些所谓“永恒的主题”。情绪有点低落，心境倒也坦然。在想象死后的情景时，发现刻在墓碑上的铭文不那么恰当，还滞留着年轻时的稚嫩和单纯。将人简单地分为“卑鄙者”和“高尚者”两类实在是牵强，“卑鄙”和“高尚”是形容灵魂和品德的。品德在小学生的评语里可以说得很清楚，以后就难说了，可以见仁见智。灵魂的事最讲不清楚，在基督看来，我们生来就充满了罪恶，哪有高尚可言？更何况有些言行看似高尚的人，灵魂说不定很卑微，很猥琐。相反，有时候一个人的言行让人看了十分可恶，他的灵魂可能非常纯净。十多年前看电影《巴黎圣母院》，非常憎恨那个名叫克洛德的教父，但现在想来，生活中有克洛德这样的人很正常。文学作品将他衣冠楚楚的外表和邪恶的灵魂深刻地揭露出来，才引起人们的憎恨，生活中那些无法看到的丑恶心灵，我们为什么不憎恨呢？电影和小说的作者对这位教父还是留有几分同情，克洛德的邪恶主要是源于宗教对人性的戕害，他渴望美，追求美，他对吉卜赛女郎艾斯米拉达的倾慕、向往和追逐本身很难说不是人性的流露，只是他的人性被神性扭曲了，所以他卑鄙而邪恶。那么与他构成鲜明对照的夸西莫多就是高尚者么？我现在产生了怀疑。敲钟人和神父同样爱慕美，同样追求美，神父想占有艾斯米拉达，敲钟人进行了阻止，这可谓保护美。“占有”与“保护”之间是一种对立，但都是出于一种男性对女性的主宰心理，卡西莫多是因为知道他不可能占有，所以他必须保护，既然不能得到，也就不能让别的男人得到艾斯米拉达。这是敲钟人的潜意识。当我们称赞敲钟人夸西莫多时，是不是也把自己置于敲钟人的位置上来看待巴黎圣母院内外发生的一切呢？

我最近在研读美学著作时发现美丑只有一纸之隔，这张纸是透明的，是人为想象出来的界限，就像人类为了研究地球的方便，把地球画出回归线、南北极、赤道一样，这些线在地球上根本不存在，完全是人为的结果。美与丑的界限与回归线一样，本不存在，混沌难分，人们需要它存在，于是就有了一张透明纸之“隔”，实际上“隔”是不存在的。所谓“丑学”“化丑为美”“丑恶美”等等只不过是打通了这张透明的纸，与世界重新混沌一体。于是习惯于“隔”的人便产生了晕眩，产生了困惑。

我最推崇的那两句墓志铭便犯了划清界限的错误，人活着的时候总是希望四处通行，死了以后别人才会注意到他的墓志铭。墓志铭往往不是一个人的总结，有时恰恰是他的开始。他的忏悔、他的没有实现的理想可能借助墓志铭来实现。他人撰的不算数，最明白的是自己。所以，我的墓志铭暂时保密，请读者原谅。

我的陋室铭

在文人下海成为社会新闻一大景观的今天，刘禹锡的《陋室铭》基本上成了文人自我安慰、自我陶醉也是自我麻醉的法宝。“山不在高，有仙则名。水不在深，有龙则灵。斯是陋室，惟吾德馨。”后来有人把《陋室铭》中自清的境界改为非常俗气的楹联“花香不在多，室雅何须大”，这与刘禹锡安贫乐道、自视清高、独善其身的文人心态相去甚远了。

“陋室铭精神”并非自刘禹锡始，有史记载以来，中国古代的知识分子在不能施展鸿图大业，不能拥有更大的精神空间和生存空间的时候差不多都是遵循这一原则活下来的。连中国现代史的大师鲁迅也难例外，“躲进小楼成一统，管它冬夏与春秋”。在商贾高于文人的今天，“陋室铭精神”难免显得懦弱和迂腐，甚至有点阿Q气，但毕竟是知识分子唯一的保护伞和一层难与世俗混淆的保护色。

人活在世界上总是要有居住空间的，这空间至少有形而下和形而上两个层次，第一个层次是物质的，第二个层次则是精神的。无论是精神的还是物质的，人们总是希望自己占有的空间能够广阔些、辉煌些。在某种意义上，人的全部价值或许就在于建造一个属于自己的空间。现在居住在我楼下的高晓声曾写过一篇优秀小说《李顺大造屋》，以前我也始终认为这是批判极“左”路线对农民生存和精神的戕害，现在发现李顺大的造屋与秦始皇修建阿房宫在精神领域里是等值的，他们都是尽自己的最大力量去营造一个属于自己的空间（在这样的空间里，因为人的努力达到极限，精神和物质的空间便重合于一体），虽然规模、形式有着极大的差别，但质是一致的、相同的。刘禹锡的意义就在于他知道不能拥有两种同样广大的空间，不能求得物质的“山高”“水深”，只能保持“名”与“灵”这样“德馨”的抽象空间去与“陋室”抗争，从而达到一种心理平衡，获得一种精神的解脱。除此之外，又有什么办法呢？

虽然同样居于陋室（刘禹锡的陋室多半是一种自谦，或者是与庙堂之高相比而言，比吾等的居住之所不知要大多少倍），但我始终不能对其传世之作《陋室铭》产生共鸣和认同。可能是我的心灵深处有许多卑污之念尚未澄清，更主要的是我的精神空间的狭窄远远没有达到“仙”“灵”这样空阔神渺的境界。现在居住在陋室之中，我常常感到是自己的无能以及由这种无能所带来的烦恼与悲哀。两千多年前，孔子就告诫我们：“君子居之，何陋之有？”我是多么渴望自己早日成为“君子”，进入“何陋之有”的状态啊。遂作陋室铭以志之。

我的座右铭

最早知道“座右铭”这个词还是刚上小学的时候，是“要把老三篇作为座右铭”的时代。当时实在不知道“座右铭”为何物，但对它充满了敬畏之意，甚至懵懵懂懂地把它与毛主席他老人家在《为人民服务》中提到的李鼎铭先生混为一谈。我常常因此而惭愧自己的幼稚与糊涂，始终搞不清它们之间的关系。

十年之后读大学，我才真正明白“座右铭”的含义。它原是一种文体，古人写完之后把它放在座位的右边，用以自警、自律、自奋，表达一种做人的准则，一种志向或一种情结。并知道了它的出处。“座右铭”典出《文选 · 崔核〈座右铭〉》一文：“瑗兄璋为人所杀，瑗遂手刃其仇，亡命，蒙赦而出，作此铭以自戒，尝置座右，故曰座右铭也。”我恍然大悟，虽然以前没有弄懂“座右铭”的本意，但我所信奉的“座右铭”却早已存在。

我曾经把保尔 · 柯察金的名言贴在床头：“人最宝贵的东西是生命，生命属于我们只有一次而已。人的一生应当这样度过：当他回首往事的时候，不因虚度年华而悔恨，也不因碌碌无为而羞耻，这样，他在临死的时候就能够说：‘我的整个生命和全部精力，都献给了世界上最壮丽的事业——为人类的解放而斗争。’”这其实不是我一个人的座右铭，而是一代人的座右铭。近来读到王蒙先生的长篇小说《恋爱的季节》，发现这是从 20 世纪 50 年代到 70 年代中国几代青年人的有限的几条人生定理之一。我不想奚落自己曾经坚贞不移地要侍奉到底的警句和格言，但我已经不能够以它作为自己的座右铭，因为我虽年过而立，离人生之旅的终极在正常情况下还有比较漫长的距离，可现在我已经不能说自己“整个的生命”和“全部的精力”都“献给了世界上最壮丽的事业”。在很长时间内，我觉得自己所作所为不用说“最壮丽”了，就是离崇高、正直、人格这些次强烈的“旋律”也相差甚远，常常为一己的私利、自我的生存、个性的发展消耗了很多的精力，度过了许多苍白而不壮丽的生命岁月。我倘若再把它置于“座右”，那无疑是可恶的亵渎。

可人似乎又不能没有类似“座右铭”这样的生存原则和生活理想，就好像在茫茫的大海上不能没有航标灯似的。可当你把某种信仰、某种蓝图作为一种终极价值来寻求时，你又会被不由自主地嵌入到一种缺乏弹性的结构之中，你的灵性、你的自由、你的张力、你的超能可能因为这一坐标位置的确定得到空前的发挥，但更可能因为已经固定的结构而受到束缚、受到窒息。人在怎样的意义上实现自我价值，古今中外很多的哲人作过很伟大的研究和阐述，“座右铭”只是极为寻常的一种立志方式，但立什么样的志，志能否真实而不虚幻，志与人的充分发展是否冲突，又有谁能说得清楚呢？

我揭去了旧日的“座右铭”，不是为了告别一个时代，而是为了埋葬一段自己虚假而矛盾的人生，重新在玻璃板下压上用毛笔写的两个字：自然。以表示自己不再勉强去追逐什么，不再刻意去表现什么。

可做起来又谈何容易！我时常感到自己生活得不那么自然。

向鲁迅学习爱

我读鲁迅的作品很迟，好像是1972年，我刚开始上初中，不是在教材上读到的，而是自己从新华书店里买的一本《彷徨》看的。说实在的，第一次看鲁迅并没有特别喜欢，而是带着好多的疑惑。那本小说集是人民文学出版社出版的，但扉页收有《彷徨》第一版的封面，我看了以后也非常奇怪，鲁迅怎么到私人书店出书呢？最大的疑惑是小说的内容，当时的文艺流行“三突出”理论，我们的老师比较热衷于文学，按今天的说法也应该叫文学青年，他专门给我们讲“三突出”的原则：在所有人物中突出正面人物，在正面人物中突出英雄人物，在英雄人物中突出主要英雄人物。我当时刚弄懂这一原则，去套用鲁迅的小说，就发现鲁迅的小说没有一篇能够对上，鲁迅的小说中甚至没有一个正面人物，遑论英雄人物了。《彷徨》的第一篇是《祝福》，祥林嫂是一个受害者，有点逆来顺受的味道，最多也是怀疑，没有白毛女式的愤怒和反抗，这让我大失所望。虽然我知道鲁迅是新文化运动的旗手，是思想家、革命家、文学家，但在那个时代里，他的文字风格其实是与流行的文风有些

“隔”的，与我们的阅读期待有距离，我们的阅读期待是《艳阳天》《金光大道》那样的以阶级斗争为主体的作品。

虽然不喜欢鲁迅的小说（其实是读不懂），但我喜欢摘抄鲁迅的格言，我在自己的笔记本上摘录了好多鲁迅的语录，像“战斗正未有穷期，老谱将不断袭用”“有缺点的战士终究是战士，完美的苍蝇终究是苍蝇”“不是在沉默中爆发，就是在沉默中死亡”等等，都是写作文的好句子。当时的作文以大批判为主，除了引用毛主席语录外，便是鲁迅的格言了。毛主席的话基本是宏大叙事，往往没有太具体的针对性，而鲁迅的话全是点穴式的到位，更具有战斗力和杀伤力，特别是要贬损反动派的时候，你觉得引用鲁迅真过瘾。

那时候中学教材也有鲁迅的小说，但始终看不太明白，朦朦胧胧，只有印象，说不出个所以然来。只记得《故乡》的景色描写给人的印象很深，孔乙己的“窃书不为偷”很好笑，至于小说的妙处和深刻处就说不上了。

《伤逝》是鲁迅小说中唯一让我一读就喜欢的作品，那种特别欧化的句式和饱含激情的叙事态度在“文革”时期简直就是天外来客，仅这一篇《伤逝》就让我觉得鲁迅特别的可爱，让我觉得鲁迅也有巴金《家》里的炽热和忧伤，不只是冷峻和冷讽。当然，喜欢《伤逝》还因为他写到了爱情，我们年轻时都希望在小说里读到爱情，而鲁迅的小说除了《伤逝》外，一点也不“小资”。鲁迅《伤逝》里写了爱情的悲剧，写得那么凄伤优美，弄得我们后来一写情书就“如果我能够，我要写下什么什么”那般悲痛。

真正让我喜欢上鲁迅的，是他的《野草》。20世纪70年代后期，我第一次读到《野草》时被《野草》里奇美的意象和极端鲁迅个人化的气势打动。《野草》写得就是年轻，它对应的是一颗年轻的心。

《野草》有《伤逝》的热情和气象，有一段时间我疯狂地喜欢《野草》，经常高声朗诵，甚至将自己的笔名也与《野草》挂上了钩，叫“野草之”。虽然这个笔名从来没有发表过一篇作品，但我在好多购买的书上不写自己的本名王干，而写笔名“野草之”，我模仿《野草》写了好多散文诗一样的习作，表达少年时的烦恼和郁闷，署名一律“野草之”。

鲁迅的作品对我个人生活发生巨大影响的是《两地书》。

“野草之”的文章从来没有见诸报刊，但有着特别的价值，用它“发表”的作品是我一生中最得意的“个人化写作”。从 1978 年开始我用“野草之”给我的女朋友写情书，一直到结婚，前后有五年的时间，字数抵得上一部长篇小说。像那个时代的很多人一样，我当时的女朋友也是一个文学青年，我最初和她的交往当然是互相交换作品看，我把自己署名“野草之”的诗歌给她看了，她对诗歌没有太多的赞许，但对笔名称赞不已，说这笔名就是一首最好的诗。后来我试探着给她写情诗，但用的是“创作”的名义，她开始还是以旁观者客观地评价，到后来就“和”了。你来我往几次之后，有一天，她红着脸问我：你看过《两地书》吗？我一愣，脸也红了，我知道这是鲁迅和许广平的通信集，里面还有一些让人脸红的句子，情急之下，我说：你有吗？能借给我看看吗？我当时的女朋友居然有一套《鲁迅全集》，这也让我特别羡慕。她下乡插队时，父母的单位可以赠送一些东西，一般人都索要铺盖一类的生活用品，而她却要了一套《鲁迅全集》，这让所有的人感到意外。高考之后，这套全集在我们班上就特别的“牛”，我们经常向她借书看。《两地书》是她最喜欢的书，她第一次借给别人看。我那一次向她借了《两地书》以后，我们就开始模仿《两地书》，通信，我的署名便是“野草之”，对她的称谓也学鲁迅称广平兄一样称她 ×× 兄。我和我的女朋友在毕业分配之后，又有一段两地分居的日子，通信由原先的虚拟变成了真正的两地，通信就更频繁了。后来我们把通信集装订起来，也叫《两地书》。

现在的年轻人会觉得我们如此平庸，连情书都没有一点创意。生活在那个时代的年轻人经常会把文学当作生活的教科书，我们那个时代的年轻人对情书的了解和运用，几乎全是从《两地书》开始的。《两地书》不仅具有文本上的意义，它告诉我们如何运用情书这一文体，更重要的是鲁迅这么一个文化伟人，在和那么多“敌人”战斗的同时仍然儿女情长，仍然寸心柔肠。“怜子未必不丈夫”，他让我们明白爱情不只是小资产阶级的事，卿卿我我并不影响一个人的伟大，爱情，在伟人和凡人的生活中，都应该有位置。《爱情的位置》是刘心武的一篇轰动全国的小说，你想连爱情的位置都要讨论，可见我们当时生活在怎样的环境里，在我们阅读这篇小说之前，我们就确定了爱情的位置，因为有鲁迅的榜样，有《两地书》这样的爱情范本，我们就敢去爱。

对鲁迅的崇拜，一段时间让我在生活中暗暗模仿他说话的口气和手势（当然是想象的），连发型也理成鲁式的板寸。但久而久之，我发现我成不了鲁迅，我个人的气质和性情与鲁迅相距甚远，连模仿秀也秀不好，也不敢像有些人亲切地把鲁迅简称为“先生”，我是不配做他的学生的。

老舍与说话

我是一个南方人，到现在北京话也不能听个百分百，要是真正的老北京老胡同说起地道的老北京话来，我就接不上茬。至于说嘛，也只能用一用流行的词儿，发音有时还跑调。但我很喜欢北京话写成的小说，比如王朔，我对他最初的认同不是他的价值观念，也不是他的小说形式，王朔小说的价值观念固然有他的突破性，但王朔所体现出的价值观，在他之前的徐星和刘索拉以及陈建功、张辛欣等人的作品中已有表达，王朔的小说形式基本上是写实，有时还借鉴一点国外通俗小说的路子，说不上有什么惊世骇俗。王朔真正的价值在于他的语言，记得我第一次在《人民日报》上发表评论王朔的文章，便是用《王朔的新京味小说》这个题目，据王朔自己说，这也是他第一次被官方的报纸评介。王朔的语言影响的不仅是文学，还有影视，还有媒体，更有网络，现在打开报纸和网络，一不小心就能看到一个王朔味十足的标题。

我对王朔语言的认同受到老舍的影响。很多人不知道我曾经是一个有点疯狂的老舍迷，我见老舍的书就买，买了就读，有一阵我读老舍的作品，就像有人读金庸的小说上了瘾一样，看了一本还想看第二本。我可能把老舍的小说（至少 1985 年前出版的小说）全部看完了，我知道这在同龄人中不多见。我起初看老舍的小说是因为《沙家浜》里沙奶奶有句台词，叫“那敢情好”，我们的语文老师认定这是错别字，应该是“感情好”，并写信反映到上级部门，后来上面解释说“敢情”是北京的方言。我当时就有些疑惑：《沙家浜》说的是我们江苏苏南的事，怎么用起北京方言呢？这该是样板戏的败笔吧？我把我的想法告诉语文老师，语文老师胆战心惊地警告我，不要乱说，不许怀疑样板戏。尽管如此，但我对北京的方言留下了深刻的印象，这“敢情”仿佛外语似的，引起了我极大的兴趣。粉碎“四人帮”之后，老舍是最先解禁的作家之一，他的《骆驼祥子》《龙须沟》《茶馆》很快“重见天日”，虽说是“重见”，对我们这些在“文革”中读完中小学的青年来说，却是“首见”，非常新鲜的。坦率地说，我第一次看老舍的《龙须沟》《茶馆》的剧本并没有感到特别激动，只是感到琐碎，感到一些“无聊”的人在说一些无聊的话，与我心中的理想主义和英雄主义期待相差甚远。那时候北京人艺上演的话剧是郭沫若的《蔡文姬》，没有电视，有广播放演出的录音，我们喜欢听郭沫若带诗味的话剧。但等我读《骆驼祥子》时，我被祥子的命运打动了。在我以前阅读的小说中，从未读过像《骆驼祥子》这样以所谓“中间人物”为主角的作品，也从没读过这样零度感情呈现的生活状态、原生态的小说，我也不明白文学史为何说它有批判现实主义的倾向，如果这样的话，批判现实主义是不是比现实主义更有力量？或许从那时起，我就开始对现实主义的问题进行思考，之后才会有“新写实”之类的话题，其实“新写实”就是一种回归，回归到老舍式的现实主义上面来，当然融进了新的技巧和观念。

这是后来的潜移默化的影响，当时对我影响最深的是他小说的语言。在这之前，我常常听人说“学生腔”这个词，我并不是太明白，我甚至觉得那些学生腔还是一种文采呢！可我读了老舍的小说之后，明白了什么是学生腔，明白了什么是小说的语言，小说不是文采，小说是生活。记得《骆驼祥子》的开头这样写道：“我们所要介绍的是祥子，不是骆驼，因为‘骆驼’只是个外号；那么，我们就先说祥子，随手儿把骆驼与祥子那点关系说过去，也就算了。”地道的口语，地道的北京话，没有摆出一副教师爷的架子，也没有做出一副学问家的样子，像是聊天，又像是侃大山，完全是生活化的叙述。老舍小说发出的那种特殊语言的魅力，深深地吸引了我，我后来又买了《离婚》《二马》《四世同堂》《正红旗下》等小说，一本一本地看，着了迷。更重要的是我对北京话的表现力简直推崇备至，我在老舍小说中不仅找到了“敢情”一词，还发现“敢情”除了“那敢情好”的语义之外，还有另外的用法，比如《骆驼祥子》中“怨不得你躲着我呢，敢情这儿有个小妖精似的小老妈儿”，这儿的“敢情”是指发现了原来没有发现的情况和“那敢情好”的当然之意不同。

老舍小说中大量的北京方言并不造成阅读障碍，在语境中能明白意思，但我不过瘾，为了更好地了解小说，也是更好地了解北京话，我还专门买了一本北京大学出版社出版的杨玉秀编著的《老舍作品中的北京话词语例释》，像读词典似的，读得饶有兴趣，我终于能明白钱钟书读词典为什么读得津津有味了。所以 1987 年到《文艺报》工作不久，我时不时地蹦几句北京话来，让同事们一愣：你刚来不久，倒学得快！其实我只能说词儿，连不成句子，那些词都是当初读书读来的。

我是通过老舍的小说来了解北京，并且爱上北京这座城市的。除了对老舍小说中的语词感兴趣，我对北京的地名也充满了兴趣，所以没有到北京之前，我对北京的地名已经很熟悉，因而一到北京就感到格外地亲切。北京城的可爱，除了历史、文物、风景之外，老舍也是北京文化不可缺少的一部分。我老觉得文学史对老舍的评价没有到位，就文学本体的价值而言，老舍和鲁迅是一样的高峰。如果就语言的影响而言，他仅次于毛泽东、鲁迅，他们对中国社会文化特别是语言的影响，随处可见。以前我不明白汪曾祺、林斤澜为什么老爱模仿京腔说话，也不明白北京人艺的艺术家为什么推崇老舍，但你到了北京，你就会发现老舍与这座城市是融在一起的，你会发现北京话是那么的迷人。

我常常听人说一本书、一个作家改变了一个人的一生，有时候会觉得那是一种夸张，如果说谁的作品改变了我的一生，我自己觉得也有些矫情，可他又确确实实影响你的人生进程。比如我吧，两进北京，就是对北京城的一种迷恋，对北京文化的钟爱。第一次到北京是个青年，有闯天下的成分，1989 年回到南京。十二年之后，年近不惑，在南方已经过得上小日子，但北京在我心里仍然是一个巨大的诱惑，有时候你会感到那种诱惑在心里燃烧，禁不住让我又重返北京，很多人奇怪，虽然这些年有到上海、广州、昆明和其他城市发展的机会，而且条件还不错，但我知道这些城市的精神和我没有血脉上的联系，我自己知道我的血液里有北京文化的基因，我宁可和那些刚分配的大学生住在一起。因为我能走在老舍写到的那些胡同里，呼吸到老舍小说里的空气，在北京的阳光和风里生活，哪怕有“非典”，有沙尘暴，那也是一种亲切，一种关怀。

汪曾祺与生活

“很多歌消失了。”

汪曾祺在《徙》的开头写道。

很多人也消失了。汪曾祺也消失了。他的“歌声”依然在文坛回荡，他的文字永远不会消失。

汪曾祺，一个奇怪的名字，就这样躺进了文学史。

很多人喜欢汪曾祺，有人甚至是疯狂地喜欢。汪曾祺像一阵清风在中国文坛刮过，让人眼前一亮：哦，小说可以这么写？！现在的年轻人体会不到当初我们读到汪曾祺的那种新奇、兴奋和不安，《异秉》《受戒》《大淖记事》《陈小手》那样一批小说让好多的评论家和学者大跌眼镜，也让年轻的作者和读者如痴如醉，有人这样评论汪曾祺的小说：“初读似水，再读似酒。”奇怪的是当时正是现代派和先锋派大行其道的时候，仿佛是一种讽刺，汪曾祺以地道的汉语风味广受青睐。年近六旬的作家成为年轻人的偶像，包括好多狂傲的自以为是的先锋派和后来以国际性写作为标准的准国际作家也在老先生面前甘作弟子。

我第一次读汪曾祺的小说的时候，并不是在他大红大紫的时候，而是在“文革”期间。我小学毕业的时候，暑假在外婆家，从四舅的抽屉里翻到了一本旧的《人民文学》，上面有一篇小说叫《王全》，很耐看，也觉得有点怪，印象极深，但并不知道是汪曾祺写的，直到后来看到《汪曾祺小说选》时，才恍然大悟。很多人都是因为读了《受戒》《大淖记事》才慢慢了解汪曾祺的，我则是读了《异秉》之后就对汪曾祺感兴趣的。《异秉》当时发表在顾尔谭主编的《雨花》上，很少有刊物转载，也很少有人评介，而那一年我却碰巧订了《雨花》。《异秉》我看了之后的第一感觉像新中国成立前的人写的，与我父辈的生活极其相似，更重要的是小说的功力力透纸背。等读到《受戒》《大淖记事》之后，就更加激动了。不仅因为他写的是家乡的生活，而是他把“新中国成立前”的生活也写得那么美。孙犁也是写生活美的高手，但他写的都是劳动人民，而且都与抗战有关。汪曾祺写的都是市井，与抗战也无关，最让我震惊的是他在《大淖记事》里写到巧云被刘号长奸污之后，居然没有《白毛女》里那种愤怒和反抗，“巧云破了身子，她没有淌眼泪，更没有想到跳到淖里淹死。人生在世，总有这么一遭”。我原先脑子里的阶级斗争观念一下子被击穿了。刘号长与巧云是压迫与被压迫的关系，巧云居然没有“哪里有压迫，哪里有反抗”（后来锡匠们还是游行反抗了），还有她的贞洁观呢？《大淖记事》没有简单地搬用阶级斗争的观念和道德的观念来写小说，这在20世纪80年代初还是需要勇气的。当然，老先生没有想那么多，他只是让小说写得更生活化一些。我读汪曾祺的小说，经常产生这样的念头：哦，原来生活是这样的，哦，原来日常生活也这么美好！因为景慕汪曾祺的小说，一段时间我竟能整段整段地背出来，心想，什么时候能见老先生一面多好。1983年我第一次到北京，最想见的人便是汪曾祺，便查地图找到北京京剧院，我倒了好几趟车终于找到了京剧院。我以为京剧院也像我们的机关一样正常上班了，可找了半天，才撞到一个人，他说汪曾祺在七楼编剧室上班，我欣喜若狂。爬上七楼，可整个楼层一个人也没有，我又到六楼、五楼、四楼，没有一个人上班。就像今天那些追星族，我在京剧院空等了半天。

1981年秋天，阔别家乡四十年的汪曾祺回乡了，当时我的女朋友打电话告诉我，你崇拜的汪曾祺要做学术报告。我便从百里之外的兴化坐了四五个小时的轮船，再转汽车赶到了高邮。这一折腾，从早晨六点到高邮百花书场已是下午两点半了，我匆匆进入会场，还好，报告还未开始。不一会儿，汪曾祺来了，我远远觉得他满面红光，精神头儿十足。他滔滔不绝地讲了三个小时，谈自己的小说，谈鲁迅，谈沈从文、孙犁，也谈契诃夫、艾略特、舒婷。他谈兴浓烈，只是天色已晚，他意犹未尽。他谈的不是文学外部的东西，都是些关于艺术本体、内部结构方面的见解，尤其是他对文学语言的阐释颇为深刻。当时一些人在谈论文学本体以外的内容时往往津津有味，头头是道，可一进入艺术内部结构只是泛泛一带而过，而汪曾祺却能游刃有余，深谙三昧。二十出头的我第一次见到这么优秀的作家，也是第一次听到如此的文学真经，我仿佛站到高山之巅，领略到无限风光。我当时几乎把他讲的话全部“吃”进肚子里，像一块吸足了水分的海绵。从百花书场里出来，我觉得自己有些微醺，被陈年老酿“灌”的。到现在，他说的那些话，我还记得很清楚。

我能够走上文学评论的道路，也是因为与汪曾祺的不解之缘。1982年，我们看到《北京文学》上汪曾祺的短篇小说《鉴赏家》，爱不释手，便和同学费振钟、陆晓声合写了一篇万字的评论，比小说还要长。后来我们索性扩展开去，写成了《论汪曾祺短篇小说的艺术风格》一文，投给当时的《文学评论》，没想到这家权威的刊物准备录用，我们有些不相信这是真的。因为《文学评论》太大了，也太难发文章了。迄今为止，《文学评论》依然是评论界权威的刊物之一，而在20世纪80年代则是绝对“NO.1”。尽管后来因为一些原因这篇文章发在《文学评论丛刊》25期上，但树立了我们在文学上的信心，尤其把我们推到了文学评论的一个前沿地带，确立了主攻的方向。自那开始，我就一发而不可收，在文学评论的道路上，一直走到现在。虽然不是汪曾祺直接把我带上文学评论的路，但因为阅读他的作品，提高了我的文学鉴赏力，以此作为文学评论的一个基本的参照，自然是一个比较高的起点。

汪曾祺对中国文坛的影响，特别是对年轻一代作家的影响是巨大的。在风行现代派的20世纪80年代，汪曾祺以其优美的文字和叙述唤起了年轻一代对母语的感情，唤起了他们对母语的重新热爱，唤起了他们对民族文化的热爱。20世纪80年代是流行翻译文体的年代，一些作家为了表现自己的新潮和前卫，大量模仿和照搬翻译小说的文体，以为翻译的文体就是现代派的文体，我们现在从当时的一些著名的作品就可以看到这种幼稚的模仿。尤其在“寻根”浪潮涌起一些人唯《百年孤独》是瞻的时候，汪曾祺用非常中国化的文风征服了不同年龄、不同文化的人，且显得特别“新潮”，让年轻的人重新树立了对汉语的信心。

汪曾祺在他的作品中，很少大波大澜，很少戏剧性，写的都是极其日常的生活，极其平常的生活，可依然时时闪现着文学的光彩。写日常生活，写市井生活，很容易沉闷，也很容易琐碎，但也是最容易见人性的。汪曾祺用他的实践告诉我们，日常生活也是文学，甚至是文学非常重要的一部分。我以前一直对写实的日常的作品有偏见，可我阅读研究了汪曾祺之后，我改变了自己的观念，并在此基础上，对写实作品特别是“新写实”小说进行了较早的开发和研究。

汪曾祺不仅改变了我的文学观念，也影响了我的生活观念。因为老乡的缘故，也因为研究他作品的缘故，我和他本人有了很多的交往，我发现他不仅是在小说中审美，而且在日常生活中也是按照美的原则进行生活的。可以说，他的生活完全是审美化的。比如，他喜欢下厨，且做得一手好菜，他是有名的美食家，他认为那也是在做一部作品，并没有因为锅碗瓢勺、油盐酱醋影响审美。我是有幸多次品尝到他手艺的人，他做的菜也像他做的作品一样，数量少，品种也不多，但每次都有那么一两个特别有特点。我最后一次吃到他做的菜，是他去世前的半个月，那天有个法国人要吃正宗的北京豆汁，汪曾祺就做了改进，加了一点羊油和毛豆熬，他告诉我说，豆汁这东西特吸油，猪油多了又腻，正好家里的羊油又派不上用，羊油鲜而不腻，熬豆汁合味。他说“合味”的“合”发的是高邮乡音“ge”。这豆汁果然下酒，我们俩把一瓶酒喝了。之后他送我到电梯口，没想到，这成了永诀。

热爱生活，在生活当中寻找诗意和审美，可生活并不全是诗意和审美，汪先生对此似乎毫无怨言，他身上那种知足常乐甚至逆来顺受的生活态度颇让我吃惊。很多人没有想到汪先生直到死前也没有自己的房子。他一直住他太太施松卿的房子，先在白堆子，后来在蒲黄榆，都是他太太在新华社的房子。有一次我跟老先生开玩笑，说你们家阴盛阳衰呀。老先生呵呵一笑，抽着烟，没有搭腔。也有人替汪曾祺打抱不平，向中央反映汪的住房问题，可绕了半天，居然要中国作协解决他的住房问题，而汪的工作关系又不在中国作协，这个著名作家的房子问题就不了了之了。汪曾祺向我述说这件事时，一点也不恼怒，好像他早就知道自己的房子只能“挂靠”在太太那里。他在白堆子的住处我没有去过，但蒲黄榆的居所我去了无数次，没有客厅，稍大的一间做了客厅，太太和小女儿合住一间，他自己在一间六七平米的小屋写作、画画、休息，很多的佳作就是在蒲黄榆的那间小屋里写出来的。蒲黄榆原是一个不起眼的地名，因为汪曾祺，很多人知道了这个地方。我最后一次见老先生，发现他搬到虎坊桥福州会馆街的一幢大楼，这一次，老先生有了自己的画室，他可以尽情画他的画了。他刚搬进去的时候兴奋得画个通宵。我以为是给他“落实政策”，可一问原来是大儿子汪朗把自己分的房子给父母住。汪朗是个孝子，他了解父母的心。汪曾祺在儿子的“大房子”里走完他人生的最后的路程。

以后我碰到类似房子这种不公平的事再也不怨天尤人，汪曾祺用小说和他的生活告诉我们怎样生活是美好的，怎样才是“抒情的人道主义”。

感受生命

疾　病

很多事情是你想不到的。疾病是你想不到的，它侵染了你的时候你想不到，你想不到世界上还有疾病这种东西会与你发生联系，等你发现它与你发生联系时，你已经是一个病人了。其实，疾病是与生命联系在一起的，疾病依附于生命，有生命才有疾病，没有生命就谈不上什么疾病了。没有一个全无疾病的人，每个人身上都会有大大小小的疾病，只是部位不同、程度不同而已。我们不是生活在真空中，人类始终是与疾病为伍的，地球上所有的生命都是与疾病为伍的，正因为有了疾病和死亡，生命才成其为生命，人类才格外珍惜生命。倘若没有疾病造成的死亡，人类的欲望就不会受到最有效的抑制。要是当年秦始皇的仙梦成真，我们很难说是不是还在秦王朝的统治下挣扎。慈禧“驾崩”之后，辛亥革命的火焰便摧枯拉朽般焚毁了黑暗的满清帝国。疾病让生命受损，死亡令伟人抱憾，但疾病和死亡同样会以大自然的法则清除罪恶和灾难。疾病对善恶、美丑一视同仁。等我们发现疾病是与生俱来的时候，我们就明白病人还是人，还是完整的人，还是真实的人，不是异类，更不是敌人，它是人多重形态中的一个层面而已。坦然地对待疾病，不仅是患者应有的心态，也是健康人的健康心态。

病　区

病区是连接患者、医生、护士、家属、探视者的一个枢纽，病区里集中了医院的所有表征。一个没有病区的医院只能叫门诊部。现代医学的精华可能在实验室里，现代医学的实用性和社会性全方位地体现在病区里。我以前对病区全无概念，只觉得它是一个神秘的所在，待住过一段时间之后，就发现这是一个特殊的小社会，要表现这个小社会有待以后用小说去多层次地描述，这里先说一点最直观的感受。

住院有时会产生一种服牢役的错觉。这种错觉并不是说病员丧失了自由，住院者并不要求太多的自由，他对失去的自由便没有什么知觉，而是缘于医生护士们称呼病员的方法，完全是监狱式的，他们对病员都称编号，比如我睡 8 号病床，护士就叫我 8 号，我听了心里有一种很古怪的感受，我想我是有名有姓的人，是一个有个性、有特征的人，怎么在换了一个环境以后就被浓缩精简为一个阿拉伯数字呢？可病区的管理也有它的难处，“铁打的病床流水的病员”，她（他）们没办法记住病人姓名，叫数字是最简捷而有效的方法，是最科学、最能避免失误的办法，中国人同姓同名太多，名字相近、相似者更是随处可见，倘若用错了药、打错了针，那后果将不堪设想。可编号的方法毕竟少了些人情味，能不能有一种既科学又富有人情味的新的方式？因为现代医学早就证明，心理治疗与药物治疗二者缺一不可。能不能在病人住院伊始就在心理上给予一个温馨的宽慰呢？

病区有着严格的作息时间，几点服药，几点输液，几点量体温，几点查房，几点探视，几点休息，都是雷打不动的。医生护士对自己要求严格，对我们也不例外。我印象最深的就是每天起床后叠被，那要求跟部队营房是一样的。我平常在家或出差懒得叠被，可住院以后不行了，护士们要求把被叠得规范。我起初不会叠，总是等护士来叠，可后来发现整个病房就我一个人没按规范叠被，只好从头学起。遗憾的是到现在我叠的被还是不符合要求，幸亏是住院，要是进营房当兵，早就被“班长”“退货”打背包回家了。

病区除了让人有牢役、军营两种错觉外，还有进学校之感，能接受新的知识。这些知识是我们平常接触不到的，即使接触到了也不会用心去听去学习，比如有关人体的常识，有关血液、心脏、肝、肾各方面的知识，有关养生、健身、延年的学问，由于人在病床，听起来格外亲切，也格外用心。这些方面的知识不仅是医生、护士传授给我们，同在病房的病友们也各有所长，相互交流也得益不少。除了医学保健方面的知识外，还会接触到其他新知识和信息。病员来自各行各业，大家在各自的单位和专业都有新的见闻和新的见解，闲谈时会很自然地“倒”出来，无意中长了见识。和我同一病房的老刘在索马里干过“外援”，他对索马里的风土人情非常熟悉，他给我们讲述他撤离索马里的经过更是悬念迭起，真可谓虎口余生。他的经历让我觉得我们虚构的很多小说实在是苍白无力。

这时，你觉得病区是一家旅店，住院是一次特殊的旅行。

身 体

什么最好？身体最好。人在病中觉得健康太重要了，只有住进医院你才会更加感到健康是人最宝贵的财富。

人们往往在失去时才知道珍惜。

珍惜我们的身体吧，这比珍惜生命更重要。生命是抽象的，而身体是具体的，它具体到每一个部位，每一根关节，关系到每一次呼吸，每一次心跳。身体把生命演绎为一个个乐章，而这乐章的每一个音符都需要我们自己去演奏。平常我们喜欢说体验生命，其实那是在实现人生的价值，是将生命这具血肉之躯放到功利的天平上去“体验”的。躺到病床上，医生护士动用各种设备和仪器对你的身体进行一系列的物理性、化学性的功能检查时，你才有机会体验一下自己的身体，当你发现以往被我们文学语言神化了的生命是如此抽象枯燥时，会有一种大彻大悟的感觉。我们的生命可以用一大堆冰冷的数字来代替、计算，我们的身体由一大堆零件组装而成，我们的灵性、我们的智慧、我们的思想、我们拼命奋斗的伟大价值和理想竟是受制于这样一些我们不屑的物质和物质化的指标和参数，会有何样怪异的感受？

伟大而渺小的人，伟大而渺小的灵智。

健康（一）

并不是每一个健康的身躯里都拥有一种健康的人生，就像每一个健康的心脏并不代表健康的心灵一样。有时一些不太健康甚或颇为病态的人往往拥有超常的思想和奇异的灵魂，写出《追忆逝水年华》这样传世之作的普鲁斯特长年患有哮喘，写出《城堡》这种惊世骇俗名著的卡夫卡是个结核病患者，我们尊敬的鲁迅先生生前的健康状况实在不敢让人恭维。坐在轮椅上的罗斯福用今天的词说是残疾人，可他的心灵是那样的健康，他的世界是那样的宏大。

也不是说病态的身体就一定能成就伟大的思想和超凡的人生，疾病也同样能产生病态的人格和病态的人生。人类的很多灾难和祸害都与这种病态有关。人在病态时会有无数愚蠢而残暴的想法和举动，监狱里的罪犯无不患有生理疾病或精神疾病。倘若是普通人的病态尚不能对人类造成巨大危害，如果是一国之君或是一族之长的病态影响到他对国计民生的决策，那后果是不堪设想的。昏聩的帝王往往有一副病入膏肓的皮囊，残暴的君主都免不了心理的阴暗和精神的变态。

可见健康与否对人的影响并不是决定性的，它只是对人制约诸多因素当中的一个方面，它和其他因素综合在一起产生的合力才会把人推到某种极致。

健康（二）

健康是一种指数，是一种平均值。我们今天说某人健康其实是凭一种感觉，从医学的角度来看，健康是一大堆符合规范的数据，你的心跳、体温、血脂、血压等等必须在那个指数的上下浮动，否则便是不健康的症状。判断健康与否的指数并不是上苍所定的，而是大多数人生命机体各种数据的平均值，这种平均值是对人生命指数的一种抽象。然而这种抽象落实到每个具体的活生生的生命形态上又显出它的可疑来，没有哪一个具体的人的体检数据能够与那些数字吻合得天衣无缝的，他总会在哪一点上与那个“标准”有差距，而这差距从医学角度看就是“有病”。也就是说真正纯粹的百分之百健康的人并不存在，所谓的正常其实是集无数个不十分正常的人的混乱数据的一种中和反映。

健康是一种形态，生命又是一种形态。生命不等于健康，健康也可能没有生命力。健康是抽象的、科学的，而生命个体是具象的、感性的。健康是普遍性的原则。生命总是以不规则的状态向前发展，在大自然中人们不能找到两片相同的树叶，在人类中找不到两枚完全相同的指纹。对于人的指纹，现代科学可以找到它的很多共性，甚至可以借助指纹的种种变化来确认人的疾病所在以及病因，可人类永不雷同的指纹便使那些关于指纹的科学论说显得有些机械。

事实上，人更多的时候是处于那种既非健康又非疾病的“第三状态”，这“第三状态”是现代病、城市病、文明病。因为在现代城市中生活的人们并不需要像在农业社会或前工业社会在工作时保证充分的体力和充沛的精力，生产的机械化和程序的电脑化，萎缩了人的肌肉，也萎缩了人的健康。在农业社会和前工业社会里带病工作被视为一种敬业或老板的残忍，而在现在，带着不健康的躯体到单位上班丝毫也不会影响工作，因为大多数的工作并不需要体力和健康的体魄（那些野外作业的工种除外）。繁重的劳动量在某种程度上刺激着人们的健康发展，而轻逸自在的工作方式反而钝化了人们肌体的活力，久而久之形成某种惯性，人们便习惯在“第三状态”滑行，并认为这样才是健康的。

健康的含义有时就是这样被篡改的。

不过也不要担心这种文明病，这种文明病的发现和确认首先是借助人类文明的成果进行的，只有文明发展到一定的程度和极限才有可能产生文明病，否则那些在文明出现之前的疾患只会被遮蔽而得不到命名。事实上这些疾患的出现（更多的是发现，很多疾患早已有之），这些扰人的现代病、文明病和城市病并没有影响人类的健康和寿命。现在能够说得出名目的疾病种类显然要比一个世纪前要多得多，可人的平均寿命却没有比一个世纪前减少，反而有了惊人的增长。这是什么原因？是不是人在发现更多疾病的同时发现更多通往健康的渠道？抑或是人在发现更多健康的方式的同时发现了新的疾病的存在？健康和疾病是如此的密切相关，共生共长。有时真让人弄不清楚我们是比过去活得更健康了？还是不健康了？也难怪我们常常在唠叨过去的身体是如何的健壮、如何的抵抗力强。

营 养

营养的概念与现代医学有关。在饥馑的岁月里，医生对所有的病人都可以开出营养不良的诊断。充分的营养确实是健康的首要保证，营养匮乏的肌体最容易遭受病毒的袭击。在我童年的时候，我生活的那个地方有一个叫汪玉贤的名医。他的特长是为患病孱弱的儿童割“观音腐”，那些儿童大多长期低烧、面色黄黑、不思饮食，汪医生在他的手腕割去一块皮，过一阵那孩子百病消除、健康如常了。多年以后我重返故里，碰见年老的汪医生，便寻问他是否还割“观音腐”。他说早不割了，现在孩子营养那么好，怎会要割“观音腐”呢？原来这“观音腐”并不是什么病，而是那些乡村的孩子由于自幼营养缺乏，身体机能下降，转为拒绝营养，因而百病滋生。汪医生割的部位实是刺激胃神经，恢复肌体对营养的吸收能力，一般家长在孩子“手术”后都会做些鱼肉蛋这类营养丰富的食物给孩子吃，所以小孩恢复得特别快。

毫无疑问，在一个物资匮乏的年代里，充分的营养往往会是医治百病的良药。然而在那贫穷的岁月里，谁也没想到过分的营养也会成为疾病的温床。今日城市人的很多疾病都与营养有关，不是匮乏而是过剩，是俗话说的富贵病。不用说那心血方面的疾病，光是方兴未艾的减肥运动就足以说明人们今天是怎样憎恨脂肪这营养的外化物。有资料统计过，人的平均身高在增加，没有看到资料说人的平均体重在增加。可有一则资料报道说上海有25%的人属肥胖(超过标准体重),可见人的体重增长要比身高快得多。

营养开始成为人的负担，人们在得到美食的愉悦之后，又不得不与这些美食中的高蛋白、高脂肪、高能量作“斗争”，通过运动或药物来消耗这些热量和营养，以防它们淤积、沉淀在体内，从而带来那些讨厌的富贵病。

于是营养的概念在发生变化，大鱼大肉不再是人们羡慕的食物，人们明白山珍海味也未见得就比青菜萝卜有更多的维生素，以至于一度出现市民们争买有虫眼蔬菜的趣事。那些以前视为没有营养的食品成为新的绿色食品，那些从前视作粗粮的杂粮成为家家户户必备的佳品，那些粗纤维的草类、那些被遗弃很久的食品重新回到了我们的餐桌上。这一次不是抚今追昔、忆苦思甜，而是为了健康地生活。

静夜思

平静如水

我一直向往这样一种境界：平静如水。

因为我不能进入这种境界，所以我特别向往。

平静如水是怎样一种境界，我到现在还不知道，但是我认为它是人生的一种很高的境界：忘却了忧乐，又不是没有忧乐；忧乐全然了知，却不为忧乐所动，像一丛脱落了绿叶红果的灌木，在和煦的晚风中自由地呼吸。忧乐不知的平静，不是平静而是麻木，麻木是对世界的陌生，麻木是对生活的浅薄，麻木其外在形态与平静相似，但麻木不是曾经有过花红枝绿之后的删繁就简，麻木是未老先衰的枯萎，是生命未展开便萧条的僵叶。

平静如水是经历了绚烂之后的平淡，是经过了喧嚣之后的安宁，是激烈风暴之后的风平浪静。风平了，浪静了，所以水平如镜。“镜”与“静”不能通用，但它们的声音是从用同一种口形发出，舌尖轻轻点点上腭，气流便从鼻缝之间游出，这个声音是让人息怒止愤的，可能不那么慷慨洪亮，可能不那么引人注意，但它是平稳和成熟的。“镜”在某种程度上又意味着“静”，在镜子面前人们都会凝心静气地审视一下自己，平静也就自然包涵着自我审视的反思与自省。

所以平静，所以如水。

水并不意味着就是平静，但如水之态肯定与喧嚣无关，与浮躁无关。心境本是一汪清水，风是动静之源，风来了，水成浪涌之势，水会言说水会舞蹈，水为一个目标奔流不息；风走了，水作腼腆之状，水在沉思水在静想，水又恢复了初始之状——平和无求。

风是什么？欲望？理想？本能？精神？为什么会驱动这么多的岁月，为什么会吹皱那么多的生命？岁月如水，生命如水，在风这无形的魔力指使下，上演了人间多少的悲喜剧。

水是什么？人心？岁月？身体？灵魂？平静时它是至高无上的心灵，喧哗时它是行尸走肉的身体。风来时，它是烦恼，风走时，它是菩提。树欲静而风不止，水欲静而风不走，烦恼即菩提，菩提即烦恼，树即风，风即水，人心本是岁月，岁月方显人心。无风即如水，如水即平静。平静如水即无风之时无风之季，是人生的成熟时分，也是人生的冬眠之日。禅说非风动是树动，禅又说非树动乃心动，禅还说树亦未动心亦未动，这或许应叫作平静如水。

平静如水只能是如水的平静，水的平静也只是波澜壮阔的对应物，水在平静时也有涟漪也有波纹，心在平静时也有思想和智慧的水花溅起。要不然就用另一个比喻，心死如灰，灰虽然还会在风中飘扬起来，那只是飘扬而已，它已经无根了，它再也找不到自己的位置，而水是有根的，水和土地时时相连，它流到哪里都不会丧失故土。

我向往这样一种境界：平静如水。

因为我不能进入这种境界，所以我特别向往。

从　容

从容，从从容容，常被用来形容一个人处理事情的态度，特别是用来形容一个人在一些突发事件面前的沉着冷静和自如，它显然是一个褒义词，是与慌乱、紧张、失态之类有失风度的贬义词相对的。从容虽然不是一种美德，可作为人的一种外在的姿态是与美德一样为人们称道的。仔细咀嚼，这从容说到底多少有些宿命的成分，不从容的人往往怨天尤人，往往摆出一副抗拒的姿态。容者，容纳也，从容者的一个明显的特征便是能面对各种事态、各种人生，不以自己的喜好厌恶作为前提，如果以个人的好恶作为前提，则有了排斥性，无法从容。从者，顺其势也，从容者之所以从容，是因为他能够根据事物的自身逻辑，遵从事物应有的纹理进行自己的选择，在他人制定或设定的格局中确立自己的定位。在这个意义上说，从容是一种接受的哲学，是一种被动的美学，是无法选择的选择。

从容在其表现的形式上来说，主要体现为一种节奏，更确切地说，是保持了正常的生活节奏。从容是由人的脸色、言语、举止来体现的，在遇到一些不同寻常的事情之后，一个人如果能够不走路风风火火或步履蹒跚，不面如桃花或脸灰似土，不言词奇快或结结巴巴，而能够按照正常的生活节奏行事，就是一种从容。那些节奏变化多的人，往往是一些敏感气质者，他们的喜怒哀乐都太容易受到外界的暗示，因而会不自觉的改变节奏，失去常态。缺少稳定节奏的人与从容无缘，而对外在事物反应相对迟钝的人一般比那些反应奇快的要显得从容自信。

从容还是非常态境遇下人的反应和表现，成语里有“从容不迫”“从容就义”两例，都是说人在该“迫”的时候而没有“迫”，从容自然可贵了。其实从容者是想通了，自然“就义”或其他的无法选择的选择已不可逆转，失态就更无济于事，还不如坦然处之。还有一种从容，是因为信仰的作用，高僧们涅槃，无不从容，烈士们献身，也不慌乱。今天，随着市场经济的展开，随着社会的日趋多元，给予人们表现从容的机会越来越少了，没有了战争，没有了运动，没有了阶级斗争和路线斗争，没有了枪林弹雨，没有了口号和游行，“大义”找不到“凛然”的空间，从容更多地表现为一种宽容。有一个叫利奥塔的外国学者曾学着尼采的腔调宣布“知识分子死了”，颇有一种送知识分子上“刑场”的味道，姑且不论此言是否有理，也不论市场经济的发展是不是就会以牺牲知识分子的价值作为代价，毫无疑问的是知识分子今天需要从容不迫的心境和姿态了。有人惊呼人文精神失落，被视为一种不从容，“同流合污”则更不是从容。总之，大义凛然地面对社会转型期知识分子姿态辉煌难再了的事实，学会从容，就可能找到新的平衡点。假如知识分子能把自己的职业当作一种信仰来侍奉，就可能做到像伟人说的那样：“不管风吹浪打，胜似闲庭信步。”闲庭信步便是从容。闲庭信步还是一种优美的节奏。

沉 思

沉思是一种无语状态。我们在无语的时候才有可能沉思，语言是沉思湖面上的风波，只有风波消失了，沉思之湖才会恢复本来的面貌。

沉思并不是思想家的专利，也不是哲学家的面具，沉思是每个人都可以享受的权利，都可以分享的幸福。沉思不是苦恼，苦恼是对生活功利、现实利益的一种裁决方式，沉思则是一种对旧日生活的抚摸与追怀，是在平常心支配下的宁静人生。

老人最容易沉思，因为老人经历了社会生活太多的经验和教训，他有理由也有可能静坐在那里反复咀嚼昔日时光的辉煌与黯淡，而这种沉思便不是为了总结出什么要义来重新面对生活或者传之后世让后人少些曲折与黯淡，这种沉思是近乎“零”的透明无瑕，只是为了沉思而沉思，老人的心里已经消除了很多的界限，年轻时为之亢奋的事物和感情已经被他淡化如水了。

少女也爱沉思，欧洲文艺复兴的巨匠们几乎都画过沉思的少女。少女的沉思是未被污染过的星空，少女的沉思是无边的思绪不知往哪儿涌动，便凝聚在无欲无望的坐标上。她们涉世未深或尚未涉世，你想让她往世俗化方面想象也很难，因为她不知世俗为何物。因而少女的沉思与老人的沉思有某种一致，都是在“无”的情志下进行的，只不过老人是经历了“有”之后的“虚无”，少女是未经尘世的空白，前者是“有”的极限，后者则是“有”的开始，真正的纯粹看来是存在于“有”与“无”之间，是一种边缘的游移状态。

耽于幻想不是沉思，幻想往往是欲望的先导，幻想是人入世的动力，往往有步入迷途的可能，而沉思是智慧的运作或者接近智慧的思维行为。沉思并不是炫耀智力，智力在沉思中作用并不如经历更有效，智力是角逐功利的资本，智慧则是一种结晶，一种水底的珍珠。

泡沫消失了，水面就平静了，平静只是一瞬间的事情，瞬间有时候记录着永恒，有时候标志着价值，有时候还诉说着过去。沉思便是一种无言的诉说，永恒的瞬间，价值的零度。

习惯失落

人们常常议论某某人有失落感，似乎失落感是人的某种心理缺陷，其实不然。失落感人皆有之，我们每天都处于得到与失落之间，得到同时也意味着失去，比如我们在得到时间的那一刹那，时间亦正远离我们而去。人生的过程便是由获取到失落的过程，当你获得童年之后，童年在你的人生旅程逐渐失去；当你处于热恋之中，爱情便逐渐向消逝的方向运转。在大自然里，一种生物的新生往往意味着另一种生物的消亡，一种生命的毁灭往往表明新的宁馨儿的问世。大自然以天然的平衡机制调节着得失、生死、新旧这些现象的轮回，而失落在其中则是不可或缺的内在动力，它是生命的腐蚀剂又是催生剂。

没有失落感是可怕的，失落感与孤独感是现代人的两大精神表征。没有孤独感意味着一个人缺少精神的深度，而孤独感往往是一种最伟大的孤独，毛泽东在晚年有着无可表达的孤独，爱因斯坦穿越时空之后进入了千年万年难以摆脱的孤独，而中国现代文化先驱鲁迅先生的孤独则是最痛苦的折磨……孤独感和失落感是现代人的另一种财富，它是贫乏的心灵所不能生长出来的植物。他人可以践踏这种貌似野生的植物，却不能阻止它的生长，现代生活的节奏越是快速，这两种草类植物就越是迅速蔓延，像藤萝一般爬满精神的每一个角落。

如果说孤独感与人的智慧和才能的高度有关的话，那失落感则与人已拥有的成就和占领的区域密不可分。因为失落首先意味着曾经拥有过、得到过，意味着曾经获取过、主宰过，一无所有的人是不会有失落感的，失落是拥有的继续延伸，失落是得到的必经之路。失落感愈是强烈，意味着失落者对原先占有的区域具备了广度或深度上的优势。没有恋爱史的人是不会品尝到失恋的滋味的，一个穷光蛋也不会具有败落子弟那么多的沮丧和感慨，平民百姓退休之后绝不会有卸任官僚那么多的牢骚。

话虽如此，为什么有人那么喜欢玩味失落、卖弄失落？而有些人似乎从不失落什么？其实这是一种错觉。整天陷于失落感而不能自拔的人往往是由于他不能获取新的生活内容，只能埋怨生活的不公平而幻想重新收复失地，长此以往只能是一种病态。而后者在于有新的内涵在补充失去的空缺，那些不断进取者和成大事者则是用更新的方式去淘汰已经得到的成就、已经得到的名誉，去放弃已经得到的地位，在新的空间寻找新的状态、新的发展，他们忘记了品味失落。而在今天，面对诸多神奇的不可预料的“转型”，似乎应该习惯失落，知识分子特别是作家和文人更应如此，不必莫名惊诧。

写作三题

听古琴写作

在写作的过程中，我喜欢放古琴曲。古琴作为中国最为古老的器乐已经鲜为人知，记得南京艺术学院的古琴专家成公亮先生曾有过一次沙龙式的演奏，大有“知音少，弦断有谁听”的氛围。我是那次聚会的听众，我静坐在烛光的阴影下，如水浸过的声音漫过我的身心时，我发现古代的文人活得是那样的孤寂。

古琴专家的手指在琴弦上滑行移动，他每拨动一个音符都似乎在书写一个句子，一曲下来便是一篇意蕴盎然情趣妙生的美文。我被这种手指美妙的运作震撼，居然涌起一股亲自操作的强烈欲望，很显然，我的手指不能在琴弦上表现出什么，我必须写作，琴师的演奏越是精彩，越是美妙，我的写作冲动便越是不可抑制。

很多人听古琴演奏往往都昏昏然，倦慵得打不起精神，说得好听些，是一种沉醉，是进入境界之后的忘我与难以自拔。而我居然想到的是必须运用我的手指——写作，我有时候也反思，这莫不是不能超凡脱俗？这种自我行动意识太强或许正是我选择文学的内在根由。

在写作的过程中，我放着古琴大师的音带，仿佛聆听到一代代文化人的脉动，他们的悲凉、惆怅、激越和欢乐。无论是《高山》《流水》还是《渔歌》《樵歌》，无论是《潇湘水云》还是《平沙落雁》，都流露出中国古代文化人贯穿时空的喟叹，这是因为古琴都是按照古谱演奏，因而在每一曲里都渗透了无数知识分子的心血和心智，有这样的背景，我的写作便自然有了一种与古人的亲近感和历史的悲壮感。

音乐是我写作的朋友，写作是孤独的，因为害怕孤独所以倾听别人的言语，反过来讲，音乐亦在倾听我的言说，我的孤独感便会减少到“最小分贝”。

听摇滚写作

王朔们把从事文学创作的称之为“写字的”，这是一种谑言，也道出了文学的某种尴尬处境。“写字的”变成了一门手艺，与弹棉花的、修雨伞的、打家具的、修电器的、缝衣服的，都属“第三产业”。从“人类灵魂工程师”（斯大林对作家和教师的称颂之词）到“写字的”，作家的地位仿佛从金陵饭店的璇宫落到招商市场的柜台。

不去谈这种失落感，也不去分析失落之缘由。只是文学昔日的过分神圣与今日的过分掉价都与时代的某种主导意向有关。就我个人而言，也是“写字族”，除此以外别无所长，只能看到别人在海里蛟龙出水飒爽英姿，眼红也没有用，只有回家写字。奇怪的是以前写作看书，虽不像古代文人那样清风明月地追求写作环境之静之雅，但至少也不能在大轰大闹的噪音中运笔，现在则不然。每次写作前，我都要大放特放那种高分贝的摇滚音乐，震耳欲聋的声音撞击得墙纸都毕剥毕剥地响，几次下来发现好几处居然都脱胶，我自己也有一种坠入迪斯科舞池的幻觉。在这种超强烈乐声（如果按国际环保监测标准来看显然是噪声）的冲击下，居然唤起了我的写作欲望，激荡起我的联想和似乎被滚滚商潮冲得昏昏欲睡的灵性和智性，我会写得异常的顺手和畅快。

我不知道这是怎么回事。也许我的灵魂里那些野性的、说不清楚的情绪要借助这种本世纪最强劲的文化载体释放出来，然后再转化为相对平静一些的文字？还是这个世界过于喧嚣，我的生活过于平静，我需要在这二者之间找到一种平衡？

反正听摇滚写作快要成为我的一种癖好，无论是国外的杰克逊、普瑞斯、麦当娜，还是中国的崔健、“唐朝”“黑豹”“指南针”“呼吸”“眼镜蛇”，他们的声音都成为我写作的一部分。真感谢他们的陪伴，让我爬格子时始终充满一种真诚的激情，包括我此时的写作。

在夜晚写作

夜晚与写作没有什么必然的联系，但在我读到的作家传记里，作家的写作总是与夜晚联系在一起，似乎离开了黑暗的遮蔽，作家的写作便失去了保护似的没有安全感。在我读到的著名故事中，福楼拜的写作最富有诗意。在法国才华横溢的作家群中，福楼拜是最为认真而严谨的。他的寓所在巴黎的塞纳河畔，由于坚持每天夜晚写作，以致在塞纳河上行驶的船户将福楼拜的窗户误作为指路导航的灯塔而险些迷路。这个故事是相当动人的，它描摹出在夜晚写作的种种温馨的感受，给人以美好的想象和难以忘怀的回忆。

德国哲学家黑格尔十分赞赏这样一个比喻："密涅瓦的猫头鹰要等黄昏到来才会起飞。"密涅瓦即雅典娜，希腊罗马神话中的智慧女神，栖落在她身边的猫头鹰，是思想和理性的象征。思想和理性的猫头鹰也要等夜晚来临时才会张开它的翅膀，我似乎为作家在夜晚写作找到了某种经典的"理论"诠释。其实不然，在作家协会工作多年以后发现并不是那么一回事，有很多作家的写作根本没有那么多的诗意，有的晚上从不写作，只在白天写作；有的甚至在办公室里一边与人谈话一边埋头写作；有的则挤在很狭小的生活空间里，与电视的声音、马路上的噪音和老婆小孩拌嘴声为伍构思鸿篇巨著。电脑出现以后，作家写作的神秘感便消失殆尽，变成了真正意义上的"码字的"。

我个人还是喜欢在夜晚写作。这是长期业余写作的习惯。很多作家喜欢夜晚多半是一种“童年记忆”：初学写作须在八小时工作以外，只能放到夜晚这样属于自己自由支配的时间内进行。即使后来“专业”了也积习难改。事实上，夜晚的宁静，夜晚的迷茫，夜晚的和谐，也让写作者充满一种神秘感与诗意感。我现在的写作似乎必须在黑暗中进行，光天化日之下写作有一种被剥光的感觉，找不到良好的语感和自由的心态。写作已成为我私人生活的一部分，于是我经常创造“夜晚”的氛围，大白天拉上厚厚的窗帘，将台灯调到深夜时节最为柔和的光度，写作的情绪便油然而生，家人看我那副装神弄鬼的样子，常担心我的神经是否出现了故障。事实上，有时候，我也恍然若梦，一篇文章写毕，推门而出，以为会满天星斗、一弯明月，不料市声喧闹、车水马龙、人声鼎沸，生存是那样的真切而难以逃避。

悼念那些博客先烈

现在开博是需要勇气的。因为有为数不少的博客战士已经壮烈沙场，有的停了，有的活着也等于关了，有的则做起了隐士，几位博客老战士也劝我别去捅这个马蜂窝。我这个时候开博有点顶风作案的味道，倒不是我的胆儿大，而是出于无奈。去年新浪把我的博客开了，但我一直没有去打理它，总觉得这是一项高科技的事，是E分子们的高智商活动，我等老汉老土不凑这热闹也罢，但现在不得不开，已经有几个叫“王干的博客”挂在网上，内容什么都有，有的居然还放到新浪为我开的博客里。我不敢掠人之美，也不想代人背锅，还是来凑凑热闹，博得一笑，不必窃喜，博得一骂，也不往心里去。当面的骂声，可能是一种侮辱，但让人警醒；背后的骂声，虽然耳不听心不烦，但无疑是一种谋杀。

还是有些畏惧，一想到祖宗八代的身体和名声可能被蒙面的大侠用口水之剑屠戮得遍体鳞伤，一想到会有无辜的读者遭受口说之辱，还是觉得畏惧。可是一想到那些为我们踏平道路浴血牺牲的博客先烈们，我这全身羽毛就是仙鹤般纯洁也为王母娘娘做不了几件羽绒服，只是希望刀客剑手们下手时不要株连家族，也不要用太多的阴损折寿之招，把本博客生吞活剥了也就是对一堆行尸走肉的非美食性的聚餐。

有时想想开博客者，也是挺勇敢的一些分子，他可能自以为在施虐，在对天下的人事说千道万，但博一开，就处于受虐的位置，而且不知施暴者来自何方。那些来自光明角落和黑暗角落的板砖和血爪，冷不丁会让你疼痛难忍，或愤怒得无处发泄。开博客者，必定要有心理准备，必定会遭到意想不到的语言风暴和秽语炸弹，你的博客可能变成一个污水池或垃圾站，你必须有清污能力和出淤泥而不染的净身之心。

我这么写，其实并不是表示我有受虐倾向，也不是表明我有多么强的抗击能力，而是表明我的虚弱我的胆怯。虽然我写文学评论被作家告上过法庭，虽然我曾在网上被人称为雇凶杀鬼，但我还是相信流言流得快，但流不远，流不久。雇凶杀鬼的事，我并没有在网上澄清，但现在恐怕没有人相信了，尽管当时一些朋友颇为愤怒、信以为真。先生说过，捣鬼有术，也有用，但有限。

所以我还是信任网络，信任那些误听流言的朋友，我没有在流言中死去，流言却在时间中死去。这就够了。所以，我开博了。

选择六一儿童节开博，我相信博客该具有童心、童趣，也是希望博客永远不要长大，世故、油滑、虚伪是博客的天敌。

此为开博词，哪天该博壮烈了，就当墓志铭，一物两用，为节约型之博客。

东西

论麻将的无限可操性

平　等

麻将牌与扑克牌的差异很多，其中最重要的一条，就是麻将的每一张牌都具有相同的价值。甲与乙的关系没有隶属大小主从尊卑好坏之分，一万与九万没有大小关系，东风与北风出牌时不必有先后顺序，任何一张牌都可能充当呼风唤雨顶天立地的角色，任何一张牌都可能是最糟糕最讨人厌的东西，问题是这张牌出现在哪里，出现在什么时候，牌只有在过程中才会体现它的独特价值来，而且这种价值都是短暂的，很快又会被湮没。一张决定生死的牌顷刻间会身价百倍，顷刻间又还其本来面目，回到芸芸众生之中。扑克牌就不一样，王永远是王，永远存在着一种意味着不平等的秩序。

自　由

麻将有多种多样的打法，有京式的、广式的、川式的、沪式的，甚至一个村庄内也可以有几种截然不同的打法，每个人都可以参与制定规则，每一次都可以有新的规则，而不必千篇一律地局限在一种固定不变的单一的格局和程式中。当然，每个操作者一旦进入过程之中，就必须遵循约定俗成的法规进行操作，但在具体的操作过程中，每个操作者又有着广阔的自由，他不必按照上家或下家的指令或既定的程序出牌，他甚至可以随时改变自己的操作程序，甚至为了控制别人和牌干脆无程序，有时为了让别人和牌主动"出冲"，他可以兴之所至凭感觉行事，也可以作细致严密的分析，察言观色打理性麻将，他可以要"清一色"，也可以"门前清"，也可以"推倒和"，如果没有经济利益制约的话，麻将操作者的心态是相当健康而自在的。

未　知

麻将历经几百年而久盛不衰，令中国的很多艺术性消遣方式嫉妒。昆曲、京剧衰势已明，振兴有望，但恐怕仍是一种博物馆艺术；

斗鸡、斗蟋蟀、养鸟、种花虽然也广为寻常百姓接受，但不是太费时费事，就是太静太寂寞，终不如麻将简单容易热闹刺激。麻将吸引人之处，还在于它的未知。每个操作者手中拥有十三张牌，四人共有五十二张，约占全部牌的三分之一，而另外的三分之二只是未知，它们对于每个操作者来说都是祸福不定的因素，虽然随着过程的进行未知的因素逐渐减少，但即使有人和牌，在那堆未公开的牌中仍隐藏着无数的秘密。每次成牌，总是有人急切翻阅这些秘密，以判断自己的命运如何，或叹息，或悔恨，或释然……

流　动

由于未知能激起人们探究的兴趣，所以这种探究也就构成摸牌、出牌、吃牌、碰牌的自然流动。每个人都希望每次摸到有用的牌，但时间的流动往往造成几家欢乐几家愁，一分钟河东变河西，直至终局。一旦谁和牌，这种流动便终止，新的一轮便又开始了。在流动中，每个人兴衰荣枯成败胜负都会发生变化，没有常胜的将军，没有永远的俘虏。人们爱打麻将与其说消磨时间，还不如说让人们直接感受到时间的流动，直接目睹人生的过程。中国人爱打麻将，可能是因为生活太稳定太固定太滞停了，所以让另一种流动来满足内心的波澜。

还是平等

开头讲的是牌自身价值的平等，这是就客体而言，其实如果就哲学范畴而言，所有客体对每个人而言都是平等的，只是主体的差异才造成了事情的变化。除了因对麻将规则生疏与熟练造成的不平等外，任何麻将操作者的主体都不会感到自身智力的不发达或不健全影响自己的胜负。事实上，无论你起手摸到什么样的牌，你都可能有和的机会，即使你摸到最糟糕的牌，既不连也不靠，除了可以打大乱以外，你还可以打“全求人”，甚至抢在其他牌型好的操作者的前面成牌。有时你起手“地和”了，未见得就能成功，气得你跺脚。这就不像其他的游戏竞技活动有稳操胜券者。整体而言，围棋智力强者可以不败；局部而言，打扑克握了一副好牌随便怎么打，也可以做上游或拿高分，在麻将面前，运气远远胜过智力。文盲与博士在操作时谁也没有优势可言。其实，人进入麻将，不但消解智力结构和文化结构，连阶级、出身、人种、性别、年龄、方言、制度、经济、宗教一系列意识形态的与非意识形态的、遗传的与非遗传的种种不平等全不存在，可谓“大同社会”。因此，我认为在麻将操作中起决定作用的，不是智力，也不是运气，而是身体，因为几圈麻将下来至少要好几个小时，倘若身体不好，比如心脏不好，到时脑子缺氧了，糊涂了，就会失去平等竞争的机会。

风　格

虽说麻将台不是“大同社会”，但人的个性依旧能得到充分的表现和张扬，每个人的牌风和牌品都会淋漓尽致地发挥，而这是一般扑克牌不可比拟的。虽不能说麻品即人品，但每个人都有大致的模式和定势，心急的好吃好碰，沉着的易做“门前清”，心雄的玩“清一色”，谨慎的“推倒和”。在我周围的一群朋友中，便有“黄七对”“唐门清”“苏自摸”“周碰对”“费全求”之类的雅号，大致可见性情一斑。即使摸牌的姿势也是千姿百态，有的潇洒，有的猥琐，有的自然，有的做作，有的喜欢偷偷看牌，总之，忘了掩饰内心的外在形态。

变　化

麻将的变化几无规律可言，不似围棋有定式等。麻坛有句“打错了即打对了”的术语，就是指这种变化无端而言。有时看似违背正常牌规，但偏偏出之有理；有时循章蹈法，反而出了“冲”。有时听五种牌十几张，还不如钓一张“绝枝”。你控制下家，反会助他一臂之力，上家控制你，他自己也会受到控制。你听甲牌，三人不打，你也抓不到，等你改换牌型，可能立即抓到，各家也纷纷打出。在牌局中，常常因为某方随意吃牌造成另一方连上妙牌的机会，也常常因为己方或某方的出牌造成错位，破坏了好的“运气”而一蹶不振的。先胜后败，反败为胜，几乎是一个通用的定式。笑到最后笑得最好，用在麻将对垒时也非常贴切。麻将很难做牌，也是麻将的魅力之一，谁也不能将每个人的出牌、吃牌都算进其中。

大　乱

麻将所有的成法中,“大乱”是最有创造性的。我第一次听说“大乱”的说法很吃惊，这不是毛主席他老人家用过的词吗？“天下大乱达到天下大治”，非常形象，非常辩证，非常哲理，委实是治世警言。可这大乱居然被用到麻将这种游戏上，实在有点超黑色幽默了。

麻将中“大乱”的做法与这句名言异曲同工，可见真理不光对于政治、军事这类重大事情可以得到验证，小小的游戏技巧也能体现真理的正确性。“大乱”从本质上是反麻将的，麻将的重要特点在于连贯，以三张牌为基本单元，而大乱则要求断，要求一四七、二五八、三六九孤立远离，至少有两位数距离，也不一定要以三张为单元，一张两张都行，最无章法的。以不规范代替规范，以非秩序代替秩序，以反差代替和谐，以散漫代替整齐，这种打破常规的叛逆精神，有点像现代派艺术，而这种消解中心极端边缘化的状态是地道的“后现代”。麻将的好多方面都暗示着一种“后现代”。

自 摸

自摸又称自抓、自掏、自抠。自摸是一种境界。麻将的灵魂全在自摸。麻将与其他牌的区别就在于它的手感，麻将的智慧说到底是手的智慧，脑子再聪明也算不到好牌，而手可以摸到，可以说麻将是用手思维的。麻坛宿将手上是长眼睛的，他们只要用手轻轻一点，马上就能“看”出，靠的全是触觉。现代工业社会里，人的触觉已经越来越麻木了。自摸是一次可悲的自我实现，这是就哲学意义而言的，因为它完全靠机遇的赐予。

条条铁路通北京

我是在北京弄懂这种和法，但肯定不是北京人的打法，身在北京想通往的是纽约、巴黎、威尼斯、罗马。这种打法是一种“外省人”的心态表现，不过非常形象。它是二条、四条、六条、八条、北风五种牌成的“对对和”，因二、四、六、八条均有“＝＝”形，连起来便是非常形象的铁轨，北风做火车头。国人精于此类小技，真是让人叫绝。

闲读围棋

在我看来，围棋是一门艺术。它的竞技性，残酷；它的艺术性，可爱。围棋作为艺术并不是独白式的，它是一门真正的“对话”艺术。以罗兰·巴特的观点看，是真正的“作者之死”。巴特的话完全可以适用于对围棋的描绘：“本文不是一串释放出单一的‘神学性’意义的字词，而是一个多维空间，在其中的种种写作均无原始性，它们相互混合着和冲突着。”一盘棋、一局棋谱的构成是对弈的结果，并不是哪一个人意志的单纯表现，“它们相互混合着和冲突着”。围棋如果丧失了这种“对话”的精髓，就与麻将、扑克牌一类的游戏等质了。南京莫愁湖有一座胜棋楼，并伴有一个非常奇怪的传说，说明太祖朱元璋好弈，与名将徐达在莫愁湖摆下赌局，谁赢了就获得莫愁湖。结果，徐达不但赢了棋，还成功地在棋枰上利用黑白行棋之子构成“万岁”二字。我始终弄不清这则传说是赞扬徐达的智慧还是嘲讽他的媚态，但现在有一点是可以肯定的，徐达在与朱元璋对弈时他始终处于帝王的位置，这盘构成“万岁”字样的棋局是徐达奴役朱元璋的结果。如果朱元璋不亦步亦趋地“遵照”徐达的旨意行事而稍有一些“主体意识”，“万岁”的计划必然会破产。因此，这局棋只能是“释放出单一的‘神学性’意义”，而不是一次艺术的对话。不过，当徐达在对弈过程中任意地调遣朱元璋，其心情之舒畅、气魄之宏大是可想而知的，虽然动机不那么光彩不那么堂堂正正。

围棋作为一门艺术，还在于它是可以阅读的。并不是所有的艺术都可以阅读的，有的艺术你只能表示惊叹与赞赏，有的艺术你只能避而远之，阅读就意味着可以参与，可以调节，可以评估。或许应该这样说，下围棋是一种竞技，而读围棋则是一种艺术，高明的弈者必定要有顽固的主体意识，他要让棋枰成为他意志的疆土，而读者则不可以把个体的意志强加于棋局与棋谱，读的过程是领会他人的过程也是发现自我的过程。大师们总是教导他们的弟子“打谱”，似乎“打谱”要比对弈实战还要重要。因为弈是“写”，而“打谱”则是真正的阅读。“打谱”的过程，读者可以静心聆听先辈和大师的心跳与呼吸，也可以读到整个乐章中不和谐的音符，更重要的是打谱人此时已经完全跳出了功利（输赢）的尘世之境，进入真正的艺术氛围，他是在欣赏，而不是在期望得到。高手之所以要坚持“打谱”，并不是纯粹出于技术性的需要，更主要的是获取那样一种精神，那样一种置功利于局外的艺术境界，也就是人们常说的“平常心”。

让我对围棋刮目相看的是武宫正树的《“宇宙流”自述》。所有不懂围棋的人读了武宫的自述都会对围棋产生一种美感和好感。武宫的战绩固然令人欣慰，但更主要的是武宫以他出色的超凡的想象力和无与伦比的激情完成了浪漫主义大诗人的形象。武宫那种挟风裹电的征服宇宙精神，不仅使人想起16世纪文艺复兴时期的但丁，还会想起中国的伟大诗人——屈原。视围棋为艺术而终于进入诗境的武宫正如他在《自述》中所言，“三十六岁了，还完全像一个孩子”。这种童心般的澄明之境，亦是艺术的至境。“在对局中处于‘空’的心境是最理想的”，“在心情上处于‘空’的境界时，就能把自己的实力充分发挥出来”。武宫所言的“空”，亦即海德格尔的“零”状态，与老聃的“无”又何其相似。在围棋中读出了艺术，读出了诗，还读出了哲学，我真有些担心自己的“前理解”的误读效应在骚扰我的感受，后来我又把武宫的这本小册子推荐给一位对围棋一窍不通对文艺也是外行的朋友，这位朋友读后亦有同感。不过他倒另有补充，他认为在日本这样商业化的社会里，武宫能执着地追求艺境实在难得。作为一个文人，做唯美主义的事情似乎与本性相符，其作无人欣赏，可以藏之名山，而一个职业棋手，每局赛的胜负与经济利益攸切相关，做一个唯美主义者，除了高超的棋艺，还必须有一颗透明的心。所以，在中日围棋擂台赛日方输了以后，武宫讲出“所谓‘国家’这个界限对于围棋是没有关系的，围棋的美好始终表现在棋盘上”这样的话，就一点也不奇怪了。

与《“宇宙流”自述》的潇洒、浪漫形成鲜明对照的是《日本围棋四百年激战风云录》。这是一本比较独特的书，它不是一般的围棋史，也不是纯粹的棋谱，它有点像大学文科里的《文选》，是一种“作品选”，它遴选了日本围棋百年来发展史上的一些重大事件（赛事）、经典作品（棋谱），也就是说“风云录”所述皆是“争棋”，而“争棋”在棋界看来是“最激烈、最严酷的比赛形式”。“争棋”是以一种反唯美的形式出现的，但我们也很难指责双方忽略美感而重胜负，因为胜负有时不仅意味着个人的地位、名誉，有时还涉及一个棋社、棋院、一个流派的荣辱兴衰，所以书中用了“最悲壮”“壮烈的大决战”一类的字样，是一点也不过分的，围棋本来就是战争形式的简化，古人视棋谱为兵书绝非只是游戏而带有某种实战性。“因彻吐血之局”，虽是十二世本因坊同十一世井上幻庵因硕两人为争夺名人棋“阴谋战”的延续，但年轻的因彻为师出征吐血“战场”终至身亡的精神，已超出一个棋士的风范，是一个真正的斗士。《风云录》如实记载了棋士们追逐名利而展开的种种伎俩。对这种追逐，或许今天的人们会不以为然，但因追逐本身而形成的“争棋”却使围棋的比赛更富刺激性和可读性。如果说读武宫的自述，有一种舒畅、通达的感受，那么《风云录》让人压抑、让人窒息，它太现实主义、太像生活本身了。不过，这本书的形式非常有趣味，它署名石田芳夫著，其实并非“著”，而是评点，在石田芳夫之外另有一个“叙述者”叙述“争棋”的背景、前因、后果以及围棋发展的脉络，而石田芳夫九段只是以一个当代高手的身份对对局本身作评论式的解说，在文中一律以“引号”的形式出现，是现代人与古代人的“对话”，他寻求对古代前辈的理解，也希望前人能理解他的棋道。在石田芳夫的原话之外，叙述者常常有一些精彩的叙述语，或阐释、铺衍石田芳夫的讲说，或评价其神情和心态，比如“黑 27 以下充满力感的走法使石田本因坊目瞪口呆”，显然是另一个话语系统。这样多重话语系统的相互对话，使今人与古人，著者与读者，有言的与无言的（那些“争棋”的棋士已融为历史，他们只能用棋谱与现实对话），形成了一个真正具有“可写性”的开放的现代的“文本”。结构主义宗师罗兰・巴特如果读到这本《风云录》，一定会拍案叫绝，因为他在《恋人絮语》所作的尝试以及未能完成的设想，可以说在此书中得到比较充分的体现。我因此也明白了为什么结构主义的先驱们会从国际象棋中受到启发而形成“走马学派”。

读完了国外的书，我便四处寻觅中国人著的围棋书，居然没有。早些年读过陈祖德先生的《超越自我》，被书中那种高尚的体育精神所感动，是当作人生启示录来阅读的，并没有当作棋书来读。好容易在新华书店发现了一本《围棋史话》，翻翻版权页，发现印数仅有三千四百册，这本记录我国围棋发展历史的书居然还不如赵治勋的小册子《我的围棋观》好销（赵书印了两万册），实在让人想不通。不过，阅读此书并不像上述译著给人以快感或痛感，可能是为了报刊零星刊载的缘故，也可能是写于20世纪60年代的缘故，资料翔实但堆砌有余，似乎缺少某种气韵一以贯之。但综观全书，可以发现一个有趣的现象，就是古代文人很多都与围棋有不解之缘，书中列举的吟咏围棋的诗篇好多是出于名家之手。不过，今天的围棋高手无一是文人出身，同时文人当中棋手也是凤毛麟角。这自然不是退化，而是社会进步的结果。社会分工得越来越专项，棋手们自然无须首先是一个文人；而今日的文人要想“忘忧”（围棋的另一别名），则也不必非围棋不可。再者，弈棋有时是对人生价值失落的一种补偿，一个人在现实中不能充分实现自我，可以在一场对弈中得到满足（哪怕是瞬间的），可以在对弈中自由地展开他的个性他的抱负他的牢骚他的缺点，可以说是只在价值意义上完成了自我的塑造。而今天的人们，已不像古人那样除了用琴棋书画来弥补精神的失落之外没有别的选择，现代社会毕竟为人们提供了多种生存的可能，也提供了实现人生价值的各种途径。

不过，我别无选择，我还是喜读围棋，我甚至妄想写一本《围棋的故事》，像房龙的《宽容》和《人类的故事》。现在不行，等我老了，读得更多了，也许还行。

说　谱

谱是什么？

谱是一种记忆，或者是一种水的痕迹被石头永恒地留下来的印记。它不是青苔那样模糊而没有理性，它是一种逻辑的图像。

谱是一种规律，谱也是一种死亡的墓茔。许许多多生动具体的生命细胞和生命汁液被榨干了，只留下一具抽象的骨架。一说到谱，我就想到恐龙博物馆里高大而巍然的巨大身躯，它们无疑表明地球文明的某段辉煌历程，但是它们没有血液，没有肌肉，没有神经，没有细胞，没有毛细血管，没有毛发，没有汗汁，只有干巴巴的轮廓。

谱的生命力就在于此。正因为它缺少具体的、固定的、被填充的具体物象，它的空隙就成为后人赖以再创造的可能，优秀的古典名谱都具有这种再创造再理解的可能。被烟波浩渺的时空湮没的事物太多了，但谱会存在，还会被挖掘出来，重现光辉。

有多种多样的谱，有多种多样的人生，有多种多样的社会。

我们面对种种谱的压迫和困扰，我们学会了读谱，有时还要暗暗打一下谱，谱本是人心中的一杆秤，它常常会让自己失去了分量。我说的不仅仅是一个棋手的感觉，一个书家，一个琴家，一个医家，一个剑家，都会产生这种谱的困惑与超越欲。

一个雨意朦胧的春夜，在南京草场门附近的学院集体宿舍的一间破房内，著名古琴专家成公亮邀请了二三知己及知己的知己，弄了一场古琴演奏艺术欣赏会。成先生熄灭了屋内的电灯，点燃他从欧洲带来的古典蜡烛，柔和的烛光随着悠然的古琴声摇曳飘动，岁月被定格在一个虽然窄小但充满温馨的古典钟摆上，随着钟摆优婉而古老的节奏，我们被密封在声音的陈旧时光之中。成先生用的是一把唐琴，史谓“秋籁”，极为准确地传达出其声特具的韵味。

成先生这次邀其琴友与弟子的意图主要是他新近打了一曲《遁世操》，据说此曲已绝响千年，成先生花了很长的时间先读谱，后打谱，终于让千年的绝响重新在 20 世纪末的某个春夜“复活”。我看过《遁世操》的古谱，天啊！这是真正的天书！但它与徐冰的《析世鉴》不一样，徐冰的《析世鉴》没有任何的意义，完全是视觉艺术。而古琴谱不但可以读出，而且还可以演奏出来。古琴谱的记载使用的是一种奇怪的符号，它是传授演奏指法，但没有节奏。谱极为简洁也极为简易，缺少严密的科学。它中间有很多的断点，这种断点不是节奏上的而是一种空白，一种不在场。读谱的人要读出技法，要读出节奏，还要读出断点。乍看起来，古琴谱有很大的随意性，但这种随意性，其实是需要更高的创造性，空白是一种创造性的空间，但空间不是随便可以跳越过去的，它需要创造性的“物质”来填充，方可承先启后一脉相承。对一般的照本宣科的人来说，这种断点则是障碍，他们面对断点会束手无策，或者奏出不和谐的声调来，或者只能就此罢休，而高水平的琴家在内心里可能更喜欢这种挑战和考验，因为空白处往往是英雄用武之处，他的浑身解数可以自由而有秩序地得到发挥。

成公亮先生对《遁世操》的“挖掘”自然是他近年来刻意创作的一部新作，他对古琴谱那种智慧而有激情的理解，深深地感动我，启发我，由此我产生了很多关于谱的联想，关于谱的议论。

围棋也要打谱，我不知晓围棋的价值在于弈还是在于弈外的美学趣向，如果作为弈，则是两人的事。但围棋的妙处还不仅仅在于两人一壶茶，端坐在棋枰前，无言处惊雷四起，万马奔腾，或细流潺潺，山泉婉约，一种对对方的揣摩与谋杀。围棋的妙处还在于“打谱”，打谱者心境平和而富有艺术创造感，他介入了但没有胜负心，他计算着但没有恶毒的小伎俩，他可能“读不懂”但并不责怪人家“小众化”，他智力投资但并不要求分红得息。有时候真想高呼一声“打谱万岁，打谱者长寿”。

打谱，与“复盘”不一样。复盘是对战时的烟火爆破声的重演，重演的结果只能让失败者更加沮丧，让胜利者感到狂妄侥幸，感到阴谋的重要，感到粗疏的可怕。“复盘”对失败者是残酷的，它是在伤口上撒把盐，它是在失恋的人面前重现旧日情人恩爱的风景，这种心灵的刺激比拿不到奖金还损害身心。我建议围棋比赛完了以后，不要立即组织复盘，复盘是一种累赘，它应该成为对弈棋手在赛后独处时打谱的一种方式。

打谱有时候也不是为了审美，对现代棋手来说，是作为提高棋力的一种有效手段。现代围棋中，复盘只不过是打谱的最蹩脚的表现形式罢了。如果没有打谱这一程序，围棋的魅力乃至生命力都要受到影响。

著名棋手赵治勋多次言及打谱，他说：“我们专业棋手在学习阶段，都要打谱学习现代的著名棋士和历史上名人高手的棋。”围棋界的天皇巨星吴清源在青年时代，反复地打谱，研究日本江户时代的围棋巨匠本因坊秀和大师的《敲玉余韵》，以致把书都翻烂了。但打谱的目的不在于简单地模仿和套用，关键在于用“断点”和“空间”来灌输自己的气息。你在打谱的过程中理解到大师高深的想法与伟大的构思，但你不能重复，重复了就没有意义。赵治勋说得好：“吴先生本身的棋，在我眼里与其说是秀和，倒不如说是‘当代的秀和’。”吴清源先生为什么后来与木谷实先生发起“新布局运动”，就源于他的创新精神，而这种创新与他反复的“打谱”肯定有一种内在的联系。“新布局”本身不是以胜负为标准的，这正是“打谱”方式的延续和拓展。近年来为什么缺少“新布局”，缺少“武宫流”这样艺术创新之作，说到底还是胜负心与钞票操纵着棋士们的心。

名谱才有反复揣摩的可能性，遗憾的是大赛无名谱，没有名谱，就没有什么好说的了。这是体育商业化、艺术商业化之后的必然。我们也不能把自己装进古琴的声韵里不食人间烟火。

足球颂

使用你的双脚

足球运动是人类对集体无意识补偿的一种形式。遗忘是人类的天性，而记忆也是人类的天性。在从猿到人这样一个漫长的过程中，手脚分工的不同使人类有了今日的面貌。汽车的出现，差不多宣布了脚的“死亡”。手与脚的距离又一次拉大了。这是社会的进步，但作为人自身的发展却是一个退步。“使用你的双脚”很可能是 20 世纪末和 21 世纪初最流行的时代主题。

在所有的球类运动中，足球是唯一使用脚的。足球的魅力到底何在？足球的奥秘到底何在？原因自然很多，但有一条很重要，就在于它使用双脚，把脚的作用发挥到极致，它盘球、颠球、传球、射门必须像手一样灵巧自如。足球的价值就在于重新唤起人们对脚的价值的认识，对人自身全面而不是畸形发展的一种提醒。

人们喜爱足球运动并把它作为世界第一运动，可以说是健全人自身的一种本能反应，也可以说是人们对返祖意识的一种潜在的渴望。今天，脚仅是支撑双手和大脑的一个空洞的没有思想的体力支架而已，而足球正可以对此进行有效的富有娱乐性的积极的有趣补偿。在足球运动中，脚传递大脑的信息和思想，脚同时产生着信息、情绪和思想。在足球比赛中，脚部神经异常活跃，它产生出的倒挂金钩、凌空怒射、横扫铲射，其实都不过是远古猿类最最正常的维护生存本能的日常动作而已，而今天的观众则大为惊叹、称赞、歌颂，正说明人的双脚功能已退化到何种地步。

20 世纪人们对自然开发的同时，已开始注意到对人自身的开发，虽然这种开发多半是从气功、瑜伽以及特异功能等生命现象受到启发的。其实，足球运动也是对人自身开发的一种。人类只用了四肢的一半，就出现了如此灿烂的文化，假如人四肢另一半被再度开发，会出现怎样的结果呢？真正对人另一半的开发自然不会停留于这样的初级阶段，更主要的是人的发展也不是一两天、一两个世纪就可以见成效的，而且也不会以人的意志为转移，问题在于人不能忽视脚的潜在未知的价值。而现代足球又差不多是与汽车工业同时出现的，就更表明对人的潜能开发的必然性。

“使用你的双脚吧！”

进入 21 世纪的路牌上写着。

我崇拜的球星

崇拜产生上帝，崇拜产生领袖，崇拜产生明星，球星是众多球迷崇拜的结果。球星在本质上是与教练对立的，如果一个队员能完全彻底地贯彻教练的意图，他就很难发挥他的主体性，他就成不了明星，而他充分地自由地发挥了主体效能，那势必要破坏、瓦解教练的构思与意图。一支优秀的球队，教练与球员势必是对应而不互补的，再完美的意图终由球员来实施，再优秀的球员总是在群体中才会闪出光芒，而群体则是经教练的“意识形态”孵化过的。个人与群体、主体与客体、主动与被动，在比赛中如何找到契合点，便是足球的魅力所在。因为球星总是与胜利共生的，败队的球星永远不会释放出特别的光芒。

我崇拜的球星至今有两个，这与我看球的球龄有关。我的年纪自然无缘亲睹贝利等人的英姿，也无法崇拜起来。我崇拜的第一个明星是法国的普拉蒂尼，在普拉蒂尼身上我灌注了年轻时代的全部理想和梦幻。潇洒、英俊、书卷气、漂亮的香蕉球和法兰西柔美的鬈发，这位欧洲俊彦的出现让巴西的“足球芭蕾”再也无法孤芳自赏，原先欧洲与南美抗衡的足球之势由此而倾斜到欧洲大陆。普拉蒂尼的最大遗憾是在他的运动生涯里没有捧到世界杯，这也是我最大的遗憾，就像一位美人最终没有找到一位合适的丈夫一样令人扼腕叹息。对普拉蒂尼的崇拜可能与我对法国文学的感情有关，在普拉蒂尼身上，集中体现了从雨果到克洛德 · 西蒙几百年间法国文学人文主义的美好理想。这位浪漫的足球王子与足坛告别时，我曾暗暗发誓与足球告别，美丽的幻想破灭了，常常会产生如此的纯情念头。

对马特乌斯的认识是逐渐深刻的，不像对普拉蒂尼那般一见钟情。德国的马特乌斯像一匹超拔于世的骏马，冷峻而韧性十足，神奇的爆发力随时能射穿球网似的，总是在关键时刻屡建奇功。人们曾经用力量型来形容德国队，但力量一旦升华为艺术，就所向无敌了。有人指责马特乌斯是足球机器，其实正是对马氏的最好赞誉，踢足球而成为机器，不是大师是什么？长期以来，理性足球并不为观众称道，其实这正是现代性的标志。理性足球并不是取消即兴发挥，更不是限制队员的创作，而是需要队员始终保持“整体”意识，这种整体意识不仅包括对己方阵形、球路配合的大局观，而且包括对对方整体的了解和把握，以便随时调整策略确立攻防。马特乌斯身上则充分体现了现代足球的精神。天才运动员今后会出现，足球技战术也会发展，但作为整体的理性精神则永远是现代足球的灵魂。因此，说马特乌斯是足球哲学中的老黑格尔并不过分。

足球与球迷

世界杯足球赛的门票少则百十美金，多则几千美金，远非一般中国球迷所能享有的。而作为球迷，尤其作为超级球迷，如果不能亲临世界杯大赛的现场，充分享受赛场内外的气氛，亲眼看见各国球星、一代英豪的风采，谈何球！言何迷！

这样说丝毫也不否认中国球迷的存在，只是说球迷亦是有限制的。为什么农民中少球迷？很简单，除了文化与视野的先天性因素外，还有生计问题的影响。而青年中球迷众多，与他们的经济不受控制和时间可以自由支配有关。成了家、结了婚的男人虽然依然爱足球但须在不影响妻子爱好、不影响孩子学习、不影响老人休息的诸多前提下进行，而这诸多前提的多重制约便使足球的光泽变得不那么崇高、神圣了。

不少球迷都患有不同程度的“精神病”。在他们当中，最常见的类型是偏执狂。虽然不能说他们全是生活竞赛中的失败者，但作为个人理想和愿望被压抑或没有充分得到展开则是肯定无疑。每个球星都有自己的拥戴者，每个球迷都有自己的偶像。足球的传播，比宗教更容易被更多的人接受。也许，宗教太崇高、太累了，而足球那么实在，那么直截了当，那么不受约束，所以全球各地会产生诸多肤色的球星和数以亿计的球迷。

足球，其实不是球星的运动，而是球迷的运动。没有球迷，就没有足球。不知道会不会有朝一日足球像中国的京剧一样，成为一种博物馆艺术。很难说！

我与马拉多纳同龄

如果说马特乌斯是黑格尔的话，那马拉多纳则是当之无愧的当代尼采。尼采高喊“上帝死了”，而马拉多纳利用“上帝之手”成功地登上了冠军的宝座，俨然以上帝自居。这两位创造的“作品”让人们目瞪口呆，影响深远。马拉多纳强烈的进球愿望和高超的个人技术，代表的已不单是一种体育风范，而是一种带有沙文性质的征服意识。

马拉多纳受人喜爱，也遭人非议，他不断制造新闻，不断被人们关注，马拉多纳是一个英雄，但更多的时候却是一个没有长大的顽童。他信口开河，他喜怒不受外界限制，他甚至犯禁，乃至于被迫离开挚爱的绿茵场。

作为马拉多纳的同龄人，我并不特别喜爱他。但我从不否认他是一位民族英雄，一位足坛天才，一位率真孩子气、有毛病的巨星。

0比0的意义

0比0是足球比赛场上出现的结局。很多外行不喜爱看足球的原因之一就是双方队员在场上倒腾了半天，最后却以0比0的结果告终。因此0比0是一个被人讨厌的比分。其实，这是一种误解，没有进球并不意味着没有比赛，更不意味着没有进攻，虽然这样的平局赛往往乏味无聊（这种乏味、无聊在其他项目的比赛中同样存在），但零的比分并不足以否定整场的比赛。事实上，有不少精彩的比赛是以零的比分结束的。如果光有出色的进攻遇不到出色的防守，一面倒的球赛固然热闹，但进攻的出色也就显示不出来。出现0比0的比赛大约有这样几种情况：

①双方无斗志，都以保平局而敷衍掉 90 分钟。

②一方只守不攻，一方攻而不力。

③双方有出色的进攻，又有出色的防守。

④弱队碰到强队，顽强抵抗，瓦解了强者的攻势。

⑤猫儿腻。

在上述五种情况中，第一种与第五种属同一种原因，第二种说明攻守失去了平衡，这两类球赛大致都不精彩，都让人乏味。而第三、四种情况的比赛倒是吊人胃口的比赛，球门时时告急，但城池永远不会失守，直到终场哨声响起前的最后一秒钟。观众的悬念直至最后一秒也未能得到解开：到底谁更强些？如果是弱队逼和强队，观众一定会为强队惋惜而称赞弱队出色表现，“弱国可以打败强国，小国可以打败大国”，这一定律在足球上最容易得到证明。渴望进球是人类的本性，但防守住大门则是足球运动的真谛。足球的真正魅力不在于进球的数量，而在于质量，在于高质量的进攻，还有高质量的防守。篮球运动进球数大大超过足球，可它的魅力却明显不如足球。

这一切都是由守门员决定的。从某种意义上说，足球是守门员的艺术，因为如果没有守门员，足球就变成了用脚踢的篮球了。虽然场上的比分会大幅度地上升，但足球的观众肯定也会大幅度地下降。进球固然精彩，但差点进球、快要进球、进球无效，会更让人感到遗憾、惋惜、回味，这有点像爱情最迷人的时候不在举行婚礼，而是快要得到对方的激动人心的那一刻。人们为失去的爱情反复咏叹，反复追忆，可很少有人去反复歌唱已经得到，已经生米煮成熟饭，已经拖儿携女，已经锅碗瓢盆交响曲的爱情的结果。0 比 0 的价值在于努力而没有实现，零与负价值有天壤之别。零也是一种价值。

伟大的嗓门报国无门

黄健翔曾是我喜欢的足球解说员，他的激情而不掩饰的解说是对传统风格的革新，近年来黄健翔、刘建宏的解说渐缺新意，也许是由于两位大佬资源使用过度，补充不够，还是可以理解的。但今晨黄健翔在解说意大利队对澳大利亚队的比赛结束的刹那间，不知道情绪为何如此失控，忘记解说员的客观立场和中立态度，令人不可思议。

他仿佛解说的是中国女足和澳大利亚女足的比赛，那一个点球仿佛是孙雯罚进似的，而不是托蒂。

他仿佛是一个球迷，一个为本国球队胜负而心脏乱蹦乱跳的疯狂球迷，事后他对张斌说，他不知道他说了些什么，不知道他做了些什么。可观众知道他说了些什么，他的潜意识一目了然。

可爱的黄健翔像醉汉一样，不知道他说了些什么。

他被世界杯灌醉了，被意大利队突如其来的点球和突如其来的胜利灌醉了。

球不醉人人自醉。

其实，我倒是希望澳大利亚队爆冷门的。小国打败大国，弱国打败强国，其实是有观赏性的，本届不是没有冷门吗?

澳大利亚队那么可恨吗?没觉得!

意大利队那么可爱吗?也没觉得!

不明白，不明白。

唉，要是中国足球队能参赛的话，黄健翔积蓄已久的无限激情或许就有了正确的去处了。

都怪中国足球队不参赛，害得健翔错把杭州当汴州。

空有一副伟大的嗓门，无处报国!

祖国啊!您伟大的左后卫在哪里?

围棋的极限与境界

——与常昊对话

围棋的美观正在消失

王干：围棋是中国人对世界的一个非常了不起的贡献，但是在当今西方思想盛行的时代里，围棋的价值被严重低估。以前的棋手下棋风格非常鲜明，关注围棋的记者和作家写出的作品也很优秀，日本的围棋发展速度很快，和参与围棋的人的素质有很大的关系，比如川端康成这样的大作家很关注围棋。但是这种情况在中国就比较少，围棋和中国传统文化的关系十分密切，比如它和书法以及其他艺术门类都有相通的地方。

常昊：现在围棋的竞技性越来越浓。不管是专业棋手还是普通爱好者，都比较强调它的竞技性，所以使得它的文化性降低了，以前我就在思考，为什么日本能够出现那么优秀的作家和观战记者，他们对于围棋人物的描写都非常精彩。但是现在的生活节奏变快了，所以使得现在有关围棋的文化作品不如过去的吸引人。20 世纪三四十年代，棋手们下棋和现在有很大的差异，那时候一盘棋可以下很长时间。由于现在的文化多样性，围棋主要在强调如何吸引观众。在如今这种快节奏的社会里如果一件事情放得太长，就没有人关心了。2008 年奥运会这么重要的事情也是如此，现在我们再谈奥运会，我相信没有多少人去关心了。过去的人做事不愿意快，日本人下围棋就是这样。

王干：不要说围棋，就是战争，现在的人看伊拉克战争，他们更关心的是战争打到哪里了，战争比围棋更直接，战争是实实在在的东西，关心的人都在强调速度，没有太多的人关心其中的过程。“二战”的时候，战争中有那么多复杂的故事，以至于我们经常还把当时出名的战役拿出来品味。现在，美国在伊拉克的战争打完了，人们觉得索然无味。现时代的生活把很多东西都快餐化了，它把人生的味道、社会的内涵都挤掉了。高科技的发展把我们原来需要慢慢品味、慢慢奋斗、集小胜为大胜的生活节奏给破坏了。现代人也形成了强调结果的习惯，用文学上的话说是“直奔主题”。

常昊：我认为过程还是很重要的，也是美好的，下棋也是这样。我现在下棋就没有以前的感觉。我不知道人们是不是愿意很长时间的看一盘棋？是不是大家现在喜欢看快棋？

王干：其实现代人对围棋的态度是与电视文化、电脑文化有关系的。现代人喜欢看高潮、希望尽快进入决战。

常昊：大众传媒的迅猛发展，韩国把围棋的联赛冠军加入到娱乐行业，在网上搞“迷你围棋”，玩家戴着耳机，听着音乐，围棋成为一种竞技游戏了。我觉得这种下棋方式从长远来看是不利于围棋发展的。现在的围棋爱好者对围棋的关注重点发生了变化。因为棋赛太多，生活节奏加快，所以大家都喜欢看结果。信息化呈现出爆炸的特征，我们作为职业棋手现在都来不及看比赛。比如说过去出版的日本围棋年鉴，刚一出版最先只能给围棋尖子阅读，一般棋手还没有机会阅读。现在日本出的围棋年鉴，由于资讯太快，我们根本没有时间去阅读。现在的围棋棋谱完全公开化，旧的没看新的又来了。这种矛盾在中国更典型，因为中国过去很封闭、缺少信息，现在国家开放了，在当今时代里，人们通过电视、网络疯狂地捕捉信息。

王干：我原来说过一个观点，我说我们整个社会把很多事情都在往极限方面推，比如高速公路原来限速 100 公里，现在提高了很多。在日常生活中由于强调速度，所以把很多美好的事情、美好的过程都遗忘了。古人外出游玩，骑着小毛驴，到峨眉山、剑门阁去，这一去就会花掉很长时间。其实这当中的过程非常优雅，比如李白去游览，他就是在享受人生的悠闲。现在的人却更注重去某个目的地，其中的过程被挤掉了。过去人们一直处在慢节奏、低效率、寡信息的社会，虽然物质相对贫穷，但是精神压力不大。当中国开放之后，所有人都开始拼命地占有信息、提取信息、垄断信息，这种对文化资源的高度占有，当然给我国的经济带来了高速增长，同时，网络在这个时代的盛行，网络这一载体将人们的思维、生活习惯、文化理念给改变了，它促使社会进行着大变革，现在人们的生活似乎已经到了起床开电脑、睡觉前的最后一件事关电脑的地步了。所以现代人面对围棋，忽略围棋文化，就是一种美学的消逝。

我认为目前的快节奏生活应该是时代发展的过渡期。因为速度是有极限的，人类对极限的追求是有限度的。我认为我们的生活、政治、经济已经在慢慢地接近极限，从西方文明的经验来看，人类最终还是要回归本性，文化消费最后还是要回归到本真自然。围棋在这二三十年成了泛化的竞技文化，人们强调它的竞技性是与我国的体育运动有关联的，也在追求某种极限功能。

围棋的竞技性被放大

常昊：我觉得什么事情都需要一个过程，围棋在这二三十年同样发生了很大的变革，过去韩国的围棋水平也还不错，但是由于我国当时还没有改革开放，我们不了解韩国的围棋状况，当时我国的围棋目标就是赶超日本。

王干：中国在新中国成立之后，也很重视围棋的发展，但是为什么中国的围棋在 20 世纪 80、90 年代就会有突飞猛进的表现呢？我想问你，中国围棋能够迅速赶超日本的最主要原因是什么？在聂卫平之前，中日棋手的差距很大，我在想，是不是中国围棋出了聂卫平这个天才，是他带动了中国围棋的发展？

常昊：中国这些年加大了对围棋氛围的营造、加强了对围棋技术的探索，几十年前中国的围棋水平不是很高，特别是近代中国的围棋文化比日本的围棋文化落后，围棋文化在日本的几百年中有很大的发展。聂卫平战胜日本有几方面的原因：第一是他自身的功力很深，他具有很强的大局意识；第二是他讲究实战性，并且有自己的思路。虽然当时韩国还没有崛起，但是中国的实战性是强于日本的。

对于围棋技术的提高，需要的时间不是很长，但是如果要想营造浓郁的围棋文化、厚重的围棋积淀的话，那肯定需要很长的时间。从围棋的竞技角度来说，有可能几个人就改变了这项运动的成绩。从中国大的背景来看，国家经济发展，国家对文化的重视，对围棋水平的提高是有很大帮助的。但是竞技水平的提高并不能说明围棋的文化性的增强，就像中国在奥运会上拿的金牌超过了美国，但是中国整体的体育运动还是赶不上美国的。日本相对来说，他们传统的固有的思维更多一些。韩国的崛起在于它更具有实战性。李昌镐对围棋的发展有推动作用，因为他比较早地从竞技胜负的角度发现了围棋后半局官子的本质。他对传统的技法进行了改动，强调围棋的竞技胜负。李昌镐是围棋天才，他的出现对韩国围棋的整体水平提升了，他的出现带动了韩国围棋的提高和韩国人对围棋的认识。后来中国也开始慢慢探索这种实战性。我还是认为围棋不能太注重竞技性，因为竞技性带来的两极化不利于围棋的长期发展。日本重视围棋的文化态度，输赢胜负，都显出优雅的姿态。他们讲究棋型，下棋流于形式，讲求唯美主义，把围棋看成一件作品，所以日本的围棋成绩持续不好。日本这些年之所以力量薄弱，也是因为它的职业化后备力量逐渐减少，它的职业化正处于由盛而衰的过程。我觉得日本在围棋兴盛的时候就出现了一定的危机，往往一个人在他兴旺的时候是会忽略很多问题的，即使在兴旺时发现了自身的缺点，也没有办法及时去弥补、去改变，但是随着时间的推移，这些问题就会慢慢地放大。

王干：我觉得你在把围棋当作一件作品，这话说得非常好。围棋和书法相通，书法讲究书写的过程，强调其中的变化、线条的节奏、文字的韵味。我了解到，中国最早的围棋是不太讲究棋型的，是搏杀的。那时候的围棋类似于现在韩国的围棋，每一手都在争取效益。后来，围棋传播到日本，日本人将围棋进行了变革，强调围棋的文化内涵。我觉得现在韩国围棋又回到了中国古代讲求搏杀的对局特点了。

目前大家对韩流比较重视，的确韩国的成绩比较好，但是韩流肯定是有局限的，只是现在还没有出现又一个天才人物，可以站在韩流之上。其实在强调竞技性的围棋的背后，有着商业化、市场化的背景，跟过去相比，现在一场比赛的经济效益要大许多，电视的介入，也加强了围棋的经济效益，韩国的围棋频道很有人气，所以人们喜欢它的快棋比赛。

常昊：现在韩国的年轻棋手又开始逐渐弱化围棋的搏杀性，逐渐变得文雅、自然。我觉得围棋最讲究自然，韩国强调收官争取效益，日本平平淡淡布局追求形式，他们都没有达到围棋的最高境界，也就是自然的境界。中国这些年是在学习日本的同时，又在思考韩国的棋艺，中国的围棋力量和对围棋的探索比较均衡，始终处于日本和韩国之间，所以得到了持续发展。

电脑不能复制围棋的思维

王干：看来你对围棋的发展脉络有着独自的、深入的思考。在中国棋手当中，你各项能力的平均分是最高的。也就是说，将棋手的各种能力都进行考察，各项指数相加，你的分数应该是最高的。刚才听了你对围棋的分析，了解到当前围棋淡漠自身的文化美学、重视实战、注重效果的状况，我想问你是否考虑过通过你的天才、你的努力，把围棋引入新的境界？

常昊：我认为围棋不是简单地依靠某一个人就能改变的，围棋的发展是一个集体来做的事。从技术的角度来说，某一个棋手的水平突出，可能会让一个团队的力量在一段时间内发生变化。现在围棋的发展比以前快，原因是现在的资讯发达、对局也频繁。以前一名优秀的职业棋手，一年能下四五十盘就已经很多了，现在一个普通职业棋手每年都有上百盘的对局机会。当然现在的比赛也太多了，过去一些优秀的棋手，一生也没下过很多盘。现在围棋高手之间的接触很多、碰撞很多，在不断对局的过程中，棋手自然就会进行一些技术上的调整，同时也会注重技术之外的调整，因为高手很注意自身的全面性。我觉得围棋今后的发展，需要明确两个内容：

一方面我们要去适应现代围棋，比如适应下快棋；另一方面，也不能把传统围棋的特点丢掉，围棋除了竞技性还有自身的文化性。如果围棋没有了文化性，只有竞技性，那么它肯定会被淘汰，因为纯粹竞技性的运动，最终是比不过电脑游戏的。围棋的文化性可以无限的拓展，其中的文化是电脑游戏无法比拟的，这就是围棋的优势。围棋吸引人的魅力就在于它既有很强的竞技性又有很强的文化性。

王干：电脑、网络游戏中的竞技是没法转化为美学的，但是围棋的竞技性是可以转化为美学的。今后的围棋的技术可能会转化为美学层面上的技术。我对围棋的未来发展是充满信心的，因为它除了自身具有竞技性之外，它还是一个强大的文化载体，它自身的发展空间很大。尤其是电脑出现之后，对整个世界的思维方式的改变产生了重大影响。

围棋体现了非常典型的东方思维，西方几千年来一直崇尚“逻各斯中心主义”，讲究逻辑推理，强调明确的目标，其中的程序很严谨。但是在围棋里面，它的逻辑程序总是在改变。围棋思维具有高信息量和强包容性，围棋思维在电脑软件研发的过程中很快就体现出自身的复杂性了，而且围棋思维的复杂性不同于尖端科学的复杂性。比如航天飞机的研制是非常复杂的，在航天飞机将要登天的时候，电脑却可以把一系列程序体现出来。但是对于中国古老的围棋，对于这种非常古朴的文化形态，电脑反而无能为力。由此可见东方文化在围棋中具有博大精深的魅力。我认为电脑围棋战胜不了人，这不仅仅是智力问题，而且有文化问题，有活生生的人的思维在场。围棋是最原生态的文化之一，自然的含量很多，其中的规则很少、变数太多，所以很不容易程序化，它不能复制围棋的思维。

常昊：的确，正如你所说，围棋的规则非常简单，但是它有无穷的变化，比国际象棋、中国象棋复杂。我觉得电脑很难替代它的原因至少包括三个方面。第一，围棋没有固定的攻击目标，象棋可以将军，一旦把老帅将死，棋就结束了。第二，围棋的每个子都是平等的，围棋本身在棋盘上是根据不断地变化来突出自身的价值，它没有等级高低的角色，都是平等的。它对局时的每一手都很讲究，当双方在决战的时候，可能一子的重要性超过了几十目，但是也可能在收官的时候，这一子又变成废物了。围棋没有规定某一子与生俱来的价值，它是根据周围形势的变化来决定一子的价值大小，这也是围棋复杂的原因。第三，围棋没有固定的步伐，象棋有，围棋没有。围棋除了一定的禁入点之外，其他都允许进入，围棋是平等自由的。欧美不太接受围棋，他们喜欢绝对性的东西，而围棋里面没有绝对，只有相对性的东西，没有绝对的好坏。

王干：正如你所说，围棋没有等级差别。我觉得在这一点上，围棋和麻将一样，都没有等级差别。我原来写过一篇文章，分析了麻将几百年长盛不衰的原因。其中就说到麻将里的“东风”“二条”“白板”等等，是没办法定义哪个好哪个不好的，它完全是根据整个牌局的变化来展现自身的价值的。

我猜测围棋的发明人，具有原始的思维，不分等级，没有太多的限制，可以自由发挥，但是正是这种原始性思维有可能成为人类的最终追求。现在大家都在讲社会形态的进步，共产主义作为最高的社会形态，它要求人与人的平等、高度的自由。围棋的内涵和魅力都是与人类的终极价值相关联的。传统的中国是东方式的思维，但是由于近代以来西方强盛了，科技发达了，西方的思维垄断着世界。如今中国在崛起，崛起的同时，受到互联网的影响，东方思维又得到了西方的认可。在美国硅谷，做软件做得最好的是印度人，其次是中国人，这里面很重要的原因就是这些人具有东方的思维。

常昊： IBM 公司曾经有一段时间在进行围棋软件的研发，但是由于围棋比国际象棋的程序复杂，同时又需要一批高水平的职业棋手，所以围棋软件遭遇了困境。从围棋这一文化形态我得到很大的启发，我认为最难揣摩的、最有价值的就是人的思想。

目标感和信心会提高棋力

王干： 日本对于自己围棋现在是不是感到忧虑，他们是否考虑过转变日本围棋的目前状况？

常昊： 日本对于自己围棋的现状是着急的，但是目前还没有看见日本围棋的转化，或许这需要一段时间。日本将围棋完全当作一种文化而不追求成绩，我估计这是与奖金有关系的。每年日本都有一些媒体和企业拿出一笔钱来支持日本围棋，作为文化的发展，它们不求回报，日本国内围棋比赛的奖金是很高的，奖金超过了国际比赛，所以它们立足于国内，棋风转变得较慢。但是反过来看，如果它在国际比赛中成绩持续不好，就会造成爱好者和关注者的流失，最终还是会影响日本围棋的本质。日本围棋在日本青少年里是作为文化来传承，日本人学围棋就像西方人学钢琴，不强调等级和好坏，只是作为国民教育里的一部分，这一点也导致了日本围棋竞技性的薄弱。日本学棋的小孩很多，但都是进行素质教育，提高国民素质。

王干：到目前为止，围棋高手们似乎把围棋中出现的问题都解决了，是不是这样的？你下围棋已经到了天马行空的境界，但是我还是想问你，你现在围棋的哪一方面，自认为还需要提高，或者你个人对围棋的目标是什么？

常昊：很多东西都是我们自认为搞清楚了，其实不一定，下棋是越下到后面，搞清楚的可能性越大。围棋的竞技性导致棋手容易出错，当棋盘越空的时候，就越不容易看清楚，当选择越多的时候，分歧就越大。现在的棋手在手段上超过了过去的棋手，特别是在对局部的处理上体现得更加充分。我希望我的棋更全面一些，过去我对棋的攻法的敏锐度比较差，就竞技性而言，我的进攻速度没有别人快。对于职业棋手来说，如果一盘棋下完了，自己都不知道输在什么地方，那就说明对局的双方有很大的差距，不是在一个层次上。在别人还没有出招的时候，如果你有了预见，这就说明你对棋的把握能力比较强。我比现在活跃于棋界的人年龄大一些，可能我会比年轻棋手多一些自己的思考，这或许是我的优势。但是年轻棋手对于新事物接受得很快，他们对于局部的研究非常细化，这或许又是他们的优势。现在的棋手在他面临被动的时候，他会与你进行拼斗，他们可能会跳出传统、不顾忌围棋的风度，显示出他们独特的想法。

王干：你在很年轻的时候，就已经进入高端领域了，如今，当你们那一批棋手逐渐萧条的时候，你却还处于围棋的青春期。你的围棋生命到目前为止，已经跨越了两代人，这二三十年的中国围棋史，你一直贯穿始终，并且是核心人物，这是什么原因？

常昊：人做一件事需要有自己的目标和信心，每个人的人生都有高潮和低谷，但是人的目标会激发自身的信心。我的目标还是想继续下棋，我还不想休息，所以下棋的兴趣激发了我的信心，特别是在遇到困难的时候，信心的力量就更加重要了。信心是第一步的。另外，我在不断地总结，比较自己和别人的特点，发现自己的问题，在总结之后进行弥补，想办法提高。我总认为人的潜力是很大的，关键就在于自己能否把握得住。我觉得我现在还是有力量去下棋，可能在我这个年龄上，付出和压力比以前大，但是还是有能力去战胜它们的。

王干：你对围棋很投入，但是有没有因为围棋而烦恼？

常昊：这当然是有的，有时候下多了会感到很累，特别是在成绩不是太好、遇到挫折的时候，就会出现烦躁的情绪。但是没关系，这需要自己去调整、休息，并且对围棋的总的信心不能动摇，不能去找后路。

王干：你现在的棋跟以前比，你自己认为是提高了还是退化了？

常昊：我觉得我的水平跟以前差不多，但是对于围棋的理解多了一些，棋下得更加全面一些。现在更新换代很快，要想长久地持续下去，就需要在不失去自己特点的情况下把棋下得更全面。过去我下棋更强调竞技性，因为都是在比赛，而现在下棋的时候已经有些淡化竞技了。

武侠、灌水与大话

你灌水了没有?

这是一句新的问候语，是网友们在网上“见面”时的问候语。

“你吃了没有”是中国人见面几千年不变的问候语，早晨问吃过早饭没有，中午问吃过午饭没有，晚上问吃过晚饭没有。至少我小时候学习使用问候语时就这么模仿大人们的方式的。“民以食为天”，在一个饥荒频繁发生、战争频繁爆发的年代里，能够每天吃上一顿饱饭当然便是一种生活，更是一种幸福。“文革”期间，“革命群众”批判“走资派”最常引用的罪状之一，便是“大吃大喝”，这很容易引起公愤，因为“走资派”的“反动路线”是抽象的、摸不着的，而“大吃大喝”则是看得见、摸得着的，少年的我听到这个词时胃里禁不住蠕动，想到了很多可口的大鱼大肉，因而更加憎恨台上的被批斗对象，群情激愤，也就在其中了。

现在生活在城市之中的人们不会为饿的问题而困扰，虽然有些人见面难免用“食”的问题来问候，但纯粹只是一种语码而已。大多数人已学会用“您好”“你好”“Hi”这样西化的词汇来进行交流了，而更年轻的一代——漂在网上的新人类们已使用“今天，你灌了没有”“你灌水了吗”这样的新颖的问候语了，变化之快让人“耳”不暇接。

在BBS（电子布告栏）上，经常会看到这样的灌水口号：“正所谓生命不息灌水不止，革命有理，灌水无罪，将灌水进行到底，一不留神就灌了洪水滔天……”BBS灌水如今已成为众多网民们的“归宿”，正如现在网上流行的一句话：如果没有灌水，网络将会怎样？

灌水，是指在互联网的BBS版上发表言论，说得好听是畅所欲言，说得不好听是胡说八道。它的英文又称为“addwater”。“灌水”之所以有那么大的吸引力，能够那么火暴，关键就在于“匿名”，也就是灌水者全是“蒙面大汉”和“蒙面女郎”。歹徒作案大多喜欢蒙面，不仅怕熟人认出，对生人也会蒙面，更说明作案者心虚，他不以为这是件正义的事情，因为做了见不得人的事而蒙面，但网上的匿名与蒙面的性质截然不同，他更多的是进行虚拟的游戏，他进入网络之前是社会生活中的人，而他进入网络之后可能就是一个虚拟空间的人，是艺术化的，这个所言所论可能是他个人的内心抒写，也可能是故作姿态，不论是前者还是后者，都有必要遮掩一下。

不论是真情流露还是故意作秀，灌水让现代都市人有了发泄、畅想甚至抒发情感的空间。纵横BBS肆意灌水的人，可以说愿意将自己变得更多元、更感性、更粗粝。这种灌水文化产生的背景在于非生活化，语词是粗暴的，逻辑是混乱的，道理是片面的。如果在生活中只有吵架和批斗大会才会遇到类似的语境，而在 BBS 则是日常化的，因为它是虚拟的。因而有人把网络上的聊天和BBS称为“口水街”也是一种形象的比喻。

灌水与聊天还是不太一样，聊天基本上是对谈或座谈的性质，而灌水因为在公告栏上“发表”，有广而告之的传媒性质，而聊天多是带有私下的隐蔽性，不是面对广大的网络社会。聊天的对象是小众，灌水的对象则是大众。一些灌水者在发表他们的“作品”之后，就开始期盼回帖，当然“一稿多投”是难免的，于是他们在这个 BBS 里检查检查，到那个论坛“南巡南巡”，生怕漏掉某个跟帖。即便门前冷落，荒草丛生，也不会让灌水者落荒而逃，失败会让他们变得更加执着。

灌水自然成为一种文化，灌水者也就有了高下之分。有人按围棋选手的段位方式将灌水者分为九段，则让 BBS 上炸了窝，武有第一，文无第二。你说你是独创，他说你是天下文章一大抄，闹到公堂也分不开子丑寅卯来，但有思想、有文学功底的灌水者还是能够在灌水界脱颖而出的。记得四年前的十强赛中国队兵败金州之后，老榕的一封帖子迅速被人转帖，短短时间内就两万人次跟帖，以后《南方周末》用纸媒体将它克隆出来。我当时疑心老榕曾经是一个“文学青年”，后来发现居然是 8848 网站的 CEO，也就释疑了。今天，十强赛胜利了，再读那封帖子，更有一番滋味在心头。

网友说：夜帖删不尽，灌水重又升。如今，虽然网站如秋风后的落叶纷纷凋谢，但 BBS 从未萧条过，灌水者将会继续灌下去。

侠客行

金庸的一部长篇叫《侠客行》。如今在网上行走的几乎都是侠客，那些五花八门的网名几乎都出自金庸先生的侠客族谱，“东方不败”“风清扬”“韦小宝”“东邪”“西毒”“江南七怪”等名字，打开一个聊天室，点开一个 BBS，随处可见，至于将这些名字稍作改动进行“登录”的就更多，一个聊天室，便是一个比武场似的，一个 BBS 版，都是论剑的华山，这些灌水者、论剑者，都是以身怀绝技的武林高手的面目出现，仿佛网络便是江湖，网络社会便是武侠小说的典型环境似的。

我第一次到网上聊天的时候，是用的自己名字汉语拼音的简写，到一个足球聊天室里去，没想到那里的聊友全是一些大侠，“神州第一指”“风清扬再生”“小李飞刀”“欧阳屠龙”“网上捕快”等等，让我误以为进入到金庸和温瑞安的小说当中，我一下子感到自己的名字土气和不合时宜，果不其然，我在聊天室半天，也没人跟我搭腔，我主动与人搭话，别人也爱理不理，弄得我心情特灰。下次上网后，我重新注册了一个大侠的名字，果然网友们频频向我暗送秋波。我注册的新网名叫“令狐王”，因为那时央视正在播放《笑傲江湖》，令狐冲是一个亮点，因而“令狐王”在足球聊天室一登录，便有无数“高手”前来与我比招论剑，一时间，我应接不暇，最后只好挂起了免战牌。

有一个现象很有趣，这就是国际互联网的出现，进一步加速了武侠小说的传播，尤其是金庸的小说更是成为经典，而金庸的文学地位则急遽上升，不仅做了北京大学的教授，还做了浙江大学文学院的院长。不论教授怎么名誉，院长怎么顾问，20 世纪 80 年代在文坛上不能登堂入室的武侠小说作家堂而皇之被正宗大学认同，委实是一步了不得的提升。与之相比，同样畅销的言情小说大师琼瑶却没有这么幸运。不能说因为互联网抬高了武侠小说和金庸的地位，但互联网上的 BBS 和聊天室与武侠小说有着某种同构的关系，武侠的话语在聊天室使用起来异常的恰切，仿佛是度身定做的一般。

另一个有趣的现象是李安执导的电影《卧虎藏龙》获奥斯卡奖，虽然张艺谋、陈凯歌、姜文多次进军好莱坞，但最多也就是拿个提名奖而已，张艺谋和陈凯歌的电影在自我东方化方面可谓煞费苦心，可没想到功夫片这一招最投西方人的口味。不仅西方人，几乎现代人都有这通病。周星驰一部被新人类奉为经典的《大话西游》，从头至尾也离不开打打斗斗的功夫。现在张艺谋和姜文分别营造武打片，以期国际影坛在李安之后再来一次中国武侠热。金庸武侠小说被多次地重拍，也缘于功夫片有足够的市场效益。

在高科技发展到人的每一根汗毛的时代，人们反而更欣赏冷兵器时代的英雄们，何故？

这与武侠在人们心中的地位有关。

武侠是什么？武侠便是功夫高强、武艺出众的侠客。武侠小说便是描写这群人的命运故事，中国四大名著除《红楼梦》外，都有着浓厚的强烈的武侠气息，《水浒传》本身就是好汉演义，《西游记》里的孙悟空的成长史是所有武侠英雄成长的浓缩，而《三国演义》的“刘关张”结义本身就是一种江湖义气，三国争雄与华山争霸有着异曲同工之妙。武侠英雄有几个共同的特点：一、仗义直拳，除暴安良，用今天的词较倾向于弱势群体；二、他们是一帮无政府主义者，之所以称为“侠”就在于他们游离于黑暗的或光明的统治者之外，如果归附朝廷了，就不是大侠，而应叫作大内高手或捕快了；三、由于是无政府主义者，他们往往没有法制观念，以德代法，是非曲直用感情的好恶取舍；四、有超凡的武功能量和超凡的好运气，常常大难不死，常常以弱胜强，以小胜大，民间传说猫有九条命，可他们会有十八条命。可以说，侠本身的行为是既行的法律秩序不能容忍的，但他们往往又是道义的化身和道德上的卫士。他们能够穿行在法律与道德的边缘地带，以非法律的形式行使道德的使命，就在于他们身上有超越人体极限的能量——他们往往是神话人物，他们是超现实的一群精灵。但他们又是以暴制暴、以恐怖制恐怖、以暗杀制暗杀、以陷阱制陷阱的英雄，虽然武侠中的英雄都是和平主义者，都是武功武德双馨的人格神，但他们用暴力代替法律，用个人行为代替政府行为，不论是国外的蝙蝠侠、佐罗和超人，还是中国的黑旋风、孙悟空、令狐冲。

武侠热经久不衰，从小说到电影电视，再到网络，不论载体怎么变化，武侠英雄从未受到冷落。尤其网络虚拟空间出现之后，更能满足人们内心的侠情结：游离于政府和秩序之外独立行走，路见不平拔刀相助，然后飘忽于山林之间，不见踪影。君不见，各路灌水英雄在 BBS 灌完水之后，便神龙见首不见尾，满以为被蒸发了，但一不小心，他又会从半路上杀出来，一展身姿又不见踪影。可以说人的诸多梦想里，有一个梦想是与生俱来的，这就是能够腾云驾雾、呼风唤雨的大侠之梦，幻想自己有超自然的力量，又幻想自己有超越社会秩序的自由，是所有武侠迷心中的痛。

大话也是话

《大话西游》、金庸武侠、王朔小说是上网必备的三件“宝典”，金庸、王朔已成网络经典自不待说，这《大话西游》据说都是因为盗版 VCD 和网络才得以成为经典的。“大话”是广东话，我在写这篇文章时专门打电话给广州美女作家张梅核实这个词的含义，没想到张梅国庆期间应酬繁多，去赴宴了，接电话的是她老公老姚，老姚和我一起喝过酒，我就顺便向他请教“大话”粤语的语义，老姚说：“大话就是谎言，也就是假话，还有言过其实的意思。”

普通话里的“大话”基本上是言过其实，与“假大空”联系在一起。所谓“假大空”是指假话、大话、空话，而粤语里的“大话”则似乎包含这三层意思。照《大话西游》的剧情来看，大话又接近台湾的“戏说”。但《大话西游》流传之后，“大话”似乎又与“无厘头”画上了等号，与“虚拟”“戏拟”“搞笑”等喜剧概念联系在一起。我在看《大话西游》的 VCD 时，看了一半，就知道会有文学研究者将它称为后现代主义的作品，因为它确实具备了后现代主义的诸多因素。但我又有些不甘心，因为这些因素在其他香港电影电视剧里也反复出现过，不能因为这些因素就颂扬后现代文本的胜利。《大话西游》被网上传为经典的原因，很多人喜爱《大话西游》

的原因，是因为那些比流行歌曲更流行的台词：

曾经有一份真诚的爱情放在我面前，我没有珍惜，等到失去的时候我才后悔莫及。人世间最痛苦的事莫过于此。你的剑在我的咽喉上割下去吧！不用再犹豫了！如果上天能够给我一个再来一次的机会，我会对那个女孩子说三个字：“我爱你。”如果非要在这份爱上加上一个期限，我希望是……一万年！

——至尊宝

喂喂喂！大家不要生气，生气会犯了嗔戒的！悟空你也太调皮了，我跟你说过叫你不要乱扔东西，你怎么又……你看我还没说完你又把棍子给扔掉了！月光宝盒是宝物，你把它扔掉会污染环境，要是砸到小朋友怎么办？就算砸不到小朋友砸到那些花花草草也不好嘛！

——唐　僧

至尊宝的这段在紫霞剑下的爱情独白怎么听也有些油腔滑调，可他确乎又传达了一种很奇异的情感，失去之后的惋惜与珍惜，这又似乎能够打中每个爱情伤心者的隐痛。而唐僧的那段饶舌的教诲，我们更是似曾相识，耳详能提，因为在网上被置换为各种“搞笑版”时，效果奇异地好，而且百换不厌。

几乎没有一个“大话迷”能够有条有理有逻有辑地将《大话西游》的故事复述出来，但《大话西游》的这些经典的对白，他们能够脱口而来。我第一次问一个年轻的朋友《大话西游》是什么，她先说周星驰演的至尊宝，然后便噼里啪啦地给我背诵了那段“我爱你……一万年”的独白，见我还不明白，颇有些嘲弄似告诉我，都是新人类喜欢的，你们文学家，嘿！

我起初以为像张惠妹、李玟的歌一样只是E时代年轻人的一种时尚，可等我租碟回家一看，发现不是那么简单，不只是新人类的时尚，而是一种新的思维方式。这种思维方式是反叛性的，是对单一语言价值论的反叛。因为我们习惯的语言价值系统总是以阐释意义作为定位系统的，可《大话西游》里的故事和语言大多是以游戏作为定位系统的，尤其是人物的台词往往充满了否定之否定的喜剧效应，它们不再表述传达什么，而在于语言自身的游戏与碰撞，比如菩提与至尊宝的另一段经典对白：

菩提：爱一个人需要理由吗？

至尊宝：不需要吗？

菩提：需要吗？

至尊宝：不需要吗？

菩提：需要吗？

至尊宝：不需要吗？

菩提：哎，我是跟你研究研究嘛，干吗那么认真呢？需要吗？

这种绕口令似的对白近乎废话，就语言叙述产生的意义近乎零，因为它叙述的指向不是推向意义，而是自我循环的快感。按照一般语言学的规律来看，这样的对白简直就是无聊，因为这样的“修辞”没有表达出什么内容，按照文学创作对人物对白的要求来看，它也是犯了不必要的“错误”，既没有推进情节的发展，也没有表达人物的内心，只是两个人没理由的“较劲”。但这就是“大话”的本质，大话飞翔在语言价值上空之外，就是不落到语言的意义之场，大话盘旋在人物的嘴巴之间，就是不肯在人物的价值关口上停留，语言被抽象了，因而是大话、套话。这也就不难理解《大话西游》里的许多台词被演绎成各种版本，“足球版”“美女作家版”“王朔版”“王俊生版”“教学版”“考研版”“托福版”等，就在于“大话”的非具象性，有某种抽象的符号价值。当然，“大话”需要一个语境，这个语境除了相互熟悉《大话西游》之外，载体也非常重要，网络这个没有文章审查制度的载体，正是“大话”适宜生存疯长的温床。

大字报与废话的力量

大话、灌水，我们可以把它统称为废话，或者称为负语言，因为它不产生价值和意义。语言作为生产和生活的交际工具，本身是应该产生意义和价值的，废话不能成为工具，只能是一种负语言。其实，人们往往忽略负语言在生活中的存在和作用，事实上日常生活中我们每天都在使用大量的废话，就像传媒每天产生大量的文字垃圾一样，生活的延续和连接更多的时候是靠负语言支撑着，就像思想的存在是因为有无数的人没有思想一样，语言的价值是浮现在负语言的泡沫之上的帆船，废话也是有价值的，有时候也是有力量的。《大话西游》中，饶舌的唐僧被牛魔王捉住之后，对看押他的小妖精反复灌输“人的妈妈是妈，妖的妈妈也是妈”的废话，居然让看押的小妖精自杀了，与孙悟空的金箍棒功效一样。这当然是一种夸张，但废话的力量让人生畏。

网络上的灌水族所使用的文体基本上都是“文革”期间流行的大字报，似曾相识又归来，说明一种文体存在的可能性。大字报产生的时代，是大民主的时代，也是秩序和法制混乱的时代，大字报的内容无一例外是攻击性的，是不讲逻辑和论证性的，为了引起注意，无一例外要危言耸听，制造效果，作为一种政治方式在“文革”期间贻害无穷。大字报的作者和武侠小说中的那些侠客们一样都使用一种暴力话语来获得霸权效应，只是暴力话语、霸权效应与语境有关系。“文革”期间的大字报能够呼风唤雨，在于有合适的外部环境，有合适的“武林”背景，今天的大字报不仅违法，也没有市场。因为一个秩序已经建立，在法制渐趋健全的社会里，“大话”文体活跃 BBS 版上，倒是情有可原。第一，它是虚拟的，不要说匿名的，即使真名实姓也因网络的虚拟性而淡化，你即使讲某人的真事，大家也以为在灌水，这和报纸就不一样。第二，它是非政治化的，BBS 虽然也议论政治问题，不过，它不像大字报那样对具体人实施政治攻击，灌水者往往显示自己才情多于政治关怀，很少有人把恩怨放到 BBS 去解决。第三，废话也需要有出口处，城市有下水道，人身上有排废系统，废话自然也应有集散地，网络没有普及时，广播电台的听众交流充当了这个排遣角色。20 世纪 90 年代初期广播电台重新焕发青春，便是开通了与听众直接交流的渠道，听众与主持人交流的 95% 是废话，但废话有人说，也有人听。至今那些没有上网的市民还在通过电台这个半自由的载体（因为电台增设了监听系统）来宣泄自己的情绪。一个社会，如果废话没有合适的通道，没有固定的释放渠道，集中起来发酵，也会成为一种可怕的能量。

大字报是一种武侠化的文体，没有哪一份大字报不是大气磅礴、豪情满怀的，也没有哪一份大字报不是以除暴安良、仗义执言的身份出现的，但大字报摒弃的是秩序、法制和理性，会搅乱、破坏正常社会的正常生活。而网上的大字报（比如灌水）、网上的武侠只是语言的狂徒，他们在虚拟空间里的暴力和恐怖，在排泄他们心中的愤懑和黑暗之后，并不影响我们正常的生活运轨。从这样的意义上看，大话无害。王朔对金庸、对鲁迅的发难便是当代大字报的"杰作"，但丝毫也没有影响鲁迅的地位和金庸的畅销，应了唐人那句"尔曹身与名俱灭，不废江河万古流"。

2001 年的初夏，周星驰因为《大话西游》应邀来到具有百年辉煌历史的北京大学讲课，这不仅对星仔来说比任何一次演出都更为重要，对长期被内地人视为文化沙漠的香港来说也是莫大的荣耀，他们推崇的星仔走进中国的最高学府。而这之前，北大人曾歇斯底里地反对另一位红影星巩俐做该校的研究生，怕巩明星玷污了北大神圣的文化和高贵的学术。而同为明星的周星星（追星族的昵称）却被奉为座上宾，作为国际影评委员会主任的巩小姐连做学生的分儿也没有，这倒不是北大人势利，而是那部《大话西游》实在是经典。事后，我看了星仔与北大学子的对话记录，北大学子不失北大的高超和深度，而星仔或许是到了北大的缘故，俨然有文化大师的气度，真让我惊讶。

如今上网的三件宝已有两件被北大接纳，金庸在更早的时候在一片争论声中当上了北大的文学教授，香港搞笑巨星周星驰借《大话西游》也登堂入室，唯独王朔一人落落寡合在三里屯自家酒吧与北大隔城相望。王朔没想到他耻于与知识分子为伍时，知识分子也会耻于与他为伍。不过，海纳百川的北大不会这么小气吧？王朔也许会过把北大瘾。

对不起了，那些沉默的朋友

一日，《青春》的顾小虎先生光临寒舍，坐下不久，便兴冲冲地要看书房。他是一个书迷，不藏书，但喜欢看好书。我指指卧室，他看到电视机、游戏机、席梦思和跻身其中的一张写字台，很有些失望："书呢？"我告诉他，为了腾出空间，书都被"坚壁清野"了。他有些怅然，便不语了。

我已经麻木了。这些年来，最难相处的"朋友"便是书这位沉默的朋友了。十几年前，我曾节衣缩食发疯地购买中外名著，订阅各种报刊，当时书很便宜，当然维持生存的费用也远没有像今天这样昂贵。我当时最宏大的愿望便是拥有一间书房，做一名作家。如今，爬格子的职业想辞也辞不掉，因为除了会"码"几个字外便无所长。可书房却像地平线那样可望而不可即，甚至我有一种错觉，字"码"得越深，书房越遥远。

经过这么多年的"锻炼"与"培养"，我写作已不奢望有一间清静雅致的书房了，我已经习惯于野战和游击战的方式：白天能写，晚上能写，电视声中能写，麻将声中能写，说话、哭闹、卡拉 OK

的怪叫和迪斯科的爆炸声中都能写；家里能写，办公室能写，五星级宾馆能写，地下室招待所也能写。这是一种职业的需要。就像足球场上的运动员不论干扰多大，对方队员踹你，小报记者臭你，观众轰你，裁判坑你，甚至老板蔑视你，同伴调侃你，你都得踢好球，你都得射门，你都得进球，这是一个职业运动员必须具备的心理素质。作为一个写作者，我自以为我的抗干扰能力是达标的。当然，如果写作的条件改善些，我会写得从容些，完美些，也更多一些。这只是一种假设，或许我就是个“穷”而后工的命呢。

与我朝夕相伴的书不能像我这么平民化，这么游击化。书是贵族，它需要安静，需要宽敞，需要自由流动的空气，也需要人的亲近和抚摸。这些年来，我由衷地感谢书赐给我的知识、智慧和灵感，由衷地感谢它在我寂寞和孤独时给予我的温馨和忠诚，很难想象，没有书的岁月与囚徒的生活有什么两样。遗憾的是书跟我受尽了委屈。一类被我无缘无故地抛弃，每次搬家，首先要淘汰的便是书，因为书沉重，也因为书多，日积月累确实是多。人在这个时候表现得异常地无情无义，那些被淘汰的书当时便是你用带着体温的钞票购回家的，此时或许已经没有用了，或许难得用上，便叫人家“离休”，那滋味确实不好。我每次搬家总是将这些旧书委托亲友代管，而不愿送进废品收购站。因为卖了，就再也看不到了，存在亲友那里，还可以看到。这只是一种自我安慰的游戏而已，事实上，这些书也就一诀永别了。幸存下来的书，“日子”未必好过，由于没有书房，她们只能层层叠叠垒在一起，家里的两个书橱照例放成双排的，书橱顶上再堆到屋顶，书们拥挤得像挤高峰期的公共汽车似的，经常是已被挤得手脚不能动弹了，还得再塞进一两位上“车”。

书受尽了委屈，我在使用时也极不方便，由于书是双层放的，里面一层的书脊无法看到，有时写作为了核对一个资料或一段引文，几乎要把整个书橱翻个身，等找到那本书时已经精疲力竭，写作的情趣已大减。有一位汉学家对我的文笔感兴趣，赞扬我的论文少用注释，认为注释体现了西方人好实证的思维，而东方注重感悟灵动，注释太多有损文体美感。这位老外哪里知道注释与书房之间的那种奇妙联系。

现在，我望着家里立在书橱里拥挤不堪的朋友们，愧意像虫子一样蛀着我的心：对不起了，沉默的朋友！

贝哥哥的发型和县委书记的帽子

贝哥哥的发型挡不住

贝哥哥，乃追星族尤其是女追星族对英格兰球星贝克汉姆的昵称。

贝克汉姆简直是一个新闻窝。他的太太辣妹维多利亚风情万种，妒煞多少痴男怨女，他的球技能盘活整个英格兰队的中场，他的任意球能射穿任何一个球队、任何一个守门员的大门。贝克汉姆脾气不好，屡被对手暗算，1998 年世界杯时，英格兰队夺冠的呼声甚高，但因贝克汉姆上了对手的当，在关键场次的比赛中，条件反射似的重复了一下对手侵犯他的动作，被罚了红牌。少了贝哥哥的英格兰队便群龙无首，夺冠热门队只好止步于四分之一决赛。贝克汉姆太招人嫉恨，黑社会要绑架他的公子，狗仔队追逐他和辣妹的枕边趣事，他的一举一动都是新闻，都能热销。

贝克汉姆成为“万人迷”的原因除了他精湛的球技外，更重要的还在于他是风流倜傥的青春偶像。足球明星受人宠爱大多是因为球艺高超，但大多球星很难有美丽的外表。马拉多纳虽然球艺直逼贝利，但他矮小的个头委实令人不敢恭维，罗马里奥一副“独狼相”，罗纳尔多这位巴西的英才少年也是英气飒爽，还有苏珊娜这样的超级名模“陪衬”，本已迷倒了一大批追星族，但罗纳尔多的黑皮肤使他与贝克汉姆有了“黑玫瑰”和“白玫瑰”之分。虽然种族主义的市场越来越小，但西方白种人的优越感依然存在，要不然美国摇滚巨星杰克逊就不会花巨额美容费将自己的皮肤漂白——在杰克逊的内心深处，他认为白人是上帝的骄子。贝克汉姆作为“白玫瑰”之王，不仅会得到白种人的钟爱，其他有色人种对他也是恩爱有加。人种的崇拜，虽然是一种强权政治造成的，但强权政治多年形成的人种文化已经成为一种坚硬的传统，在这样的传统文化里，罗纳尔多这样的“外星人”的受青睐率自然要打折扣。

贝克汉姆之所以成为最受欢迎的球星，还在于他的精神气质是一种“甜酷”。酷是近年来流行的审美必备指标参数，但酷有“甜酷”和“冷酷”之分，“冷酷”之“酷”在于不同寻常，在于异类之美，用一个俗透了的词形容便是另类；而“甜酷”之酷，不仅仅在于冷僻和古怪，它的酷有一种淡淡的甜味，这种甜味便是传统审美的一些重要因素。贝哥哥之所以能够广受青睐，固然因为“酷”，但贝克汉姆如果不扮酷的话，他的脸型、五官、眼神在传统的审美谱系中也是中规中矩、能得高分的。这种中规中矩使他有了一份甜酷之酷，而甜酷之酷比冷酷之酷有更大的辐射面和受众面。贝克汉姆的受众面之广，辐射力之强，我是有切身体会的。2000 年，我在《东方文化周刊》担任执行主编，这份以娱乐为主的周刊月发行量最高时曾达八十万份。封面按照惯例用的是美人头，美人头用多了，很想换些阳刚气的男明星，但试过几次，都不甚理想，男人做封面的周刊远不如美人头封面的刊物卖得快、卖得好。2000 年欧洲足球锦标赛期间，我想用贝克汉姆的照片做封面，但四处寻找都没能找到清晰度高、效果好的照片，花钱购买也找不到卖主。一位编辑情急之下，便拿来百事可乐的广告招贴画，因为上面有长发飘逸的贝克汉姆的大头照，这些招贴画的效果也不是很好，我们在电脑上去掉了广告的背景，印出来之后，刊物发行的效果奇好，差不多一天之内全部销完。这让我放心之余又开心，因为选择男明星做封面，刊物难免有滞销的风险，而滞销又是具有连锁效应的，因为周刊的销期短，如不能及时销出，就会自我覆盖，连续的自我覆盖就将刊物送上了绝路；开心的是我作为一个忠实的球迷，看到贝克汉姆居然比影视明星还畅销，仿佛是“凭《国际歌》的旋律找到自己的同志”。

因为这样的缘故，我对贝克汉姆这样的“大众情人”便多了一份关注。2001 年 5 月 25 日，英格兰队和墨西哥队进行了一场友谊比赛，二十六岁的英格兰队队长贝克汉姆给在场的球迷一个意外的惊奇：光头贝哥哥又一次改变了发型。这一次贝克汉姆理了一个近乎中国北方儿童常理的“桃子头”，四周剃光，中间撮起两寸宽的桃状头发。这个发型被称为“莫西干头”，据说是印第安莫西干族人的发型。这个发型引起了很多的争论，前诺丁汉森林队的主教练克罗夫甚至指责贝克汉姆的发型像个小流氓，不适合他国家队队长的身份。而曼联队的主教练弗格森为了这个发型差点和贝克汉姆在该赛季初闹翻，当然经过仔细考虑，贝克汉姆还是放弃了在新赛季初展示新发型的想法。但在赛季结束前夕，在一场友谊赛中，贝哥哥选择了一个适当时机来展示他的新发型，主教练弗格森也只能无可奈何。

贝克汉姆换发型，最初的念头是为了拒绝模仿。因为贝克汉姆成为万人崇拜、亿人知晓的大球星之后，就开始有了新的烦恼，这就是人们对他的疯狂模仿，模仿得最多的便是发型。1997 年，他长发披肩，可以“起床不梳头”，全英格兰的球迷纷纷“起床不梳头”；1998 年在辣妹的要求下，他将长发染成金色，并蓄起了络腮胡，整个英格兰又是一片金发狂潮。2001 年，贝哥哥被这些模仿者都弄烦了，他理了一个没有任何特色的平头，北京人说的“板寸”，但却在英格兰掀起了一场“板寸风暴”。但这种省事简洁的“板寸”却让贝克汉姆的摩丝赞助商受到了损失，因为板寸不需要摩丝定型，当然理发师、理发店更要恨贝哥哥的“没有特色”了，因为“板寸”易剪，理发师赚的钱要比往常少一倍。

贝哥哥“换头”显然不是出于赞助商和理发师的压力，他只是为了拒绝模仿，因为莫西干头这种发型并不雅观。但贝哥哥又一次打错了算盘，“莫西干头”再难看，成了他的发型以后也成了社会时尚和潮流。据《足球》报谢桂青报道：“众多视贝克汉姆为偶像的小球迷对新发型趋之若鹜，以至于很多中学下令禁止学生理‘莫西干头’，发现一个开除一个。”“一位叫哈墨尔的演员外表酷像贝克汉姆，他正是靠自己的外表吃饭的。当他看到小贝的新发型后，做了很长时间的心理斗争。因为哈默尔觉得那种发型太难看了，但出于职业的原因他又不得不走进理发店。”最有趣的是英格兰南部多塞特郡的八十五岁老太太斯派克斯从来不看足球，但在电视上看到贝克汉姆的发型时，觉得太美了。于是在一帮酒徒的欢呼声中，让一位理发师在一家酒吧中为自己进行了发型设计，将满头白发理成了和贝克汉姆一样的“莫西干头”，大家都说她看起来变年轻了。八十五岁的白发苍苍的老太太尚且模仿贝哥哥，年轻人就更不用说，一夜之间，全英格兰突然冒出了很多印第安族的“莫西干人”。因为太酷，一些人对贝哥哥的发型既感兴趣，又下不了决心，特别是女球迷们既爱得要死，又舍不得自己的青丝。英国《太阳报》的一名编辑在剪了“莫西干头”之后，想到了增加发行量的绝招：在英格兰队和墨西哥队友谊赛当天出版的《太阳报》附送一张剪纸，剪纸加工后可以变为贝克汉姆的面具，而且脑袋中央同样有两英寸的头发。这一天《太阳报》发行极其火暴，球迷们纷纷抢购，女球迷们更是欣喜若狂，因为不牺牲青丝也可以有贝哥哥的“莫西干”发型。

《太阳报》这一类似“贴青”的做法，更让贝哥哥的发型挡不住，没准过几日中国球迷中也会流行起“莫西干头”，不过中国人不会奇怪，只是桃子头理到成人头上而已。

县委书记的鸭舌帽效应

贝克汉姆的发型让我想起十多年前碰到的事情。

十五年前，我在江苏中部的一个县城政府机关工作。虽然当时已经改革开放，人们的着装也不只停留在灰色和蓝色上，但那时的流行色的发布却是通过政治手段来传达，流行色是通过当地党政领导人的衣着来体现的。起初我并没有意识到这一点，以为各人都是依照个人的审美标准进行选择的。那一年冬天，突然发现大家戴起了深灰呢鸭舌帽，在这以前，我看到电影里鸭舌帽的装束不是特务，也是类似《海港》中钱守维那样的坏分子。起初，办公室只是主任一个人戴鸭舌帽，后来大家都觉得很好看，纷纷购买，以至县百货公司一度缺货。到后来，整个机关大院里一片鸭舌帽，使我这个不戴帽子的人显得特别刺眼，而且我也觉得鸭舌帽挺顺眼。一次到上海出差正逢降温，我便到南京路上买了一顶浅灰色的鸭舌帽戴到了头上。回到县城之后，我便戴着那顶浅灰色的鸭舌帽去上班，没想到被传达室的老查拦住，让我下车登记。我一愣，冲着老查说，连我都不认识哪。老查笑了，说，大家都戴深颜色的帽子，你却戴了个浅色的，还以为是外地人哩。哦，原来老查戴的也是那种深灰呢的鸭舌帽。

后来，我发现县委书记头上的那顶鸭舌帽也是深灰呢的。我知道自己不仅脱离了群众，也“脱离了”领导，上班的时候就不再戴那顶鸭舌帽，光着头挨冻也比被认为是外地人强。这个冬天流行深灰色的，而我的错误在于与流行色相对抗，可到邻县出差时，我却发现一个县有一个县的流行色，一个县有一个县的流行式。同样是这个冬天，同样是县城，同样是鸭舌帽，可邻县流行的却是另外一种颜色、另外一种款式甚至是另外一种用料。邻县流行一种用毛线编织起来的鸭舌帽，颜色是我喜欢的灰色，与我所在的县城迥然相异。我大惑不解，便将疑惑告诉在邻县工作的同学小蔡，小蔡告诉我，这不奇怪，因为县委书记的夫人是一个编织爱好者，喜欢给县委书记织毛衣，你没发现我们县级机关干部的毛衣都很有特点吗？大街上卖编织棒针的特别多吗？书记的夫人为丈夫织了一顶浅灰色的鸭舌帽，并强烈要求书记戴上上班（这有点像辣妹要求贝哥哥将头发染成金色），说这样显年轻。书记起初还不习惯，可上班后人人夸赞，县委书记也就心安理得，不久，大院以至全县就流行开了。

小蔡说：这叫认同感，你认同了领导的服饰，就等于认同了领导的言行，你实际上也就被领导认同了。有了认同感就容易产生归宿感，那么你在这个群体里就有安全感。你之所以被看门的门卫看作外地人，就是因为他们对你没有认同感，所以你也就缺少安全感，不敢再戴那顶浅色的鸭舌帽上班。不过，你帽子的颜色倒是本县的流行色。于是我把那顶帽子送给了小蔡。

之后，我有意识地观察，发现一地、一个单位、一个部门的行政长官辖区内“臣民”的影响是巨大的，这在县、乡级的干部最为明显。比如，乡镇的一把手穿西装，下属也纷纷仿效，一把手穿夹克，部下也以夹克为时尚。叶兆言曾经跟我讲过这么一件有趣的事，他说以前文化人、年轻人爱穿的名牌，像鳄鱼T恤、耐克风衣、苹果腰带等，本是一种时尚和前卫，现在都是领导干部穿了。叶兆言说这些品牌的服装他自己不再穿了，因为穿着不像文化人了。这是领导干部的素质的变化，也是商家的经营之道所影响。“楚灵王好细腰，而国中多饿人”（《韩非子 · 二柄》），说的是古代减肥潮的起因，今天的县委书记们也是足以影响一个地区的消费文化的。我走过一些县城和地级市，发现那些地方流行的烟酒的品牌并不相同，这里既有县委书记、市委书记的口味因素，也是商家投其所好或养其所好——流行的外动力所致。一顶鸭舌帽可以流行全县，一件夹克、一种酒、一种烟自然也会在当地流行成为消费热点。

一个单位的领导好打麻将，这里赌风必盛；一个单位的领导爱好运动，这里健身肯定热，这便是县委书记的“帽子效应”。

两种崇拜

贝克汉姆与县委书记是风马牛不相及的两类人，可贝克汉姆的发型和县委书记的帽子都具有同样的市场，都有大批的模仿者和追随者。莫西干人发型和鸭舌帽都不是他们的发明创造，在他们使用之前便早已存在。一个普通青年理“莫西干头”，最多被视作另类而已；一个普通工人戴鸭舌帽只是工作服的一部分，不会有人关注。可一经贝克汉姆和县委书记使用，立刻便成为时尚、潮流和流行色。前者被模仿是可以理解的，因为贝克汉姆作为流行文化培养出的明星，天然的流行机制使他的一切成为流行的符号和时尚的标志。商家也正是借着这样的流行机制和文化背景进行运作的。流行文化已经成为一种新的产业，所有人都要在这样的文化造星过程中获得经济利益，当然他们也必须同心协力来塑造贝克汉姆这样的偶像。作为媒体，《太阳报》在炒作贝克汉姆的发型时并没有忘了炒作自己，他们借赠送贝克汉姆的面具剪纸扩大了发行量，从而广告也频频增加。另一位以模仿贝克汉姆为生的演员哈默尔，虽然不喜欢甚至厌恶莫西干人的发型，但职业的需要让他不得不剪这样令自己生厌的发型。而那位八十五岁的老太太斯派克斯将满头白发理成贝哥哥的发型，不仅仅是扮酷，还为患了僵硬症的孙女募捐了一笔资金，“莫西干头”特有的经济价值她是看得到的。

县委书记的被模仿则不为人们所注意，人们对他的克隆是隐性的、不动声色的，而他对人们的模仿也不以为然，不会像贝克汉姆那样厌烦，贝克汉姆需要不同于他人的个性，而县委书记需要的是他人对自己的认同，他人的共性就是他的个性。人们对贝克汉姆的崇拜追逐是大众文化造就的追星热，这种崇拜是商业价值系统的运作；人们对县委书记的崇拜则是意识形态氛围的需要，是在政治权力系统下进行的。一个县的县委书记是这个地区的政治符号，他的言行举止、衣着打扮都是这个地区的政治天气预报，归属或依附于这个政治符号下面的人们必须与这个符号保持同构关系，保持统一性，你的政治生命才有可能得到延续和发展。这并非什么官场哲学，而是政治生活的普遍规则。统一着装的原则首先适用于军队和警察，因为军队和警察需要统一行动和统一步伐，而有些企业统一着装，是为了强调员工的认同感和归属感。在一个个性膨胀的时代里，反个性的制服正是为了维持更多的人的个性发展。官场没有制服，但官场需要规则，官场需要统一。如果一个领导班子开会研究工作，每人着装都像时装展示会那样色彩纷呈，那么这个班子也肯定不是一个“特别能战斗”的集体，弄不好还会是一盘散沙。因而人们对县委书记鸭舌帽的刻意模仿，实际是一种无条件的崇拜，是一种意识形态的支撑。

由于昆德拉在《不朽》一书中运用了“意象形态”这个概念与意识形态相对应，现在一般的研究者便把目前的大众文化、流行文化称之为“意象形态”。也就是说，贝克汉姆的发型被疯狂“盗版”，实际是意象形态的作用。中国的大众文化发展比较迟，但又发育得快，快得都有些畸形，以极快的加速度与国外的流行文化获得同步之势。《花样年华》在国际上得奖之后，国内迅速兴起了一股旗袍热、仿古热，而电视台综艺节目对港台肆无忌惮的克隆，也在一夜之间让电视台的面貌“旧貌换新颜”。在抢争收视率、争夺眼球的荧屏大战中，大家明白抢的是什么——抢的是广告份额。

但大众文化的意象形态并不像有些论者说的那么可怕，并没有真的覆盖原有的意识形态。意识形态在今天依然发挥着强大的作用，县委书记的鸭舌帽效应并未减弱，它有时还会借着意象形态来传播、来扩散。更主要的是一些聪明的商家看到了意识形态和政治权力的特有的经济利益，使鸭舌帽效应涂上了浓重的市场色彩。前面所说的一个县有一个县的烟酒消费品牌就是商家钻了这一市场的空子。而近年来在文艺界流行的“吃主旋律”的说法，也说明政治崇拜也会产生巨大的商业价值。当意识形态学会运用市场机制来强化自身的力量时，意识形态的单纯性虽然受到了损害，但意识形态与市场经济复合之后所产生的另一种力量也已非意象形态所能解构，政治崇拜产生的效益会让明星们也拜倒在鸭舌帽们的脚下。而且，意象形态与意识形态并非水火不相容，它们是很容易妥协的。正当英国一些中学下令禁止学生理“莫西干头”时，英国首相布莱尔在英格兰队与墨西哥队的友谊赛前一天造访一所大学，看到一位理了莫西干人发型的学生却特意上前，与其握手并称赞道：“你的发型很棒！”这让英国所有中学的校长大跌眼镜。

其实，即使布莱尔首相一朝突发奇想，让理发师为自己也理了贝哥哥那样的“莫西干头”，也戴上中国县委书记爱戴的鸭舌帽，结果是一样的：大英帝国还是大英帝国，大英帝国不会垮在贝哥哥的发型上。

另一种噪音

古老而悠远的叫卖声，曾经让我们心向往之。记得陆文夫的《小贩世家》写过小巷敲竹梆卖馄饨的叫卖声，陆先生笔下的叫卖声是如此动人的乐音。叫卖声消失了，作者和小说的主人公一样充满惆怅。我生也晚，没福享受到那荡着生活浪花的悠长余韵，只是在影视里间接体会一下，觉得叫卖声里积淀着那个时代的很多说不清的内涵。悠远的叫卖声肯定是具备无限魅力的，你看连南方黑芝麻糊的广告也用大娘那苍老的叫卖声来唤起人们童年的记忆。艺术和商品就这样奇妙地转来转去，大娘的叫卖声本是商业性的，可因儿时的记忆蒙上了一层审美的意味，这勾人心魄的儿时审美记忆又被今日商家用作推销产品的法术，沧海桑田，桑田沧海。

如今那种叫卖声已被城市的高楼大厦淹没了，被城市的声浪吞噬了。新的城市面貌必然会破坏旧的社区文化，物非人亦非，发怀古之幽思是必须的，想重回旧的时空则是不可能的。如今穿行在那些楼房之间叫卖声已成为令人生恶的噪音，叫卖者拿着电喇叭在号叫，他们不分清晨还是中午，他们只管推销他们的洗洁精、大米、包子，他们只管收购他们的废报纸、旧电器。他们喊累了，就干脆放电喇叭里单调的乐曲：世上只有妈妈好。哭笑不得。

不要以为乡村的打工族在城市制造噪音，城市的市民也在制造噪音，他们在炎热的夏天打开窗户大唱卡拉 OK，他们彻夜打麻将，扰得邻里不安。夜晚的噪音或许是真正的噪音，白天的噪音是为了生存，而夜晚的噪音则为了一己之乐。

还有另一种噪音，这就是手机的鸣叫。它们像一群秋末的蝈蝈，在音乐厅，在电影院，在大大小小的会场上，在星级宾馆的茶室，毫无顾忌地鸣叫哀求，扰乱人们的心绪，破坏剧场的声响效果，甚至在电视台的直播室里，那个蝈蝈也面对千万观众发泄他个人的信息。这些行为也是一种随地吐痰。

这些噪音没人去过问，好像也要立个法才好管理似的。有人曾以电话的普及率和厕所的管理水准来衡量一个国家和地区的文明程度，其实照我看来，这些噪音的有无、多少、大小，同样标志着文明的程度和公民的素质。

南北

闲话南京

如何进入南京

这个题目有点怪，好像是一道军事思考题似的。我这里说的“进入”，并不是一种军事行为，而是一种审美的介入方式，一种观察风景的角度。

每个城市都有很多通道与其他城市相联系，内陆城市有空中和陆上两个渠道可以进入。像南京这样的沿江城市则可以从水上进入。我坐过长江航轮分别从“上游”“下游”到达过南京，从下关四号码头或五号码头下船后对南京的第一感受远不如想象的那么美好，下关作为一个客来客往、货来货往的人流货流的集散地，既没有虎踞龙盘的金陵王气，也没有荡人心魄的秦淮风情，与长江沿岸所有的码头城市别无二致：喧闹而乱哄哄的。

从水上进入南京尚可给人以一个城市的感觉，虽然缺少个性，可毕竟是个城市。而如果从空中进入南京，你一下机舱，就会有一种下乡进村的错觉，或许是首都机场、白云机场与南京机场相比显得豪华些的缘故吧，我每次从北京、广州坐民航客机到达南京后，恍然进入小镇一般，机场公路两旁是农舍农田，没有一点都市的气息，连醒目一点的广告牌也没有（或许有，至少没给我留下深刻的印象），特别是在夜晚和雨天，路灯若明若暗发出昏黄的光亮，汽车还不时溅起泥水，会更增添你的乡村感受，直到出租车驶到新街口看到金陵饭店的巍峨身影，这才会想起，哦，到南京的市中心了。

更多的外地人是坐火车进入南京的。从东线进入与从西线进入感受也迥然相异，每次我从苏、锡、常出差回宁，一出火车站的出口处，马上面临宽阔的玄武湖和宽敞的大马路，顿感苏南小城的拥挤和狭小，心中不由感慨道：还是南京的气象开阔，有大家气。从北京回来的感受就不一样了，列车播音员用兴奋的语调告诉乘客：南京长江大桥到了，可由于铁路桥置于公路桥之下，乘客透过车窗并不能纵览南京的风貌，加之速度很快，过桥后窗外的风景便是破落、衰败的民居、老屋和厂房，几乎每次与我同行的外地人都要惊讶地问我：南京怎么这么破旧呀？我只能说这一段特别破旧特别衰落。我心里还是很懊恼的，南京给人的第一印象怎么是这样的呢？！

进入南京的最佳道路是坐汽车从长江大桥驶入。在汽车上你可以看到巍峨苍翠的紫金山，也可以看到高耸群楼之上的大厦，可以俯视脚下缓缓流过的长江，还可以遥望到南京城被绿树覆盖的宽阔大道……记得有一次我从合肥坐汽车到南京，汽车一上大桥，几个没到过南京的安徽人竟兴奋地站立起来，惊讶地张大着口，啊啊地叫出声来。我感到一种欣慰：我生活的城市真好。

一个城市就像一个人一样，观察它的视点角度不一样，判断也会相异。进入南京的方式我们是可以进行选择加以改变，但对一个人、对人生、对生活的观察和了解，我们往往会陷于一种视角之中，不能自拔。

南京的桥

南京长江大桥曾经为南京增添了多少荣耀和光彩啊。还是我上小学的时候，就听说南京长江大桥建成通车的“特大喜讯”，老师夏鸿才先生讲得神采飞扬，我当时最大的理想便是要到长江大桥“漫步”，欣赏“天堑变通途”的人间奇迹。不久父亲又开会到南京，坐着车在桥上走了一遭，我觉得父亲是世界上最幸福的人了，不断向同学们炫耀。可父亲并不像我想象的那般兴奋，他讲述长江大桥的景观远不如没见过大桥的夏先生转述得精彩，他对南京的马路之宽和绿化之美却给予了更有激情的叙述。现在看来，父亲还是挺有眼光的。

待我见到长江大桥时已是大桥建成十年之后了，距今亦近十余年了。当时我年过二十，满脑子的诗意，崇奉车尼尔雪夫斯基“美是生活”的理论，经常到生活中“找”诗，那一次在长江大桥果然也“找”到一首。我是坐长江江轮穿过大桥的。当时天方黎明，我走出船舱，发现巨大的钢铁结构横越天空，我感到一阵震颤，后来便写下“钢的结构，力的结构／支撑着一个民族的脊梁”这类诗句，我自己还很激动，可后来见到一本写大桥的诗集，里面的诗全是我这样的句子，真是奇怪。可见那时候我们的思维结构、语言结构是何等的雷同，雷同得连诗都像一个模子铸出来似的。怎么也没想到我们引以为自豪的长江大桥会成为改革开放的“障碍”，因为建桥时没考虑到“吨位”问题。也没想到长江大桥会常常堵车，那里一堵便是老半天。更没想到南京会一夜之间冒出二十四座天桥来。南京的桥便成为人们挥之不去的景观和话题。

我时常将南京的桥和北京的桥作比。北京的立交桥如今已修得美不胜收。你坐车在二环路上、三环路上行驶，很快就领略到速度的美、曲线的美和现代生活的美，那些立交桥的造型我认为全是经过诗化处理的。南京人没福气领略到立交桥群的美感，仅有的中央门立交桥其造型也让人不敢恭维。不过，南京的桥还是让人喜欢。首先它是真的，北京的立交桥虽然壮观，但它是“假”的，因为它桥下没有水，而遍布南京大街小巷的桥全是真的，全有流水相伴。桥有水，则让人产生一种古意和诗意，也让人感到生活的真实与自然。再则这些桥几乎全是文物，都有着可与历史兴衰相关的传说与故事，有着深沉耐寻的文化感。初夏的夜晚，你站在一座小桥上，那环绕城市的流动的河水都会向你讲述一段往事。这是北京的“旱桥”所不能比拟的。

南京的树

南京的树是南京的骄傲。

南京被笼罩在树的浓荫之中，南京被绿色环抱着。飞机即将降落南京机场时，你在空中俯瞰南京城貌时，发现南京像是一团绿茸茸的仙人球似的。

很多人歌颂过金陵的烟水王气，很多人描写过桨声灯影的秦淮河，没有人去写南京的树，也没有人去注意南京的树，南京人也不注意南京的树，因为它太普通太平凡了。茅盾笔下的白杨树可以用来象征民族的抗战精神和不屈斗志，而南京的树则不能将它进行简单的比拟和隐喻。南京的树的美感在于自然，在于本色，在于不单调。通往中山陵道路两旁的雪松坚定而质朴，覆盖城市街道的梧桐树苍劲而厚重，北京东路的水杉清秀而挺拔，最让人心醉的或许该算北京西路上的银杏树，那一排排古老而年轻的树枝生长出一脉脉诗似的叶片，为金陵这座古老的都城添注了温馨而苍凉的气息。有时，我呆呆地在北京西路上散步，像是在寻找什么，又像是呼吸什么，我知道我需要的东西在空气里，在银杏树与阳光的深切联系之中，它在人的心里。

记得几年前湖南路拓宽，湖南路两旁粗可怀抱的梧桐树被粗暴地砍伐，让人心痛。我们编辑部居住在湖南路的一座楼房里，或许每天上下班与这些树朝夕相伴处出了感情，全体编辑对树的遇难表示了共同的同情和愤怒，老唐和小汤找到修路工人向他们陈述保护这些大树的必要性，而修路工人是按章办事，自然不能停止砍伐。老唐和小汤又向有关城建环保部门打电话呼吁停止砍伐湖南路的树，他们明明知道这些建议和吁请是徒劳的，因为现代化的过程总要付出不可弥补的代价，可他们还是忙乎了半天。如今湖南路拓宽了，高楼也多起来了，门面也装潢得较富丽堂皇，然而没有了树，没有了树的浓荫和绿影，特别是在夏天的时候，我骑车从中央路拐入湖南路时，有一种进入异域的感觉，仿佛离开了南京，因为南京是树的城市。

南京的树给人以森林城市的美好感受，可南京的树也给人带来了烦恼。由于街道两旁的树木交接到一起，南京产的双层公交车不能行驶，只能到异地服役缓和交通紧张，只能让中巴、“马自达”车蟑螂似的在城市大街小巷窜来窜去。而春夏之交满街的悬铃木花粉四处飘扬，呛得人眼泪鼻涕纵横交错，咳嗽不止。我一出门，过敏性鼻炎发作起来，然后上呼吸道感染，整个春末夏初便处在“第三状态”中。虽然如此，我还是要写南京的树，因为就审美而言，它是无可挑剔的。

南京的菜

外地的朋友都称赞南京的菜好吃，尤以上海、北京的朋友为甚，我以为这是朋友们的客套，时间长了，也就慢慢信以为真了。再有朋友来，便先自吹嘘一番，颇有为南京饮食业做广告之嫌。

其实我心里还是很虚的。南京菜在外地是没有什么影响的，甭说与近年来热得烫手的川、粤这两大菜系相比是小巫见大巫，就连北方的鲁菜也比南京菜的行情看涨。何况按照惯例，南京菜又误入淮扬菜系的名下，这就更影响南京菜的知名度。几年前，黄铁男先生写作《厨王》，并在胡长龄大师的指点下于中山大厦隆重推出“厨王宴”，一时在南京形成了“厨王”热。我有幸品尝过几次，可谓领略到京苏大菜的真谛。然而，厨王菜好像并没有热向全国，而且在南京、在中山大厦也慢慢消逝了。

这也不奇怪，在目前的餐饮业中，有一股奢侈浮华之风，名曰美食，实为斗富。而南京菜则以朴实、家常、实惠为特色，自然在“规格”上比不上那些以山珍海鲜乃至珍稀动物为“美食”的菜系，京苏大菜、淮扬菜系的冷落也在情理之中。

南京的菜是平民的菜，是非贵族化的菜。盐水鸭是南京的名菜，可家家户户每天都可以吃它。我去年夏天在瑞丽，碰到北京一位大款，他只知道南京有两样东西，一是中山陵、一是盐水鸭。盐水鸭与中山陵齐名，真让人啼笑皆非。他问我：二百元可以吃一顿盐水鸭了吧？我忍不住哄地笑了，二百元可以吃一个月了。大款说：一定不好吃。我很生气，仔细一想，这或许正是南京菜知名度不够的原因，那么好吃，为什么又那么便宜呢？不是有的服装个体商贩在原有价格后面加个零，滞销的服装反而好卖了。

南京的拌洋花萝卜、芦蒿炒肉丝都是极为可口的家常菜，特别是芦蒿好像只有南京人才吃。不过，谁吃了都赞不绝口。像“菊花脑”“香椿头”“鸭血汤”“旺鸡蛋”以及龙虾都是别有风味的独家菜，只有南京人才会做、才会吃。遗憾的是它们都太平民化了，在时下强调“精品”“美食”“档次”的消费潮流下，它们只能不登大雅之堂。

不过不登大雅之堂也好，有些本是平民享受的东西一经“贵族化”了之后，平民就没有口福享受了。比如螃蟹原本与芦蒿、旺鸡蛋、龙虾一样寻常，可如今高踞“庙堂”“宾馆”之上，不知何年何月才能爬入寻常百姓家。

南京的话

我的朋友李洁非一提起北京话，就鄙夷地摇摇头，我说这纯粹是你个人的感受，北京话还是很有味道的。这位旅居京城十余载的朋友又补充说，南京话还是蛮好听的，与我老家芜湖话差不多。

《文化苦旅》是近年来畅销书中品位不低的一部，能在俗文化消费市场中立一席之地，是很难得的。余秋雨先生在《五城记》中专门提到南京，表示从不掩饰对南京的喜爱，并说南京只有两个缺点，一是“夏天太热”，一是“语言不太好听”。余先生说南京“夏天太热”显然是真理，南京这座“火炉”在相当一段时间内也不会变成四季如春的昆明，还得“烤”下去，可说南京话不好听，则让人难以苟同，与《文化苦旅》全书所持的那种客观而辩证的思路也格格不入。

说实在的，我也不喜欢南京话，我知道我不喜欢南京话的原因是主观价值预设的结果。一来我不是土生土长的南京人，我的母语不是南京话，我对南京话没有母语的血缘联系，自然缺少亲近感。而说北京话不好听说南京话好听的李洁非则有这种亲近感。二来南京话不像北京话，它与规范的普通语有较大的距离，我对它在心理上缺少认同感，自然觉得它不那么动听。

这些先天与后天的价值参照都已构成一种主观视野，不能视为衡量一种方言好坏的标准。就我个人的感受而言，对余秋雨先生的判断充满了共鸣，但这种感受如果诉诸文字，那就犯了语言沙文主义的错误，而且弄不好会伤害南京人的感情。方言无优劣可言。

事实上，某一地区语言的好听不好听与政治、经济、文化的关系实在是太密切了。记得“文革”前后，上海话是仅次于普通话的方言骄子；改革开放以后，随着南风劲吹，广州话一枝独秀，上海的大街小巷也纷纷办起了广州话培训班。昔日难听的“鸟语”成为一种身份、一种时尚、一种价值的象征，粤语的兴衰与它本身是否好听其实是没有多少关系的。每种方言都有自己的特点，没有必要也不可能列出个“排行榜”来，南京话也有它辉煌的时期。南京方言原属余秋雨先生所在的吴语区，只是明代朱元璋建都南京，江淮官话成为主流，身处国都的南京便洗去吴语的面貌，迅速与“时尚”接轨，在南北交汇之中确立自己的主导地位。后来随着明都北迁，清人入关，南京话在不南不北的文化夹缝中显得非常尴尬。

其实南京话还是有它的特点的，它的幽默不比京味差，它略显粗俗却充满了禅味，比如“好得一塌糊涂”这种反逻辑反语法的方式貌似悖理，其实禅意盎然，套用西方文化的概念来看，这正是一种“后现代”的思维。

南京的春

南京的春，匆匆。

南京属亚温带气候，亚温带气候的特点是四季分明。南京的四季比较分明，春是春，夏是夏，秋是秋，冬是冬，可惜的是四季分布的时间长度不均匀，春秋特别短暂，稍纵即逝似的，而夏冬异常漫长。如果春秋期间到外地出一趟差，感觉上就像卸了冬装就着夏装，脱了汗衫就穿羽绒服似的。

南京人格外地热爱春天，因为它太短暂了。

南京的春天是从梅花山着陆的。我至今没有到梅花山去游览过，我知道春自梅花山还是友人信中透露的信息。这位朋友求学在外，有一年春节过后便写信向我诉说对故乡南京的思念之情，说当时特别想到梅花山去赏梅迎春，呼吸第一缕春的气息。我当时感到这意境奇美，心中暗暗记住了梅花山，但始终不敢涉足，唯恐破坏心中的圣境。就像到南京生活了七八年，我始终不知道总统府在哪里一样，因为在我的印象中总统府是一个很高很大的地方，而现实中的存在肯定会破坏我的想象。直到去年搬到长江路来住，与总统府成为街坊邻居了，才知道总统府原是我路过了无数次的一座建筑。但不知怎么回事，我的记忆仍仿佛没见过总统府似的，仍觉得这是一个遥远遥远的旅游胜境。

因而，每到春天就想起了梅花山，每当有人提起梅花山就想起了南京的春，这种美好的记忆与美好的联想让我沉浸在遐思之中而暗自陶醉，有时会觉得明媚春光也洒满了绿色的稿纸，我的写作也如农民春耕一般勤奋了。

我撰写此文的时刻正是南京春的高潮同时也是春的尾声，在大街上随处可见五颜六色的女孩在宜人的和风中轻盈的身影，她们欢乐的笑声像枝头飘落的花絮，散泛着迷人的温馨。猛想起辛弃疾的一句：“蓦然回首，那人却在，灯火阑珊处。”哦，南京的春也便在蓦然回首之间。

南京的夏

我没有对南京街头的广告类型做过统计，但给我印象最深的是空调广告。或许它不是数量最多的，但它显然占据了很多“要塞”，而且创意新奇、定位准确。记得有一年还因价格问题发生过“空调大战”，引起了整个社会经济机制的全方位震荡，它的意义远远超过“8∶1”（八家国营商场对一家公司）这样纯粹的商战，有心的人会将它写入 20 世纪 90 年代转型期的商业史。当时石头城的老百姓像过“空调节”似的，看的是空调，谈的是空调，买的也是空调，关于空调的话题像黄梅时节迟迟不肯散去的暖湿气流充斥在南京的上空，反而影响了“空气的调节”。

近读 5 月 14 日《扬子晚报》头版报道，云：“1994 年全国春季家电交易会昨天上午在滂沱大雨中开幕，沉寂多时的江苏展览馆被广告条幅、气球、飞艇、气模装扮得喜气洋洋，场内的空调广告铺天盖地。”

这一切都是冲着南京的夏天来的。

南京的夏天是全国闻名的，素有“火炉”的“雅称”。南京的夏天除了温度高以外，持续时间也特别长。在我的印象中，每年南京仿佛有两个夏天似的，从五一节到国庆节，就离不开汗衫、短裤、裙子这些夏日的着装。夏日才是女性真正的春天，因为在炎热的气候下，女性可以卸去一切不必要的包裹和遮掩，尽情而又理所当然地展现女性形体的特有的优美，在这个时候，观念开放者与保守者穿得同样的薄、同样的少、同样的透明、同样的“清水出芙蓉、天然去雕饰”，这是季节赋予她们的审美共识。

难怪南京女性的美丽度远远高于其他城市，原来她们每年都拥有“第二个春天”。

夏天则是男士尴尬的日子，它让男士大失绅士风度，西装革履不仅对自己是沉重的负担，还增添别人的炎热感。好在南京人豁达，男人们打赤膊、趿拖鞋在新街口招摇过市绝不会担心有碍观瞻，露宿街头更是家常便饭。面对酷暑盛夏，南京人犹如从太上老君炼丹炉中出来的孙行者，他们一是毫无惧色，二是有很多消暑的办法。倒是这几年夏天的暴热不像往年持续得那么漫长，南京人反而有些不自在了，他们练就多年的抗高温功夫和对付炎夏的种种措施有些英雄无用武之地，而那些刚刚购买了空调的人家更有一种强烈的失落感。

1988 年南京的夏天是让人难忘的。持续的高温令很多老人和病人辞世，至今想起来还有些不“炎”而栗。当时我在北京工作，没法体会到受烤的滋味，只是在中央电视台新闻联播节目里看到烈日之下一位交警后背被汗水浸湿的镜头。那是一个感人的背影，现在想起来我的眼睛仍禁不住像当初一样湿润润的。

南京的秋

写完《南京的春》《南京的夏》之后，该是《南京的秋》了，我一时竟不知从何落笔，可又无法跳过去，便又搁下笔做其他事，等找到感觉再来“秋”一下。

一日访友，友人是一个青年油画家，酷爱画原野、沙漠、森林等大自然景观。坐下沏一杯茶，说看了我的四篇《闲话南京》有点上“瘾”了。怎么没有了？我说正在写，被“秋”卡住了。

画家说：南京的秋天挺好写的，一个漫长的季节。

我感到很惊讶。漫长？它和春天一样短暂，当你感到秋意时，冬天已经来临。

画家听我扳着指头算完日期，又问我：那我怎么会感到南京的秋天美好而又漫长呢？

我摇摇头，随便说了一句，会不会与你们的职业习惯比如色彩感有关？

对了！画家很兴奋，对对，是色彩。你看这南京的树特别多，品种也多，秋风一起，树叶便开始断断续续往下落，最初是梧桐、泡桐的叶子，它会在你骑车时悄然落到你的身上或者眼前，它那么成熟而又那么苍老，像一个饱经风霜老人的面孔，银杏树的叶片金黄金黄的，透明得像个稚气的小男孩，一阵秋风吹过，金色叶片哗哗地像一阵清脆的童音飘落下来。

画家此时是一个抒情诗人了，越说越兴奋：还有那水杉树，像个少女似的，萧瑟秋风一起，树叶便开始有点红晕，秋风越劲，她的面庞越发通红，红得都让人心醉了。如果这个时候，你来登临栖霞山，你会置身到红叶的海洋之中，漫山遍野的霜叶红似火，胜似二月花。秋天的紫金山、秋天的中山陵、秋天的紫霞湖、秋天的牛首山……都非常非常的迷人。秋天是写生的最好季节。

色彩的丰富让画家感到时间的长度被延伸，因为画家关注的是落叶颜色嬗变的过程，如果落叶颜色千篇一律，画家只会觉得时间很短，人在审美过程中参照的是心理时间，而不是物理时间。

我则联想到整个南京城似乎都充满了秋意，紫金山、紫霞湖、栖霞山的“紫”与“霞”，都与秋和黄昏有关，金陵、秦淮、建康这些名称都脱不了些许暮气。悠久的历史感显然让南京城的色彩变得丰富多彩，但与只有百余年历史的上海和只有十余年历史的深圳相比，南京是“人到中年”了，成熟、沉稳、深厚之余则渴望多一些青春的活力。怪论！城市也会像人一样吗？我不禁反问自己一句。

南京的冬

每到冬天，我们这群“码字族”就开始为如何“过冬”颇费踌躇。因为南京的冬天室内和室外一样冰冷，一样的“不近人情”，在阳光灿烂的白天，室内更显得冰窟窿似的寒意袭人。一般人可以钻到被窝里看电视、睡觉养精神，可“码字族”不能坐在被窝里写作，而写作又是轻闲活，越写越冷，越写手越僵，最后脑子也僵了。南京的冬天不是写作的季节。

我们这群写作者在冬天往往兵分两路，一支“南下”，一支“北上”。“南下”是去花城广州，一般是公费支付，大多受出版社、编辑部之邀，亦有由作协系统内部安排的，往往住星级宾馆、出入有人陪同，半休假半旅游，至于能“码”多少字则不可一概而论。“北上”是去北京，不必住宾馆，朋友的家也行，因为北京的供暖五星级宾馆与平民住的楼房具有同一水平，温度在摄氏二十度左右，且室外不像广州花香鸟语而是寒气袭人，只有回到室中潜心写作。1988 年冬天，我住在北京一间简陋的招待所里，两个月居然写出二十八万字的作品，抵得上在南京十二年的写作量。那真是写作的好时光，我至今对北京的冬天充满了留恋。

我不太喜欢南京的冬天，它让人不知道干什么好，整天冷兮兮的，上班冷，下班冷，回家亦冷。冷得只想不停地吃，所以火锅热在南京久盛不衰。不是南京人好吃，而是为了取暖。

我始终有一件事弄不明白，南京和北京冬天的时间差不多漫长，温差也不大，可从 11 月 10 日到翌年 4 月 5 日，北京无论是机关还是住宅区都有暖气供应，室内都温暖如春，睡觉都只需一床薄薄的棉被，而南京人则享不到这种“暖”福，室内室外都须穿着羽绒服，睡觉时更是里三层、外三层厚厚地被封闭得严严实实，一不当心就会冻感冒，至于面若桃花，手掌红肿的冻疮患者更是屡见不鲜。据说当初是以淮河为界来确定供暖线的，且不论这种划界是否科学，即使科学的话也时过四十余年而“界”迁了。新中国成立初期百废待兴，这道供暖线是从节省能源的角度制定的，“节约每一个铜板”都是革命事业的需要，而不是淮河以南的地区没有冬天，更不是说淮河以南的人们不需要温暖。

如今的生活质量在日渐提高，南京人在冬天花的取暖费用并不少，空调、取暖器、油汀、煤炉等十八般“武器”全用上了，但效果显然都不如暖气，差不多都是低效应、高耗能。能不能采取北方供暖的方式让南京人、江苏人和淮河以南的人们都拥有“第二个春天”呢?

这并不是一种高消费的奢望。有了暖气，既方便了生活，提高了工作效率，还可以节省能源——至少可以缓解电力供应的矛盾。你说如何?

南京的四季

写完《南京的冬》以后，觉得意犹未尽，南京的四季都捋了一遍，纯粹出于我个人的感受，很多读者朋友一定比我对南京的春、夏、秋、冬有更真切、美好的感受，我只是一己之见，只是希望南京人更加关心自己的城市、自己的语言、自己的季节、自己的生活。

前文我曾说过，南京四季分明，但宜人的时光特别短暂，春秋两季都是在蓦然回首之间匆匆度过，而酷热的夏季和寒冷的冬日占据近十个月的时光，再加上季节之间过渡的模糊期，南京真正的春日和秋天其实是非常虚的。南京人好像不在乎，他们习惯了这样的凉热不均，也习惯了这样的冷暖无常，他们从不怨天尤人，很少听到南京本地人痛骂天气的，对这种季节有仇恨心理的都是一些外地人。

南京人有南京人对付冷暖的办法。我曾问过一个中档舞厅的老板什么时候生意最好，老板说最冷和最热的季节。我很奇怪，问他为什么，老板说舞厅有空调，可以避暑，冬天舞厅里人气沸腾，一运动身上就暖和了，可以御寒。这是南京人的智慧，也是南京人的幽默。连跳舞这种娱乐性的活动也这般，富有多重性，是一般的外地人难以想象的。在炎夏高温季节，在一些商厦、商场的大厅里，经常会有老人带着小凳子日出而入，日落而出，他们之所以这般"蹭"商场的"空调"，是因为他们的居住条件太差顶不住酷暑，既可避暑又可购物还可观光，实是一石三鸟的好事情。这与在家里苦熬孤守相比，真有天壤之别。这种主意也许只有南京人才想得出。

虽然南京冷热奇长，但似乎并没有影响南京人的健康。近日报上说南京人寿命平均七十四岁，大大超过全国人均水平，这可能与南京四季分布的不均匀有关，冬天太冷，夏天太热，一方面让人难受，另一方面则锻炼了人体抵御种种疾病的能力。现在在青少年中提倡一种"挫折教育"，是为了让中小学生心理更加健康更加健全，以适应各种变化，人的身体接受一些"挫折"，对人的健康、对人的生命，也是非常有益的。

1993 年盛夏，我躲到昆明避暑，四季如春的气候使人的睡眠延长，少了在炎热下的烦躁与不安。后来我与春城的朋友开玩笑说，为什么江浙沪的经济、文化比昆明发达，就是因为那里有寒冬、有炎夏，让人睡不好觉，而昆明，太好睡觉了。没想到昆明的朋友对我的怪论居然点头称是。

鸡鸣寺侧

常读我文章的朋友知道，我的文章篇末喜欢写“×年×月×日于鸡鸣寺侧”。去年我搬到长江路住，周围都叫“相府营”“香铺营”比较顺眼的名字，我们这条巷子偏偏叫“肚带营”，每次朋友问起家庭住址都忍不住“噗”地笑出声来。这给我作文落款带来不便，这“肚带营”不用说戴着有色眼镜的人会看出色情来，即使六根清净之徒也会觉得有故作调侃诙谐之嫌。我一时竟不知如何结笔才行。忽然一日文毕，“鸡鸣寺侧”四字赫然跃到笔下。其实我现在居住的地点离鸡鸣寺尚有两站路，不能说是附近或边上，而且即令在附近是哪一侧？东侧？西侧？南侧（北侧是玄武湖）也是含糊的，这含糊也让我坦然，因我以鸡鸣寺为中心，我们居住何处都是“侧”而已。最不可思议的是，我在文末多次写了“鸡鸣寺侧”，也路过无数次“鸡鸣寺”，居然没有去登临游玩过。这似乎成了玄机。

玄机并不玄，等我拾阶登上鸡鸣寺，发现在喧闹的都市里居然有这么一个幽静美妙的所在，真是一个巨大的奇迹。鸡鸣寺的香火并不特别旺盛，不像泰山等地云集了善男信女，那是另一种喧嚣。到鸡鸣寺烧香拜佛的人，大多是游览者，兴之所至，正是随缘。专程来求拜或还愿，虽然虔诚，虽然热烈，虽然场面壮观，那是追求功利，并不是真正的平常心。禅在平常心，佛亦在平常心。鸡鸣寺便是充满了平常心的空间。拜佛之后，还可进入茶室慢慢品茗。鸡鸣寺的茶室不是世界上最好的茶室，也是一流的茶室。如今卡拉OK、咖啡馆、酒吧挤兑了所有的茶馆、茶室，可鸡鸣寺的茶室还保持了那么一股质朴、淳厚的古风，茶叶虽不是碧螺春、龙井这些被炒得炙手可热的名牌（当然包括伪名牌），只是普通一级炒青，但它清醇、纯净、耐泡，显然是精心挑选的，而且茶叶保管得相当好。时值盛夏，依旧充盈着绿意和清香，可见寺中之人颇擅茶道。茶室的茶一定要好，这种好并不一定要价格高，关键在于合适。价高令人却步，质次令人味寡，鸡鸣寺茶室里的茶则正好到位。

我这么称赞鸡鸣寺的茶可能与我的心情有关，因为每次登上鸡鸣寺喝茶，总有一种豁然开朗的感觉。宽阔的玄武湖静静流过眼底，巍然的紫金山在树叶间时隐时现，九华山的浮屠金碧辉煌，古老的城墙斑驳着历史的碎片，最是那些生机勃勃的树干，枝叶一直探到茶室的窗前，正好依人。喝茶者虽不能飘飘欲仙，亦大大疏离尘世，远离凡俗。近来我常下午到茶室去闲坐，带一两卷经书或典籍，在喧嚣之中寻找平和宁静，祈望灵魂的净化。

鸡鸣寺的历史极为悠久，“南朝四百八十寺，多少楼台烟雨中”，杜牧的感慨亦是历史的感慨。鸡鸣寺茶室里有一楹联，我记得上联“六朝浮华成烟云”，亦是此意。或许这里埋没、销蚀了诸多的帝王英雄气息，也印下很多历史断痕，我不想去怀古，我要说的是：吾爱。

闲坐秦淮河

对外地人来说，秦淮河是南京最具吸引力的名胜，它远比盐水鸭、板鸭、中山陵、总统府的吸引力大。因为南京的建筑、美食实在没有特别让人非看不可、非吃不可的地方，若说凭吊六朝古都，到过北京故宫的人便会不以为然。金陵古都只是金陵秦淮而已，金陵也成了秦淮的同义词。

这与文人和女人有关。文人和女人对风景名胜有点石成金的妙用，崔颢的《黄鹤楼》、范仲淹的《岳阳楼记》、王勃的《滕王阁序》（不以历史时间为序，按思维联想记录），都给后人留下了不可多得的建筑和景致。女人更是如此，到西安去的人，很多人对秦始皇陵不感兴趣，华清池则是必去之处，尽管华清池已经干涸（不知现在是否又引进新的泉水或自来水）。人们对历史窥视的最终的结穴点往往是对女人的窥视，特别是对女人风流韵事的窥视。这样说来未免过分，可并不违背人情人性。

秦淮河更是文人和女人“共建”的文化景观。“秦淮八艳”中诸艳实际都可成为女诗人、女作家、女画家、女艺术家，不过，主要还是文人的笔提高了她们的声誉。一曲《桃花扇》让李香君流芳百世。近代散文大家朱自清、俞平伯的同题散文《桨声灯影里的秦淮河》传诵至今，当代的余秋雨在其畅销书《文化苦旅》中，对“六朝金粉”充满赞美之意：“历代妓女多得很，哪像明末清初‘秦淮八艳’那样具有文化素养和政治见识，使整整一段政治文化史都染上了艳丽色彩？”我辈同行叶兆言则以“夜泊秦淮”为题写作了一系列小说，名声斐然，另一个叫苏童的老弟虽不直接以秦淮为背景，可他的《红粉》，则被人们当作金陵秦淮的历史风情来欣赏的。小小秦淮河有着道不清说不完的故事。

我对秦淮河的印象是最近才好起来的。以前陪外地朋友到秦淮河赶集似的浮光掠影地走一遭，只觉夫子庙一带与上海的豫园一样，只是一个乱哄哄的商场而已，觉得历代文人对此过誉，或者是今天淡化了它原有的韵味。后来有朋友告诉我，秦淮河宜静观，不宜作走马观花似的扫描，你如果留心的话，会发现秦淮河的每个角度都值得玩味。近日偶得闲心，在秦淮河畔的香君故居小酌两杯之后，便倚坐小石桥，看河两岸的风景。这是一个具有纵深感的画面。可看人来人往的人流慢慢消隐在深灰色的明代建筑的历史空间，可看悠悠秦淮河水缓缓流过脚下，流过那些荒废了的石码头，旧日繁华如流水般地远逝，亦可看大排档上各色人等的吃相喝相，喧闹的人声被隔在窗外似的，那些流动和不流动的景象，默片似的充满了良好的视觉审美效果。

我这样呆呆地坐着，直至暮色黯然，仿佛也融进了画面。有一两阵小雨飘过，淋湿了头发和衣服，我居然没有知晓。

烟水迷离话南京

我对南京最初的印象是“读”出来的，是从那些绚丽的古典诗词里读出来的。“山围故国周遭在，潮打空城寂寞回。淮水东边旧时月，夜深还过女墙来”，“朱雀桥边野草花，乌衣巷口夕阳斜。旧时王谢堂前燕，飞入寻常百姓家”。仅是刘禹锡的这两首以金陵为题的诗，就足以让人对南京痴迷，“旧时月”，“旧时燕”，“无情最是台城柳，依旧烟笼十里堤”（韦庄诗句），这三个“旧”字，“旧”出了金陵古城的魅力。

仅一个“旧”字似乎又不能完全概括南京的人文特点，怀旧感伤固然是那些古典诗词的基调，可南京的美不仅仅是因为它是一个六朝古都，作为故都的西安、洛阳、北京等地，都有“旧时月”，都有“旧时燕”，可为什么南京的“旧时月”“旧时燕”那么凄迷动人呢？后来我读李后主的词，读清人纳兰性德对李后主的评述，我对南京的印象和理解似乎又深了一层。清代的这位著名词人说李煜的词“绕烟水迷离之致”，太妙了，烟水迷离，又岂止是李煜的词，南京的美，就在于烟水迷离，迷离烟水。

烟水迷离的南京，处处荡漾着水的清灵，水的秀丽，水的浑厚。不用说浩瀚的长江绕城而过，也不用说燕子矶的峭拔、八卦洲的奇诡、桃叶渡的艳丽，玄武湖、莫愁湖、白鹭洲、紫霞湖这些碧波微兴、绿意盎然而风采各呈的公园就给人以不同的审美享受。玄武湖的寥廓，莫愁湖的典雅，白鹭洲的洒脱，紫霞湖的野趣，像一页页不同的画卷铺坝在人们的面前，美不胜收。当然对这些湖的欣赏除了需要好的文化素养，还需要好的角度、好的心境、好的时光。记得好长时间内，我对玄武湖并无特别的感受，只觉得它与许多省会城市都有的那么一个湖相差无几。人流匆匆，熙熙攘攘，儿童乐园，游客云散。可在一个暮春的傍晚，我改变了对玄武湖的看法。那天黄昏，我独自漫步，看浑圆的落日在薄暮霭霭中沉入湖面，看湖边的“旧时月”越过女墙冷然地照耀着路边的树影和我胆怯的身影，看远方的紫金山麓迷蒙的山岚烟雾，再看看笼罩在烟气水气之中的梁洲，再想想那流芳百世的《昭明文选》便诞生于此，我有些恍惚，我不知身在何处，是历史的迷宫还是现实的景色，是优美的文学意境，还是人生的旅途。你好，烟水迷离的玄武湖！你好，烟水迷离的南京！我在心里大声高喊，周围没有回音，低迷的烟水之气徘徊不前，痴迷的我也渐渐融入这烟水的幻境……

这便是南京的湖，南京的水。南京迷离的烟水不仅是水之烟，还有时间之烟，历史之烟。俗话说，往事如云烟，人们常爱说历史如过眼烟云。南京迷离的烟水里显然渗入了历史的烟雾和历史的沉重。金陵风云多变幻，钟山风雨起苍黄。从三国的孙权到民国的蒋介石，先后有十个朝代都在此建都。虽然十个朝代加起来不足四百年，时间跨度却经历了十几个世纪，每个朝代都在这金粉之都留下了血火、泪痕、足迹，胭脂井、北极阁、胜棋楼、天堡城、熙园、瞻园、雨花台、中山陵、梅园新村，这些地名和名胜仿佛是历代史家散落的册页，像《桃花扇》里唱的那般“眼看他起朱楼，眼看他宴宾客，眼看他楼塌了”，多少兴亡事，全化作云烟一般消逝在时间的长河中。就是这些云烟般的历史增添了南京风景的苍凉和文化气韵，烟水迷离不再是纯粹的自然景貌，而是历史和风物复合的人文景观。

最能体现这烟水迷离之美的恐怕要算秦淮河了，朱自清、俞平伯的两篇《桨声灯影里的秦淮河》，写出了秦淮河的烟气，写出了秦淮河的水气。秦淮河作为历代佳丽荟萃之地，可谓水气迷人（贾宝玉说女人是水做的），由于她们（比如李香君）不时卷入政治的血与火的斗争，青楼便不再只是卖笑的场所，风尘女不再只是玩物，秦淮河有了历史的兴亡和文化的沧桑。故而秦淮几乎成了南京的代名词，凡是到南京来游玩的人无不来到秦淮河边。匆匆地浏览也许并不能真正领略到烟水迷离的景致，但在人们的心目中，早就有一个烟水迷离的所在，它们是永不消逝的乌衣巷、朱雀桥、台城柳、秦淮月。

没有这些，南京将会是怎样的苍白。

北京的春

北京的春，晚春。

辛弃疾词云："春在溪头荠菜花。"北京的春，不在溪头，也不在荠菜花。溪头无水，荠菜花不开。北京的春从哪儿来？从"杨胡子"生长的那一刻开始，一个漫长而迟缓的迎春仪式便开始了。

"杨胡子"何物？"杨胡子"是北京老百姓对杨树在初春时节所生长出来的一种花絮的称谓。在南方，或许该叫作杨花那样诗意的名字。北京老百姓说它杨胡子，是指杨树长出来的花絮实在像胡须，黑黝中泛着点青绿色，这胡子慢慢长大，到杨花飞天的时候也就是树叶绿成一片，北京的春天就姗姗来迟了。

因而北京的春天实际就是一个迎春的季节，人们的口头禅是：都快春天了，这雪还没化干净；都快春天了，天还这么冷；都快春天了，还不下雨；都快春天了，这柳树还没青。玉兰花倒是率先开了，但玉兰花开得像一树雪似的，仿佛是冬天故事延续的一个白色的尾巴。路边没有星星点点的迎春花，而是干枯的草色和尘土色，但呼啸的风从头顶上吹过的时候，你会觉得有些许的暖意，而不是凛冽的寒。

这风渐渐大起来。北京的风大，大得不像一个大都市的空气，而像一个山谷的气流，那些高楼和水泥森林组合成的山谷。北京的春天更是一个风的季节，从北方奔袭而来的风无遮无拦裹着荒芜的沙尘和绝望的黄色，“杀”气腾腾。2006 年的春天，还史无前例（我的记忆里史无前例）下了土。那天早晨，我隔着窗户看到地上、屋上、车上、树上下了一层黄色的“雪”，不知何物，后来听老北京说，下的土。你想想这北京的风多大，那么沉的土都吹得动。

沙尘暴成了北京的一个痛，像一个难以愈合的伤口，更像到了干燥季节就越搔越痒的牛皮癣一样，挡不住，治不了，止不住。烦躁，郁闷，出门就是一身的“黄金甲”，迷惘，不仅是情绪的写照，也是现实的显现。这个令人迷惘甚至绝望的沙尘暴，成了北京春天的杀手。

绿意阑珊，雨水稀缺，北京的春意迟迟暮暮，那些倔强的树木和花草还是顽强地生长出绿叶和花朵来。北京的春天来得迟，北京的花季特别短，但北京的花开得那样精神和灿烂，似乎要把那些被耽误的春光浓缩在有限的时间开放，花的瓣和蕊一点也不软绵绵的，有一种久藏的浓香和璀璨。我看过昆明和广州的花市，那里的花色品种渐欲迷人眼，花期也相当长久，但花的叶瓣有些松散和倦慵，却少北京花的力道。北京的花像流星般让人兴奋，因积蓄的能量集中爆发，虽然短暂，但印象深刻。南方的花像恒星般稳定，更趋于日常生活状态。花季亦如人生，久开难以保持辉煌，迟开必不平淡。

北京的夏

这早夏来得早，走得可不迟，从五月一直延续到九月中下旬，占了北京的小半年光景。

晚春短秋，成为北京夏天的头饰和豹尾，斑斓而迟迟不肯离去的夏日让人难忘。

在北京的夏天你会期待什么？一场轰轰烈烈的暴雨？还是穿胡同而过的凉风？

北京的夏天是一个让人期待的季节。也可能你不知道期待什么，但那是一个让你期待的季节。

其实期待的是夜晚。

北京晚春，却是早夏。

大约在五月初的时候，北京就进入了夏天。北京的夏来得快，突然，没有一点准备。仿佛刚刚脱下羽绒服，就穿上了短袖。对于不参加商务和外事活动的北京老百姓来说，长袖衬衫几乎可以忽略不用，因为春秋之间、夏秋之间的间隙太短，用不着长袖衬衫来衔接、过渡。所以在北京的街头，衬衫的广告非常少见。

北京夏日的白天一点也不比南方的夏季清凉。那种热，是干燥的热，挥之不去的热，连汗水都要蒸发掉，炎热的中午气温会高达四十摄氏度，和南方的夏天别无二致，一样的空调，一样的电风扇，一样的冷饮，一样的有民工中暑。不知道什么原因，这两年来，北京的夏天流行一种叫“桑拿天”的气候，而且时间有越来越长的趋势。不知道是全球气候变暖的原因，还是北京的湿度在增加。桑拿天本是上海人形容当地气候，最多不超过十五年的时光，但现在也南风北渐，这桑拿天快把北京蒸成黄梅时节的江南。有朋友开玩笑说：瞧，你们呀，把南方的特色全带来了。

但怎么蒸，北京的物件不发霉，用北京人的话说，就是不长毛。在南方生长(活)的岁月里，我每年夏天总要看到一种“晒伏”，就是黄梅天过去了，家家户户总要将家中的衣服搬出来在伏天的烈日下曝晒，去除湿气和霉斑，用毛刷刷去那些“毛”。有些家庭主妇在晒伏时还会因长时间翻衣刷“毛”而中暑。

北京不知道“晒伏”为何物，就像南方人没法想象北京冬日的暖气让屋内温暖如暮春，如初夏。

北京的夏，白天毫无特色可言，夜晚暑气散尽，开始凉爽。北京人非常热爱夏夜，胡同里大爷大妈们几乎倾巢而出，下棋，打牌，看电视，侃大山，而年轻人则喜欢喝啤酒，简单点就在路边支个桌子，复杂点的就聚到酒吧。北京的酒吧夏天最火，无论是三里屯还是后海，或是其他的酒吧群，都人气腾腾，俨然景观。

北京夏天的夜晚，一个人骑上一辆自行车，不是去何处，而是漫无目的地在长安街上兜风，宽阔的大道，你会感觉到八面来风，那种爽，是无比惬意的爽。说实在的，在北京时时刻刻感到是自己的渺小，那些大人物和大建筑常常是一种无形的压抑，让你很难产生豪气和伟岸。但在夜风轻拂的长安街上，自由，甚至而没有交警的约束（交通管制并不限制自行车）。因而，你穿行在历史和现实之间，你俯瞰那些大建筑，而你不觉得你是一个小人物，那些汹涌的车流在你面前走过，是在向你行注目礼。当你行到天安门广场时，你会产生一种检阅的错觉，你觉得做一个北京人，真的不渺小。

北京的秋

这个秋天特别长，树叶迟迟不肯掉，对这个季节特别迷恋，有些树甚至还不肯黄，绿绿的依旧像夏日那么葱郁，河边的垂柳甚至有返青的迹象。11 月 15 日按惯例快供暖了，可室外的气温常到十七八摄氏度，于是，有人不禁要问北京的天气是不是反常了？奇怪，北京人现在常常感叹北京的四季不分明，感叹春秋特别短暂，“忒短了”，老北京时常这么说。可今年的秋天实在了点，稍长了些，秋天更像秋天了，人们反而有些不习惯了。

我是从秋天开始认识北京的。1983 年的 10 月下旬，我从南京第一次来到北京，坐的是火车，那是趟夜车。10 月的南方暑气还没消尽，我想象北京的秋天一定气候宜人。没想到随着火车向北京接近，寒气也一步一步逼近，加上硬座车厢的空气又特别的浑浊，所以我一到北京就感冒了。秋天的风特别大，我清楚地记得有一天的黄昏，我出地铁时，莫大的冷风快把我吹透了，我仿佛掉在凉水里。刚出地铁口，便闻到一股奇异的焦香，那焦香像一只手搅到你胃里去似的，我抬头一看，原来是卖烤红薯的大妈，我花了一毛钱买了一只啃了起来，那暖，那香，那甜，那焦，渗透到每根毛孔里去了。北京深秋的这个黄昏，那寒冷中的暖意，让我对北京产生莫名的好感，以至于我再看到大街上卖红薯的，就想起北京，北京留给我的最初的记忆居然是烤红薯的味道。

到 1988 年我被借调到《文艺报》工作，这年秋天报社组织秋游，去慕田峪长城游览，我看到了北京真正的秋天，甚至看到了真正的北京。雄伟的燕山庄严的烽火台在纯净的秋色中，把历史的雄浑和自然的伟岸演绎得天衣无缝，明亮得仿佛有些透明度的红叶在广阔的山野之间火焰般灿烂，空气也仿佛像蔚蓝的海水那么干净，我在攀登的过程中，前见古人，有长城的雄姿告诉我们历史的沧桑和遥远，后见来者，《文艺报》那些年轻的同事意气风发，风华正茂。北京的秋天让人爱怜而奋进。

北京的秋天有一种大方之美，北京的大气在建筑、街道和装饰风格都有鲜明的表现，在时令上也不例外。春天带着北方之北的风沙在华北平原上呼啸而过，夏天的雷雨倾盆而注决不黄梅，冬天的雪无边无际却不粘连，但好像秋天的北京最让人心旷神怡，最有大都的气象。我女儿第一次从首都机场到北京时，说，这儿什么都比南京大一框。南京也是六朝以上的古都，和北京比起来可能要精细一些，可格局还是不如北京宏阔。

秋高气爽或许用来形容北京最为合适，因为能见度特别高，北京的秋天把北京的优点淋漓尽致地表露出来，大气，宽阔，具有一种雍容、成熟和华贵的美。如果上海这个城市欲露还羞的美感在春天最能体现的话，如果广州热情开放的美感在夏天的话，那北京的美感无疑属于秋色，红墙，枫叶，火红的柿子，沉稳的鸽哨，都在浓浓的秋意里如诗似画，如弦似乐。

中国文人历来喜欢在秋天发一些感慨，感秋怀秋伤秋的经典之作广为流传，往往与人生的失意落寞联系在一起，“秋尽江南草未凋”，杜牧、杜甫的名句常常和秋天联系。可北京的秋天并不给人太多的惆怅，它消失时也干净利索，并不像南方的秋叶反复地飘落和回旋，一点也不拖泥带水。比如我在写这篇文章的过程中，这个被大家谈论多日的秋天却戛然而止了，突然而来的强冷空气毫不留情地将暖暖的深秋吹走，我们甚至没有听到秋叶簌簌落地声响，只看到路上落满了没有枯黄泛着绿色和青色的树叶，在彻骨的寒风中偶尔旋出一个绿的涡流，宣告一个季节的结束。2005 年这个青色的秋天就这样与北京道别了。

北京的冬

北京的冬天才是冬天，但北京的冬天如果没有下雪的话就不像冬天。整整一个冬天人们都在盼望下雪，天气预报也时不时地提醒人们要下雪了，但雪愣是不肯光临。媒体说北京遭遇了前所未有的最脏的一月，空气甚至达到了重度污染的程度，北京的冬天一点也不可爱。

后来，忽然雪就来了。

雪让北京人过节似的快乐。院子里雪人被调皮的孩子和一样调皮的父母堆起来了。父母在为孩子堆雪人的时候，其实也是为自己不泯的童心建一个回忆的坐标。这坐标虽然消失得容易，但在心里贮存着，每次大雪都被激活。

有雪的北京生动可爱，无雪的北京的冬天则显得有些肃杀，树木简练得只剩下枝干，绝不拖泥带水地隐藏些许的叶片和绿意。整个北京的冬天像一幅鲁迅小说里的木刻插图，冷峻而凝练。

我有些喜欢这种冷峻和凝练，有些喜欢北京的冬，这虽然不是我北迁的全部理由，但其中季节的成分也占了相当的因素。记得二十年前第一次到北京学习的时候，问一位老师，北京有什么特产，这位老师半开玩笑地说：暖气。我起初以为只是调侃的一句话，等我享受到北京暖气的种种好处之后，我也由衷地说：暖气，北京特产。

在北京生活惯了的朋友可能没有我这南方来的外来者这样的深切感受（这个南方不是广义上的南方，可能叫东南更合适）。南方的冬天是不方便学习和写作的。我在《南京的冬》一文中曾“痛说”南京的冬天的种种不适，潮湿，阴冷，做什么事情都束手束脚的，尤其是看书、学习、写作这种轻活，时间越长越是寒冷难当。而北京的供暖，让室内的小环境有了春意盎然的温暖，甚至有初夏般的自在和舒适，非常适合做文字这类轻活。我对北京的冬天心存感激。

如今，我迁徙到北京，不仅可以感受到北京温暖而漫长的冬天，还可以感受到北京的四季变化物转星移。在他乡回忆或想象南方冬天的种种趣事，也是人生的另一种滋味，就像我现在穿着夏装看北京窗外的寒冷的雪景一样，不同季节的感受和反差让你想起丰富的生活和单调的生活之间的联系。

在怀柔观山

四个窗户里，都能看到山，这是我在怀柔居所里的一大景观。

看到山，感到踏实，感到稳重，感到离天地那么近。我出生在苏北里下河平原上，从小没见过山，不知道山长成什么模样。我生在一个叫茅山的小镇，据说茅山曾经有座山，但等我前些年去茅山时，茅山的山在“文革”“学大寨”时被夷为平地了，只是山下的庙尚在，香火犹存。

上中学时，到泰州泰山公园去玩，满以为会见到山，后来发现只是公园的地势比一般的地方高，还是没有见到想象中的山。第一次见到山，是在镇江的金山和焦山。对于生活在长江北岸的人来说，镇江的金山和焦山就像一个遥远的传说，很亲切，但不那么容易接近。这遥远，这传说，是由流传多年的白蛇娘娘、许仙、法海的故事造就。等我登上金山和焦山，发现长江两岸的距离是那么的近，江北的平原一线展开，而江南的远处则山连着山。

扬州人爱山，在蜀岗周围建了平山堂，而在著名的瘦西湖则有“小金山”的景观。平山之“山”，小金山之“山”，都是长江对岸借镇江的山景。高邮和泰州一样，也有泰山，但不是公园，而是泰山庙。泰山庙又叫文游台，在高邮读书和工作期间，我最喜爱的去处，便是这泰山庙，站在泰山庙的最高处，西望高邮湖上的点点白帆，东观一望无际的里下河平原，确实有“登泰山而小天下”的壮观。

到我结婚的时候，我们夫妇俩和几个同学骑自行车来到了扬州北郊的天山，这天山和新疆的天山比起来不是小巫见大巫的问题，而是一滴水与大海的关系。不过这天山和苏中地区的山相比，确实可以称得上是山，因为这山有石头，不是土山，山下还有采石场。更重要的是天山不是我在公园见到的山，它是自然的存在，没有人为的痕迹，用今天的话说，是原生态的。这天山又叫神居山，传说当年尧在此居住过，并且用天山的石头创造了围棋这样伟大的文化。我回忆婚姻时，总能想到那次登山的快乐。

第一次到北京，打动我的居然是山。在去八达岭的路上，我第一次看到了北方的山，我知道了什么叫雄浑，什么叫力道，那些绵延的山是立着的，是张开胸膛的，我喜欢。当时我写过诗，来记录这感受，一个来自水乡的孩子，对北方群山的景仰和赞叹。

等我到北京工作，才发现北京城里没有山。唯一的一座山是景山，还是人工堆起来的。但在北京的背后，有郁郁苍苍的燕山山脉。一个天气晴朗的上午，我从单位小街天桥上路过，抬头一看，居然看到了清晰的西山仿佛近在咫尺，再往北看去，在城市的边沿，一脉青山生动如画。这是北京的山，这是来自怀柔、昌平的山，是北京的围墙。

我下决心要亲近这些山，要近距离接近它们，靠近它们。2007年的夏天，我的梦想成为现实，我可以在居所里自由地阅读山，感受山，出门不久，穿过一片庄稼地，还可以登山。辛弃疾的词里说，“我见青山多妩媚，料青山见我应如是”。怀柔的山，算不上妩媚，尤其是冬天，青色褪去，甚至有点苍黄，但并不荒凉，更不单调，每座山都有自己的姿态，决不重复，不远处红螺寺的亭峰熠熠生彩，红螺湖水碧波轻漾，待春回大地，这里更是如锦似绣。

我把居所起名为观山居，为观山而居，居而观山，山入我眼，山入我胸，更入我心。四扇窗户，四个角度，四种山貌，若日光流转，山色因时而变，景色因云而生，步步景不同，时时换意境。我入山中，山化我心。

饿了，到村里吃碗水饺，来张煎饼，村民并不客气，钱照收，但绝不多收。再去时，招呼一声，又来了，跟上次一样，我点点头，吃完，交钱。看门的狗，熟了，懒得对我再表示亲热，在阳光下酣睡。

没有电视看，也没有网上，我的眼睛远离这些视觉暴力的压迫，在山色之间找到愉悦和轻松。当然，书还是要看的，但几乎全是过去看过的书。幻想自己是个古人，看山，读书，偶尔写作，也不用电脑，用笔和纸。不是逃避现代生活，也不是冒充自己有多高雅，也无心当隐士，而是真正的休闲。眼睛闲了，心也会慢慢静下来。

江南三鲜

久居江南，并没有觉得江南特别的迷人和可爱，离开江南，渐渐觉得江南的可爱和迷人之处。少时读白居易的“能不忆江南”的感慨不理解，现在离开江南，顿觉“能不忆江南”是那么贴切和生动。辛弃疾说“少年不识愁滋味”，其实少年也不识诗滋味，读诗有时是需要阅历的，人生的感慨诗歌很难穷尽，但有了人生的感慨再读诗就况味无穷了。

江南风物，要写要忆的颇多。我先从这绿色三鲜说起吧。

有长江三鲜的说法，我说的是野菜三鲜：芦蒿、马兰头、菊花脑。

菊花脑

先说菊花脑。这菊花脑的“脑”的写法颇费思量，首先南方人

“L”“N”不分，再就是选择哪个字，且读法也不一致，连音调也有平声和去声的，所以现在南京一些菜馆的菜谱上，可能为了避免“脑”这个字的写法，写着“菊叶”。我用“菊花脑”，是因为它本采自菊花头的嫩叶，“脑”通“头”，而我查了一下字典，“脑”本身也有零碎的意义。

菊花脑在三鲜中形象最不显眼，甚至有点寒碜，不像芦蒿让人一见就想起春天的勃勃生机，从而产生强烈的食欲。菊花脑是那种吃了才知道好的美味，它瘦弱、不饱满，但有一股浓浓的野香，而且菊花脑不仅能够清炒，而且能够做汤，这是芦蒿和马兰头没法比的。据说菊花脑能够败火清心，但并不造成腹泻，是美味又有减肥之功效，实在是现代人难得的美食。菊花脑的佳配是鸡蛋，炒也香，做汤也香。不知道为什么。

芦　蒿

芦蒿是名菜，苏东坡在《惠崇春江晚景》一诗里就写道：“竹外桃花三两枝，春江水暖鸭先知。蒌蒿满地芦芽短，正是河豚欲上时。”这里的蒌蒿即是芦蒿，可见芦蒿和桃花是作为春的使者出现的。虽然芦蒿自古有名，诗意盎然，且武汉、南昌等地都盛产芦蒿，但特别嗜吃芦蒿的好像只有南京人。用“嗜吃”一词，是南京人一年四季都离不开芦蒿，哪怕有些老了不够嫩了，也不放弃。

芦蒿本是野菜，但吃的人多了，也慢慢成了家常菜。它本该生长在江边，但现在也大量人工培育了，且颜色比之原先的野生的更具有青春色彩，嫩绿嫩绿的，清炒一盘放在餐桌上，翡翠般的闪亮。但老食客都知道，形象过于美好的食物往往不如那些原生态的美味可口。

芦蒿还是野生的好，它不太整齐，也常黏土带泥的，颜色也不够碧绿，有点发黄，甚至黄得泛出那种紫的光泽来，见出几分妖异来。这种芦蒿势必生长在江边，日晒，雨淋，江水浸，它是芦蒿的正宗。你能吃出江水的味道，你能品出泥土的涩味来，当然更属于芦蒿的那份清香和质朴。

不过现在街上卖的芦蒿很少有野生的，大多是那种干干净净的人工的碧绿的菜，我前日在南京转悠了半天，才购得一些，视为珍品。

马兰头

马兰头和菊花脑的命名差不多，都是去除根部、采摘植物叶尖（形象比喻为“头”“脑”）而成，我们老家好像把它称之为“淮菊”（音，待考）。儿时，春节一过，我们就去挑淮菊，倒也没觉得特别的好吃。“挑”，是因为马兰头趴在地上，用刀将它和土剥离开来，挑淮菊的刀常常是削铅笔的文具刀。

二十年前，到南京工作以后发现南京人津津乐道地吃马兰头。跟着吃，也觉得好吃，但不知道就是儿时挑的淮菊。就发现南京人好奇怪，怎么那么爱吃野菜呢？菊花脑，芦蒿，马兰头，在我们老家泰州一带是不上桌的。上桌的都是鱼虾鸡鸭类的，只有灾年才拿它充饥。南京人不仅上桌，而且当作日常时蔬，且乐此不疲。渐渐地，我们这些外来户，也喜欢上它，离不开它，有时还有些想念。

北方有马兰头，在沙尘暴肆虐、干燥的北京的春天，在钢筋水泥森林般的北京居然也能找到马兰头。太太在他们的办公大院子里（离车水马龙的四环只有百米之遥），居然“挑”到了马兰头，她兴致勃勃带回家，水煮，凉拌，虽然吃不出江南的味道，但对于在北京生活的江南游子，也聊以慰藉。

马兰头除了凉拌以外，还有一种吃法，就是切碎包在汤圆里，清晨醒来，水里一煮，那青涩的绿，盈盈飞扬，能不忆江南！

明前茶、雨前茶与青春毒药

明前茶是这几年茶文化中特别时髦的一个概念。茶的生长季节性特别强，什么时候采摘往往影响茶的质地和品格。采早了，茶叶没长开，味道出不来，采迟了，叶片长老了，味道会苦涩，味同树叶。

一般茶叶最合适在清明后谷雨前采，但也有少量的品种因为物候的原因在明前采摘，因而茶叶翠、嫩、鲜，翠是茶色，嫩是茶形，鲜是茶味。明前的碧螺春好像是茶中的极品，碧螺春本身属于茶中的水仙，清雅高贵，花期虽短，格调脱俗。喝碧螺春喝的是意境，喝的是诗意。明前的碧螺春充溢着江南的烟雨和吴侬软语里的韵味，好多年前我曾有幸尝过苏州东山的明前碧螺春，说是“尝”，还不如说是听，在碧螺春清纯的茶色里，隐隐传来的是江南丝竹、苏州评弹和悠悠昆曲。

碧螺春好，可惜不耐泡，且需好水好心情好口味。水不好，盖过茶味，就只剩下水味，比如北京的水是不能泡碧螺春的；心情不好，口中有火，断然品不出茶的清香；如口味偏重，习惯牛饮，也是很难品出碧螺春的微妙和精灵来。

明前碧螺春属于好茶者的极致体验，有好水好心情好口味，还要有好茶。明前茶的生长有好多不可预料的因素，比如气温偏低，比如突遇了一场倒春寒的大雪，或者气候干燥，都会影响茶的生长。因而明前茶能够生长得恰如其分，有时候全是天意。但有些茶种不适合在明前采摘。记得四年前在婺源开会，婺源的绿茶多年以前我喝过，属于上品，恰是清明前，我们便一心一意要购明前茶。主人说婺源的绿茶要等等才好，但拗不过我们的恳求，结果我们带回来的明前茶味涩，草根似的。那一年，婺源地区春天的气温偏低，茶苞没有伸展开，茶叶的叶片不柔软也不翠嫩，茶味也就可想而知了。

社会上对明前茶的推崇，其抽象概念大于实用价值，审美意义大于饮用可能，喝茶者的虚荣心在其中起了重要的作用。因为明前茶的数量少且珍贵，能够喝上往往是身份的象征，是有品位的VIP。

其实对更多的茶和更多的茶客来说，还是雨前的茶比较合适。大地复苏，雨水丰沛，茶树在明媚的春光中茁壮生长，叶片吸收了足够的阳光和雨露之后开始自然的舒展生长，每一片叶子都散发着春天的生机和生动。这样的叶片制成茶以后，不仅色泽翠绿，而且茶形优美，汤色碧绿，能嗅到三春原野的清香。更重要的是，雨前茶对水的选择不是十分的挑剔，而且十分耐泡，不像明前茶头开无味，二开清香宜人，三开则索然。雨前茶第一开就茶味诱人，二开则茶味全出，浓郁醉人，三开则余味不绝，如碰上炒青瓜片之类，则四开、五开也有茶味。

当然和明前茶相比，雨前茶多了些世俗的烟火气，但更具有日常生活的特性，雨前茶是过日子，而明前茶则属于节日类的偶尔为之。可现在社会的消费观念往往把人往非日常的状态引导，寻求刺激和无限度的无条件的高峰体验。这明前茶就身价大增，送礼必送明前茶。然而明前茶的产量有限，厂家也就想出了很多招数来应对市场的需求。记得十年前，那个时候的假明前茶，是厂家采购云南一带的茶叶做成龙井、碧螺春的形状来满足市场，茶是地道的明前，但味道与龙井、碧螺春相去甚远。云南的茶以醇厚质朴见长，明前的茶不足以显现其特色，更何况人们要的也不是那个味！

对青涩的偏好，对嫩苞、嫩芽、嫩叶的近乎贪婪的追逐，已成为某些人审美和消费的一个不解之结，仿佛青春毒药。近些年来，明前茶的产量激增，是厂家用大棚蔬菜的方法来育茶，气温是有保障了，且到时撤掉塑料大棚，让茶树见风雨见世面，在制作过程中再添加增绿素。这样的明前茶从外形上可能比原先的明前茶还要完美，但茶味其淡无比，执意要品，最终能品出塑料纸的味道来。打个恶俗的比喻，这样的明前茶，就像人造处女膜似的无聊。

泰州有条凤城河

到达凤城河的时候，天色已暗，一路上的油菜花的暗香仍在涌动，在穿过并不喧嚣的闹市之后，下了车，曲径通幽般地来到陈庵，这陈庵是当年孔尚任撰写、修改、上演《桃花扇》的旧址。孔尚任因为治理淮水的原因来到泰州，但留下的是他治水未果临时栖身的陈庵。没来得及感慨，待我们到陈庵时，满天星斗已洒落到凤城河，我心中一愣，这是传说中的凤城河吗？

再仔细看时，这凤城河中漂浮游动的不仅仅是星星，还有那灿如星斗的流金般的梦幻灯光。亭台楼阁，只有隐隐的幻觉轮廓，不远处的画舫，历史般定格地停在岸边，似星光的策源地，又是星光的归宿地。来自水边的璀璨，来自天空的灿烂，刹那间融合得如此的自然和谐。凤城河，来自梦中的河，记忆如此遥远，现实又是如此亲切。

我是泰州人，凤城河是泰州城的护城河，不止一次路过凤城河，也多次在凤城河边散步，但第一次发现这被泰州人称为母亲河的护城河今夜如此美丽迷人。这一次回泰州之前，只知道泰州新设立了一个凤城河风景区，专门负责护城河的保护、治理和开发，却不知道凤城河居然在短短的时间内能够散发出如此醉人的芬芳。

短短三日，徜徉在凤城河的美景之中，陶醉在家乡的悠久的人文历史中。家乡在变，家乡在变得洋气和新鲜的同时，凤城河却变得那么古典、沉稳、秀美。人到中年，已经过了好抒情的青春岁月，但此次的凤城河之行，还是激起了我沉睡良久的抒情冲动，忍不住对家乡大好景物的热爱，来一次乡情的燃烧。

凤城河仿佛是一把美轮美奂的折扇，桃园、柳园、梅园就是这折扇上的缓缓打开的移动风景，三大美人竞相亮相，桃园娇艳，柳园妩媚，梅园销魂。桃花扇的历史风云，柳敬亭的高歌低吟，梅兰芳的万千风姿，在凤城河这把折扇上光彩流溢。这几日我们在桃园活动居多，船上赏月，登岸观景，成画中物，成扇中景。目光所及柳园和梅园，依然水色迷离，春光荡漾。

凤城河仿佛一条典秀的红线，被历史老人穿在这红线上的珍珠灿烂夺目。江山如此多娇，引无数英雄竞折腰。凤城河如此美丽，让无数珍珠光辉妖娆。吕岱、张怀瑾、胡瑗、范仲淹、张士诚、高谷、宗臣、柳敬亭、王艮、吴嘉纪、施耐庵、黄龙士、孔尚任、郑板桥、刘熙载、梅兰芳等达官伶人、墨客哲贤、棋士名流，他们或把自己的足迹印在凤城河边，或从凤城河出发在神州大地上留下自己的足迹。这些足迹，就是一串串珍珠。在这一串串脚印之中，有一行最为奇特，就是历朝历代的高僧从凤城河畔出发走向世界各地的，居然是一个颇为了得的数字。佛缘僧都，菩提寺院。

凤城河又像一首气势磅礴的交响乐，望海楼则是这交响乐的高潮。望海楼是泰州人最深刻的文化记忆，是时间抹不去的一个诗意的符号，是泰州人缅怀历史展望未来的一个美妙的平台。唐代诗人王维曾这样描写泰州："浮于淮泗，浩然天波，海潮喷于乾坤，江城入于泱漭。"泰州这片土地来自于大海，因而古称海陵。诞生于大海的泰州先民把海的精神、海的胸襟当然还有海的记忆要传承给后人。遥望海，想象海，景仰海，是泰州文化的灵魂。泰州人是海的儿女、海的子孙。海的博大、海的深远，就成了泰州人的精神图腾。因而这望海楼，从公元 1229 年开始建起，屡毁屡建，足见泰州人望海之执着，爱海之持久。如今盛世重建，登高望之，涛声锦帆，悠扬高远，怀环宇之心襟，念天地之无限。

乡情浓似酒，我穷尽所有美好的比喻来形容家乡、讴歌家乡，但我知道，所有的比喻都是有限的，而凤城河人文景观的博大精深不是几个比喻能涵盖的。凤城河的美妙，需要倾听，需要深思，倾听远处大海的涛声，深思这高僧之都的真谛。

《茶馆》和消失的楼外楼

又看了一次《茶馆》，这一次是焦版的，焦菊隐导演版的，人艺为纪念焦菊隐一百周年诞辰排的。

名著就是名著，每看一次《茶馆》，都能看出新意来，这是后话留着下次说。看完《茶馆》第二天去楼外楼吃饭，没想到服务员告诉我，楼外楼就要撤回杭州总部了。其实是歇业，可说是撤回，意思是一样，关门了，不开了。我问楼外楼的经理，为什么要撤回杭州，女经理笑着说，我们听总部的。其实，就是不做亏本买卖。

话剧里，王利发的老裕泰茶馆最终消失了，而我现在看到的是楼外楼在北京的消失。

杭州菜这些年异常的火暴，火暴的原因在于它是新杭州菜，用王利发的话说是“改良”过的杭州菜。新杭州菜颇有浙商的风度，气势磅礴，兼容并蓄，不拘一格，唯优是举，大胆地拿来其他菜系的叫得响的菜肴，粤菜，湘菜，甚至东北菜，只要客人喜欢，统统囊括，连西餐也不排斥。剁椒鱼头是著名的辣菜，在传统的淮扬菜中是不可能有的，可新杭州菜中是颇受欢迎的一道。当然，一般不叫剁椒鱼头，而称作千岛湖鱼头。新杭州菜的另一大特点，是规模经济的方式，把饭店的格局做得狂大，装潢按五星的标准，富丽堂皇，服务也按五星酒店的规格，和传统的酒店的模式截然不同。这一招让新杭州菜攻城占地、连战告捷，全国各大城市一夜之间布满了高大而富丽的杭州酒店，连淮扬菜的老巢南京也被杭州菜大规模的占领。北京的张生记、孔乙己还有娃哈哈、姜生记之类的酒楼都开有连锁店，生意都挺火的。位于朝内北小街的楼外楼，在北京并不像其他的杭州酒楼酒店那般火暴，虽然是杭州的品牌饭店，虽然是典型的老字号，可在北京只有一家，并没有连锁，好像有七八年的店史。因为人民文学出版社和人民出版社的缘故，弄得这个店在文学圈和出版圈有点小名气。很多的作家艺术家，王蒙、铁凝、陈忠实这些中国文坛的大腕，都在此用过餐。我在此接待过的作家就有一百人以上，称它为文化酒店是不过分的，在这里用餐常常会碰到文化圈的人，著名文化学者、美食家徐城北还是他们的顾问呢。

楼外楼的菜有多高档算不上，楼外楼的菜有多好算不上，我们常去楼外楼的原因，无非有三：离单位近，味道对口，有点文化含量。在我们单位周围有无数饭店，可淮扬口味的就两家，沪江香满楼偏贵且忙，而楼外楼总是能有桌位，当然最关键的还是价格适中，和那些流行的上海菜、杭州菜相比，楼外楼由于不讲排场，不奢华，所以价格偏低。到北京这些年来，我在楼外楼用餐是最频繁的，有朋友开玩笑说，楼外楼都成了你们的食堂了。楼外楼的经理换了一任又一任，服务员换了一茬又一茬，不变的是我们这些食客，不变的是楼外楼的菜谱，西湖醋鱼、杭椒牛柳、响铃臭干、笋干老鸭煲，不变的是三年五年八年的黄酒。而这些不变，对我等有味觉记忆的江浙人士来说，是可以让胃返一返乡，甚至能嗅到童年时空里飘荡的美好的气息。

也许是这不变，让楼外楼陷入了困境。记得 2002 年的时候，一位冯姓的经理不屑一顾地嘲弄那些新杭州菜，说，他们瞎搞，糟蹋杭州菜。

如今瞎搞的却活下来，正宗的却立不住脚。糟蹋杭州菜的弘扬了杭州菜的知名度，为杭州菜拉住了食客。

是的，新杭州菜确实不那么小家碧玉了，不那么精细了，不那么酸甜了，东西南北中，酸甜苦辣臭，烤烧煎炸涮，连西餐的手段都用上了。门派、菜系、承传，都是第二位的，顾客的需求是第一位的。而楼外楼不行，我知道他们也尝试过变化，但非常有限。因为老字号的优点是人人知道，是不能轻易改动的。饮食是文化，饮食是积淀，楼外楼必须是杭州菜的活化石，他们可以从北京撤退，但不能乱了本性。

这好像是一件可笑的事情，但事实就是如此，楼外楼总部或许不必拘泥于祖宗的陈规，但如果叫楼外楼这个店名就不能是新杭州菜。在这么一个全球化的年代里，很多的老字号在消失，饮食的同化也是一件令人可怕的事情。

好在注重文化多样的今天，老裕泰茶馆的悲剧没再发生了。楼外楼到北京落不下根，是因为楼外楼的根在西湖，在杭州。秀丽的西湖边上，楼外楼的生意还是那么红火，我看见很多人像我二十多年前一样，在拿着号，排队，在等待西湖醋鱼、宋嫂鱼羹这些被写进教科书和历史传说的精神食品。在楼外楼吃的不是菜，吃的是文化，是记忆的符号。

再见，楼外楼！

新旧

大红灯笼为谁挂

——兼析张艺谋的导演倾向

后人给当代中国电影写史，张艺谋肯定是其最可读的一章。这位影坛怪杰，提高了中国电影在世界上的知名度。“走向世界”虽众说纷纭，但让世界知道中国，知道中国电影，知道中国作家、导演、演员并不是一件坏事。《红高粱》《菊豆》《大红灯笼高高挂》接连在国际电影界爆响，其意义影响深远。

最近被允许公开上演的《大红灯笼高高挂》(以下简称《灯笼》)是根据青年作家苏童的中篇小说《妻妾成群》改编而成的。小说通过陈佐千四房姨太太之间“窝里斗”的故事，反映封建制度下女性的悲剧。苏童小说的成功很大程度上得力于颂莲这一独特叙述视角的选择，颂莲一方面是局外的、现代的，她是大学生，接受过现代文化教育；另一方面她虽是迟到者，但仍是陈佐千的第四房姨太太。因此颂莲作为一个窥视者，她可以窥见陈家大院的种种罪恶，同时她又是一个被窥视者，她与毓如、卓云、梅珊以及雁儿之间的钩心斗角也被读者尽摄眼底。《妻妾成群》的独特视角在于虽以颂莲第三人称视角展开叙述，但实际上由于遮蔽了其他叙述视野，故而有一种“我”的叙述效应，这种潜在的第一人称所呈现出的心理波澜和情感内涵，因其隐含的自传意味而具有独特的耐人寻味的阅读价值。在《妻妾成群》里，无论是作者还是读者都不是从一个理性的、客观的角度进入陈氏院宅的，而是以颂莲的方式进入的。由于苏童极其细腻而丰富地把握了妻妾之间、夫妇之间、主奴之间微妙而复杂的女性心态，小说以情感的仿真效果超越了这个旧故事的俗套。小说以极其洗练而独特的白描手法进行叙述，语言透明而有力度，有一种苏州丝绸的飘逸和柔绵。

应该说，张艺谋的改编是相当成功的。一、他消解了原著中特有的南方氛围。《妻妾成群》中原先那种潮湿的“青苔感”被北方院落的干燥和沉闷所代替，就像他把《红高粱》中的山东味改良为西北黄土地文化一样，张艺谋很善于扬长避短，他绕开了他并不熟悉的南方风情而将小说“北方化”了。二、陈佐千的“背影化”。在《灯笼》里，在小说中正面出现的陈佐千只留给观众一个背影，他的面孔实际已由灯笼代替，把灯笼作为陈佐千的化身实在是一个巧妙的构思，这不仅弥补了因姜文缺阵之后张艺谋构想中“男主人公缺乏症”带来的诸多不便，也使得这部电影的底蕴变得沉重而不至于一览无遗。三、演员的出色表演。在《灯笼》里，除巩俐近乎炉火纯青的表演外，雁儿、梅珊以及陈家几位仆人的扮演者的表演也达到了极高的水准。

但是，作为一个苏童小说的研究者，作为张艺谋电影的忠实观众，作为一个文艺批评写作者，我对《灯笼》又感到不满足，这种不满足是基于一种更大的期望，而张艺谋至少在《灯笼》里并没有给我们带来新的气象和气息，他依旧徘徊在《红高粱》的雾阵之中玩弄他的长镜头和民俗图。

对一个优秀的艺术家来说，成功即限制，当你凭借某种新颖独到的艺术形式和审美内涵获取成功时，这些艺术形式和审美方式反过来会成为包袱限制你的创新和发展。一个艺术家很容易因某种成功的模式而阻碍自己艺术个性的充分张扬。自然，突破既有的成功模式往往比寻找到某种模式更加艰难。大艺术家与普通艺术家的区别在于能否不重复别人也不重复自己，能否永远澎湃着艺术的活力。张艺谋是一个悟性极高的艺术家，他在《红高粱》里成功地将意象与故事这一难以胶合的艺术矛盾妥善地进行了中和。绵延在《黄土地》里的那种画面感极强的意象团块在《红高粱》里继续存在，但它不再是突兀的纯粹意象，它有一定的依附性，依附在"我爷爷""我奶奶"的情爱故事上。因而那些意象团块——摇曳的高粱地、黑乎乎的酿酒场、血淋淋的战场，在能指与所指之间产生了极大的艺术张力。在《菊豆》和《灯笼》里，张艺谋沿用的仍是这种故事和意象的结构方式，那些漫长的镜头丧失了《红高粱》里的明快与热烈，平添了许多冗长和沉闷，电影的调子也由奔放转为压抑（这当然是由剧情所决定的）。问题在于意象与故事的转换机制发生了退化，在《红高粱》里，意象与故事的转换是凭借民俗的仪式化的图卷实现的。颠轿、野合、祭酒神、招魂曲这些构成《红高粱》的精彩华章，张艺谋则按照他特有的神话思维将这些民俗仪式化，仪式化的结果便取得了一种类神话的效果，这些富有野性的民俗涂了一层仿宗教的彩釉之后，张艺谋便很容易地使之意象化了。

在《灯笼》里，张艺谋虚构了一个灯笼的神话，并通过点灯、封灯、灭灯、毁灯一连串的仪式化的画面强化了它的民俗特性。这"伪民俗"本身是违背生活真实的，但整部电影的故事都设立在这种莫须有的“民俗”仪式上了，颂莲和毓如、卓云、梅珊以及雁儿的争宠冲突被简化为灯笼之争。灯笼不仅作为性占有权的象征，也成为权力的化身，性与政治在灯笼这一特定的道具中得到了天然的体现。在这部电影里，灯笼是女人们的最高理想，雁儿为了实现这一理想最终被送上了黄泉路。与其说《灯笼》写的是女性的悲剧，还不如说是人的悲剧、自由的悲剧。张艺谋是带着浓厚的批判意识来拍摄《灯笼》的，从封建腐朽家庭对女性的戕害和窒息，观众自然会感到封建主义的恐怖与残酷。颂莲由被害被欺凌到害人欺人乃至杀人亦是陈家阴森大院特有的文化氛围造成的，女人之间的争斗可笑又可怜，可恨又可怕。与小说相比，《灯笼》淡化了人物之间的情感冲突，强化了妻妾之争的文化意蕴和社会内涵。这本无可非议，苏童对“妻妾成群”现象难免有把玩之嫌，张艺谋的批判亦是一种方式，但张艺谋的才华仅仅依赖这样的灯笼才能实现他的导演思想实在使人感到肤浅和俗气。也许张艺谋更适宜于干“糙活”，他凭借虚拟的灯笼仪式便省去了好多的细活，也使电影直接奔向了他的主题之道。

张艺谋之所以杜撰了这样一个“灯笼神话”，一方面与他的意象故事仪式化思路有关，更重要的是与他心目中的潜观众有关。每个作家、艺术家在创作时总是面对着一群潜读者或潜观众，为谁写作是一个非常古老的问题。每个作家当他拿起笔时，第一个问题总是“为谁写作”。有的人是为领导而写，他时时会感到领导严厉的目光在注视着他；有的人是为评论家而写作，他时时出现妙笔是为了得到批评家的好言嘉赏；也有的是为读者而写，也就是为出版社挣钱而写。那么张艺谋是为谁而“写”呢？很显然不是为了中国的观众而“写”的，因为中国人一眼就可看出“灯笼”之假、民俗之伪。

如果胡编的故事能获取某种荒诞的效果，观众亦可理解，但问题是《灯笼》的故事指向了一个真实的、严肃的主题思想，这不能不影响它的“真实性”。可见，张艺谋心目中的潜观众不是中国人而是外国人，因为外国人会对这古老中国的“民俗”感到震惊和新奇，他们对影片的理解自然会按照张艺谋事先设计的套路进行，这无疑会使这部影片的“阅读性”大大超过国内的“价格”。

几年前，围绕《老井》《红高粱》获奖曾引起一场关于“国丑”的讨论。我认为，对国民性痼疾、对民族文化中丑陋的部分进行描绘乃至“暴露”并不意味给国家和民族抹黑，每个国家和民族的文化中总会有一些所谓“丑陋”的一面，被人挖出来观赏也好，嘲弄也好，都是很正常的。问题在于如果没有某种“丑陋”，没有某种民俗，而是硬要杜撰出来以满足他人的好奇心，就不免有“取悦”的嫌疑了。

这也正是中国电影和中国文学面临的二难处境，其实也是第三世界文化面临的共同困境。你想为国际文化界注意，你就必须是“民族的”“地方的”，但这种“民族的”“地方的”往往是第三世界向现代化过渡过程中必须扬弃或者已经消失掉的，而这正是第一世界所欣赏、所期望保留的。面对这样一种悖反，无非有两种选择：一种是“人妖”式的，这是一种功利的、经济的、将丑就美的方式。泰国保留“人妖”文化显然是为了旅游业的经济价值，而不是为了张扬该民族的优秀传统文化，更不是借此以强化国民健康的人性和提高整个民族的文明水平。一种是萨达姆式的，对西方世界的文化价值持抵抗态度，不愿成为第一世界文化的观赏景观，认为他们是“邪恶”的“异教徒”。如今萨达姆式的反抗已经越来越少，“人妖”式的认同和妥协正伴随着经济浪潮在第三世界扩展弥散，为了映衬西方文化的中心位置，一些第三世界的文化人不惜挖掘祖坟、张扬国丑、编造风情来附和所谓的“东方主义”。所谓“东方文化”“东方主义”“东方美学”，其实是西方学者虚构出来的“神话”，这个“神话”正是为了突出反证“欧洲中心论”这一古老的陈腐观念。如果作为一种旅游性的“资源开发”，似乎倒也司空见惯、无可非议，但是如果想以此作为一种姿势与西方世界进行对话，尤其作为一种文学的、艺术的姿势，“人妖”的方式非但让国人不能接受，倘若洋人知道了底细在齿冷之余也会产生鄙夷的。

张艺谋自然不会选择那种夜郎自大的反抗方式，他是站在现代人的角度来批判这种“人妖文化”的（在《灯笼》里体现为一种妻妾制），这表现出他继承了世界文学中优秀的人文主义思想。但他亦会明白“人妖文化”对西方文化特殊的吸引力和迷惑力，他不得不制造“灯笼”这样的伪民俗，这是一种悖谬而明智的选择。

在文艺创作中，为了某种需要，有时故意杜撰某种民俗乃至篡改某种史实，并不能说违反艺术创作的规律，本是正常之举，但潜藏在这些杜撰、篡改之后的创作思想、导演倾向颇耐人寻味，往往渗透着复杂的文化心态、生存状态，有时候与整个环境的氛围还密切相关。或许张艺谋正是吃透了这些，才会做得如此潇洒和高明。

五十年内，废除简化字如何

这不是一篇论文，是一篇博客。要论证废除简化字这样的大事情，不是这篇短文所能完成的。博客有个好处，是可以把它作为一个平台，和自己观点相同不相同的人进行交流沟通。相信会有很多人不赞成我的观点，但作为一家之言，不赞成的还是不必太愤怒，有理说理吧。

第一，简化字存在的理论基础已经不存在。简化字的基础是什么？请看这段语录："汉字必须改革，汉字改革要走世界文字共同的拼音方向，而在实现拼音化以前，必须简化汉字，以利目前的应用，同时积极进行拼音化的各项工作。"也就是说，推行创立简化字是为汉字的拼音化的道路做铺垫的，所以这五十年间不仅有 1956 年的第一批简化字，还有 1977 年的第二批简化字，目标就是靠近拼音化，当然 1977 年那批简化字已经无疾而终。在今天，也已经很少有人再提汉字简化的事，也没有一本纯粹用汉语拼音做的报刊，好像也没人再提把拼音化作为汉字改革的方向的了！

把汉字拼音化和拉丁化是西化的思维在作怪，而实践证明，拼音化走不通，中华民族的汉字并没有影响中国的现代化进程。

第二，就实用角度来讲，当初提出并使用简化字有一定的合理性。因为原先的汉字笔画较繁，对书写特别是排版录入的速度确实是一大障碍。但今天由于“当代毕昇”王选解决了汉字的计算机的编程问题，汉字的录入速度和英文及其他拼音化的文字已没有劣势。简化字的优势已不复存在！何况，随着电脑的广泛普及，书写汉字的几率大大降低，连考试这样的重要活动都有可能在电脑上完成，别说其他的文案和文本了，至于签字、书法之类与原先的书写意义大不同，签字往往不会耗费太多的时间，而书法则是一门艺术。

第三，根据专家考察研究，第一次推广简化字的时候，简化字对扫盲和小学生初识汉字有特别的效用，但我们的文字的改革和发展不能以文盲作为基点，我们的思维也不能以小学生的思维作为终点。中国教育发展到今天，我们的任务已不是以扫盲为己任。

第四，汉字是中华民族文化的根。简化字给古典文化典籍带来的伤害，为很多有识之士痛心疾首。这个问题已有不少专家学者做过精辟的论述和研究，我就不用多说了。时至今日，中华民族文化的复兴，是大势所趋，“根”深才能叶茂，修复被简化字伤了的汉字之根，才能更好地振兴中华民族文化。

第五，有利于海峡两岸的统一，有利于中华民族文化的纯洁。中国台湾、海外华人（新加坡和马来西亚除外）至今使用的是非简化字，香港、澳门回归后也没有使用简化字，我们人民文学出版社的屠岸先生至今和海外通信，仍用繁体字。在美国，则流行着两套汉语教学方式，大陆移民把孩子送进简体字班，台港移民则选择繁体字班，部分中文学校为招徕学生，索性开设了两种文体班。屠岸先生从小学的是繁体字，所以和海外沟通没问题。但若再过数年，比如我等，就不能熟练地使用繁体字，和海外华人交流，或许还要翻译呢！

虽然在我看来今天废除简化字的理由比较充分，但我还是不主张立即废除，因为简化字至少影响了近三代人，一下子恢复繁体字，也会带来一定的混乱。我想，能否借鉴一国两制的方法，两种字体同时使用（事实上在很多领域繁简两体通用已经存在），慢慢废除简化字，可能也要五十年！

最后要说的是，本人不是一个复古主义者，我没出生的时候，简化字已经问世，我也是在简化字文化背景中长大的，我自己也不能熟练地书写繁体字，有些字也不能准确辨认。我提出废除简体字是因为简体字已经完成它的使命，与我个人的好恶无关。在结束本文前，我想重复多年以前著名语文学家张志公先生的一段话：“汉字有功劳，有它特有的长处，并且凝聚着强烈的民族感情，所以许多人不肯改革。另一方面，到了清朝后期，中华民族危在旦夕，有很多知识分子，想通过科学来挽救祖国的命运。他们感到，我们国家之所以落后……汉字难是很重要的原因。从这种感情出发，他们急于要改革汉字。这两种感情，一种要爱护汉字，一种要改革汉字，看上去是矛盾的，对立的，其实都是一个出发点：爱祖国。两种感情都是可爱的，都是可尊敬的，这正是从两种不同的角度来看同一个问题，所看到的不同的方面实际上是统一的。所以在客观地探讨汉字的问题时，就要全面地、深入地、科学地加以考察，汉字到底有哪些有利因素，有哪些不利因素，不抱个人偏见，不带任何感情，这样才能实事求是。”

简化字是资源匮乏年代的产物

在博客上提出五十年内废除简化字的建议后，受到了大家的热烈关注，也促使我进一步思考简化字的问题。比如有些网友嘲讽说，你干脆使用甲骨文算了，似乎我是一个地道的复古主义者。错也！其实，甲骨文和简化字都是物资匮乏年代和思维简单的产物。

甲骨文出现的年代，人类物质资源的高度贫乏，因为缺少书写工具和载体，只能在甲骨上刻写简单的符号。甲骨文是人类思维发展阶段的初级产物，亦是辉煌的文明。后来随着社会的发展，物质资源渐渐丰富，随着书写工具和载体的发展，竹简出现了，再后来又发明了纸张，汉字也经历了由简到繁、由简单到科学的过程，越来越严密，越来越固定，秦汉以后基本稳定，以至元人进入中原、清兵入关以后，都没有能够使用他们本民族的语言文字，而是沿袭汉字的传统，最后融化到中华民族的文化中去。

也就是说，简化之前的汉字，已经经历了时间的考验，是被几千年的实践证明过的“真理”。中国台湾和海外华人至今一直使用正体字，更说明简化字是多余的。

但简化字的出现以及被推广，有它特定的历史条件和合理性。1956 年立法推广简化字能够成功，与当时的社会物资贫乏和思想单一有很大的关系。1957 年，反右运动让那些热衷繁体字的知识分子逐渐失去了话语权，而随后而来的三年自然灾害造成了新中国成立以来最严重的物资匮乏，这种匮乏某种程度上对应了在笔画上同样匮乏的简化字，形成了某种“同构”关系，简化字的推广有了“物质基础”。

如果不是“文革”，简化字的推广也许不会如此顺利。虽然反对简化字的知识分子慢慢失去了话语权，但“文革”却让繁体字成了“封资修”，繁体字是与古代文学、古代文化、民族传统联系在一起的，而古代文化、民族传统这些在“文革”初期被视为“四旧”，已经被红卫兵彻底“砸烂”，繁体字的命运自然是在劫难逃了。而“文革”期间流行的大字报，某种程度上也是非常适合用简体字来写的，我曾见过极少数用繁体字写的大字报，其力度和“战斗力”明显孱弱，因为繁体字与大字报的形式明显格格不入。“文革”期间酝酿的第二批简化字虽然在 1978 年公布使用，但随着改革开放的历史大潮的来临，这样一批高度损害汉字的怪胎也自然终结，成为笑柄。

思想的匮乏和物资的匮乏造就了简化字在特定时期的推行，但我们不能把非常时期的经验移植到正常的和平的年代中，尤其是改革开放三十年来的中国已彻底告别了资源匮乏的日子，丰富的生活需要丰富的文化资源，也需要丰富的思维和深刻的思想。告别简化字，是告别贫匮的生活，也是告别简单的思维，更是告别一种粗暴的简陋的生活方式和精神导向。

当然，这不是我们愿意不愿意告别不告别的问题，汉字的魅力，有时候是不以人的意志为转移的。伟大的先行者孙中山先生早就说过：“盖一民族之进化，并能有文字，良非易事，而其文字之势力，能旁及邻族吞减，而入侵之族，不特不能同化中华民族，反为中国所同化，则文字之功为伟矣。虽今日新学之士，间有创废中国文字之讲，而以作者观之，则中国文字决不当废也。”又说：“抑自人类有史以来，能记五千年之事，翔实无间断者，亦唯中国文字之独有。”

面对孙中山，简化字该汗颜吧！

简化字是盛世中国脸上的一颗痣

——再说五十年内废除简化字

一年前，我的博文《五十年内，废除简化字如何》发出后，引起了种种议论，至今余波未息，在博客上、在报纸上、在电视上，时不时还有人为这个话题发生争执。刚刚在央视四套看了《汉字五千年》的第一集之后，更坚定了我“废简”的信心，作此博文再教于网内外的朋友。

《汉字五千年》里有根红线：汉字承载了华夏文明的五千年的历史，源远流长。这是四大文明古国里的其他三大文明的文字所不能比拟的，其他文明的文字都因为种种原因中断了，甚至流失了（有的甚至花了几百年时间才重新发现确认），而中国的汉字五千年一直没有中断，成功地维系着中华文化在逆境和顺境下的延续和发展。

《汉字五千年》还说到一个非常深刻但又颇让人意外的汉字巨大贡献，就是汉字在维护中华民族的统一上功德无量。罗马帝国后来造成欧罗巴的四分五裂，与象形文字被字母取代有很大的关系。

北魏孝文帝废鲜卑文字而汉化之后，汉字就一直稳定地“统治”着华夏大国，直至今天。台湾海峡和大陆有六十年的分离之苦，但汉语、汉字依然是统一的最基本的基础。所以，诚劝决策者拿出当年孝文帝废鲜卑语的勇气来，废除简化字！

我在《五十年内，废除简化字如何》一文中，曾说过简化字是西化的结果，但现在我发现简化字其实更是日本化的结果，明治维新之后，社会发生了很大的进步，中国的民主革命先驱一直在暗暗学习日本，想学习日本的“君主立宪”制，也想学习日本废汉字用假名拼音的经验，“走世界文字共同的拼音方向”。简化字就是想过渡到拼音文字的尝试，尤其在 1977 年颁布的第二批简化字里，很多的字形已经酷似日本的假名。当年日本前岛密（日本邮政制度创始人），在 1866 年发表所谓《废止汉字意见书》，倡导全部用假名而不用汉字，目标是为了去“中国化”，而我们却废汉字之祖宗，推广简化字，目的也是为了去中国化吗？

废除简化字，是因为它和我们祖国悠久的历史文化不对称，也和我们现在国家的盛世文明不相称。我在前不久的一篇博文里曾说过简化字是“山寨版”的汉字，是因为简化字符合山寨文化的所有特征：非主流、简陋、经济、实用。山寨文化是乱世的产物，简化字的本质也是动荡时代的产物。简化字滥觞于 20 世纪初，是革命与战争、战争与灾难频发的年代，正式推广之后，又经历了“反右”“文革”以及对“文革”的清算，这百年历史如果用简化字来写也是可以的。而如今，我们的国家以前所未有的强大和繁盛崛起于世界，学习中国，学习汉文化，成为世界潮流，而我们用什么样的文字来展示自己的形象？其实，在一些需要庄重、需要严肃、需要典雅、需要艺术的场合，人们往往选择繁体字，毛泽东、邓小平、江泽民等领导人题词全不用简化字,《人民日报》等大报的刊头也不用简化字，中华书局出的很多典籍也不用简化字，而政府明文规定书法艺术不必使用简化字，这说明简化字的弊端很明显，用句俗话说，是上不了大雅之堂的。而如今，废除简化字，使用和我泱泱中国、巍巍中华、辉煌神州的盛世文明相和谐的正体字（繁体字），正当其时。

我为什么说废除简化字，而不说恢复繁体字呢？实事求是地说，极少数的繁体字笔画烦琐，文化含量也不高，当然需要改进。文字要发展，但要往好的方向发展，文化的形象要和大国的风范相匹配，而简化字的方向错了，和文明古国、大国强国的形象相拧巴。简化字是盛世中国、青春中国脸上的一颗要不得的痣。

秦汉以来的汉字是使用历史最悠久的文字，如今又是世界上使用人数最多的文字，我们有理由珍惜她的形象。汉字是中国文化的魂儿，也是面孔。

简化字是“山寨版”汉字

——与王立群先生商榷

近日在新浪博客上看到王立群先生的一篇博文，他从秦始皇统一中国文字说到今天简化字有“功在千秋”的大德。很显然，此言是有所指，因为季羡林先生刚非议过简化字。王立群先生显然是个“拥简派”。“废简”和“拥简”是个学术问题，近年来“废简派”和“拥简派”多次交锋，说明这个问题大了！

要不然，怎会有那么多人关心这个一点也不娱乐的问题呢！

王立群先生的文章有好些方面值得探讨，限于博客的篇幅，我只想就一个问题提出商榷，他谈论简化字的合理性时，说到了一个非常重要的问题，他说：“中国古代的书写工具是毛笔。毛笔这种柔软的书写工具在秦简、汉简上很容易写出‘蚕头燕尾’的隶书。书写工具决定了书体，书体的简便实用又决定了何种书体能够统一中国的文字。”

“书写工具决定书体”，说得非常好，但这恰恰说明今天废除简化字的可能性。我在 2008 年《五十年内，废除简化字如何》一文中，说过这个问题，“就实用角度来讲，当初提出并使用简化字有一定的合理性。因为原先的汉字笔画较繁，对书写特别是排版录入的速度确实是一大障碍。但今天由于‘当代毕昇’王选解决了汉字的计算机的编程问题，汉字的录入速度和英文及其他拼音化的文字已没有劣势。简化字的优势已不复存在！”

在中国古代，汉字的普及与推广与活字印刷的发明有着极大的关系。二十世纪七八十年代，王选发明的汉字编程是人类文明史上的又一大创举，夸张一点说，几乎拯救了长期以来被人们视为异类和草芥的汉字。以前，因为它不是拼音化的路径，在西方习惯的编程里排不上谱系，而王选院士的贡献在于把一个民族的文字成功转化了，为与西方文化平起平坐的了，我们再也不用去研究拼音化和汉字简化的问题了！

正像立群先生说的，书写工具决定书体，电脑的出现，让写繁体和简体一样的快捷，凭什么还要用这种山寨版的汉字呢？我们有什么理由非要将流行了几千年的世界文化遗产搞得支离破碎呢？随着电脑的广泛普及，书写汉字的几率大大降低，连考试这样的重要活动都在电脑上完成了，别说其他的文案和文本了。

立群先生有一点是明确的，他认为简化字遵循了“从俗从简”原则，也就是说简化字本质上是山寨版，有利于普及大众但不是正宗的学术成果。看来百家讲坛的思路还是影响到立群先生思考问题的方式，简化字明显损害了中华民族文化的根脉，怎会“功在千秋”呢？（简化字伤害的正是中华文化的千秋文化）。只因为它是从俗，就“利在当代”啊？当代文化的建设还是要雅俗并举，尤其当下俗文化泛滥，恐怕不全是利吧？

多有冒昧之处，请立群先生和他的粉丝们谅解。

当切·格瓦拉遭遇上本·拉登

“9·11”与“红色风暴”同时出炉

2001年的全国书市设在昆明，离昆明书市还有十几天的时间，发生了惊世动天的“9·11”事件。恐怖分子劫持民航飞机撞击了纽约的世贸大厦，一时间本·拉登的名字传遍了世界的每一个角落。民航业萧条，旅行每次选择飞机都带有“壮举”性质。美国的阿富汗战争尚未打响，世贸大厦惊魂未定，我在昆明书市上就看到了有关“9·11”事件的图书征订广告，书名是《世纪恐怖——“9·11”大纪实》。短短的时间内便能出书，如此敏感，如此迅速，让人感到中国出版业的市场意识真的与国际接轨了。这本书当时是以中国工人出版社的名义，后来听说这本书没出成，但不久我在北京一家超市的书店里看到了另一本与此相似的图书，这就是世界知识出版社 2001 年 10 月出版的《一个人的战争——与本·拉登面对面》(以后简称《与本·拉登面对面》本·拉丹是原书的用法，笔者习惯用法是本·拉登)。

这本书的作者叫金世勋，依我的猜测，该是个化名，或者是几个人合起来的一个名字，谐音是“惊世讯”的意思。从文章的内容和文风来判断，并不像出自一个人的手笔，虽然里面的内容基本上是摘摘抄抄，但摘抄也是能够“摘抄”出“个人风格”的，且书前后内容相互重复，更说明是由几个人拼贴而成的，属于“集体创作”的成果。或许因为“集体创作”等于匿名，“著作者”连书名直接窃自林白的一部长篇小说。林白的《一个人的战争》是一本很有特点的长篇小说，但命运多舛，虽然几易其主，始终没有找到一个理想的出版社。这一次书名又“被袭”，不知道林白会不会将世界知识出版社告上法庭。我几次与林白见面，都忘记告诉她这件抄袭书名的事，不知道她看到这本与她面对面的《一个人的战争》，会作何打算。

按照常理说，我不会购买这本书，这种应时而生的畅销书基本都是垃圾，真正促使我购买此书的原因都是另外一本书，堪称它姐妹书的《切·格瓦拉》，这就是刘智峰主编的、由中国社会科学出版社出版的“中国观察系列”之一的《切·格瓦拉：反响与争鸣》(以下简称《切·格瓦拉》)。这本书的封面上广告语是“席卷中国社会、思想界的红色风暴”。一看，像一本文学传记，里面内容是话剧《切·格瓦拉》剧本及有关争鸣资料的汇编。奇怪的是,《与本·拉丹面对面》和《切·格瓦拉》的封面居然惊人相似，仿佛出自一个人的手笔似的，大红色的背景，黑色的头像，白色的大标题，标题的字体和字号也惊人的雷同。

两本不相关的书，出自不同的出版社，也出自不同的编辑，出自不同的美术设计，把它们放到一起，却像是孪生兄弟似的，看上去像统一规划的丛书，而且出版时间也非常接近，《切·格瓦拉》是九月份，而《一个人的战争——与本·拉丹面对面》是十月份，好像共同推出似的。这种奇异的巧合，吸引起我的阅读兴趣，我在那家超市里将它们同时买下，书店的老板给我打了八五折。

是什么让老 J 泪流满面

新“切·格瓦拉热”起于 1997 年，这一年是古巴革命家切·格瓦拉三十周年的忌辰，更重要的是，他的骸骨在玻利维亚山区找到，1997 年骸骨运抵古巴，全球文化界的“格瓦拉热”也随之兴起。切·格瓦拉的名字曾经是革命的同义词，这位“浪漫冒险家”“红色罗宾汉”“共产主义的堂吉诃德”“尘世的耶稣”在他死去之后，就引起了全球的震动。西欧、北美的学生、工人高举他的画像游行、示威，与警察发生冲突，拉丁美洲的民族主义政治家和天主教会人士（包括大主教等）对他的崇敬颂扬，并为他祈祷，文化名流对他的歌颂到了前无古人的地步，诺贝尔文学奖得主安赫尔·阿斯图里亚斯称他“体现了真正的浪漫主义，体现了壮烈的牺牲，这当然唤起了各个阶级的同情”，而存在主义大师萨特则干脆说“切是我们时代十全十美的人物”。

虽然共产主义运动产生了许多杰出的人物，但被人们广泛称赞并经久不衰的人物似乎只有切·格瓦拉一个人，甚至连他的敌人也对他充满敬佩。格瓦拉以人格的高尚强化了共产主义的理想的纯洁，他是一个真正忘我的无私无畏的革命家。1997年春天，纽约的一家出版社出版了传记《切·格瓦拉：革命生涯》，在美国和加拿大同时发行，称为畅销书，而他的骸骨的发现，似乎是他去世三十周年纪念活动的一部分，要不怎么会如此巧合？

切·格瓦拉与中国的联系也算得上源远流长。1960年、1965年他两次来到中国，受到了毛泽东、周恩来、邓小平等中国伟人的接见，他写于战争间隙的《切在玻利维亚的日记》也在中国内部出版，在青年中产生了巨大的影响。和世界上的其他热一样要慢半拍，中国的格瓦拉热来得比国外要迟，它是由一部话剧掀起的。2000年4月12日，由沈林、黄红苏、张广天等主创的《切·格瓦拉》在北京人艺小剧场上演，引起了空前热烈的反响。这部“以穷人的名义”创作上演的话剧献词这样写道：

请相信这个因穷人的情谊而感动不已的人
请相信这个靠穷人的祝福而跋涉不停的人
请相信这个为穷人的将来而告别过去的人

《切·格瓦拉》书的编者在“前言”中说，“格瓦拉”已经成了某种思想的象征、符号和媒介，触及了中国社会正在面临的精神敏感问题，譬如贫富的差异、阶层的分化、权力的异化、官员的腐败、精神的混乱、信仰的失落等等。于是，该剧就演变成了一场有某种指向的政治剧。应该说，话剧《切·格瓦拉》作为剧本和演出来说是完整的，它的台词和场景与格瓦拉精神乃至格瓦拉主义是非常吻合的，它的气势颇有些史诗剧的味道，甚至它的摧枯拉朽让人想起了郭沫若的《凤凰涅槃》。《切・格瓦拉》作为文学作品能引起如此激烈的冲突，很有些当初“伤痕文学”的味道。

遗憾的是我没有能够看到《切・格瓦拉》的演出，我们编辑部的老J是一个格瓦拉迷，他对格瓦拉的崇拜是源于对这出话剧的热爱。老J看过好几遍《切·格瓦拉》的演出，有一次邀我前去同看，因我临时出差，错过了最后一次观赏这出话剧的机会。老J告诉我，那一次演出就是绝版了，因为《切・格瓦拉》剧组就解散了。我们编辑部被老J的热情感染，每次聚餐，三杯酒下肚，老J就开始朗诵《切・格瓦拉》当中的台词，他声音沙哑而高亢，经常朗诵的便是“启航！启航！”那一段，朗诵到动情处竟常眼噙泪花。老J曾经想在《中华文学选刊》上全文刊登《切・格瓦拉》的剧本，最后选登了他喜爱的几段台词。在《切・格瓦拉》热演的时间内，他激情澎湃，气势昂扬，铿锵有力，周围吃饭的人常常被他精彩的朗诵吸引。老J是一个充满激情的理想主义者，他厌恶庸俗的世俗生活，后来受不了编辑部的琐碎事务，离开了。他走后，我们经常想念他，想念他的朗诵和激情。“9・11”之后，老J和《北京文学》的王童一起吃饭，两人在对待美国的态度上发生了激烈的争执，王童的亲美态度，让老J极为愤怒，两人吵得不可开交，一桌饭吃成了辩论赛。

老J是个好人，是什么让这个硬汉子泪流满面？

同样的火焰同样的天空

老J的故事更激起了我阅读这两本红皮书的兴趣，我直觉地发现切·格瓦拉和本·拉登身上一定有某种共同的气质的相通，这也是两本红皮书采取红、黑、白相同的设计风格的原因。红色象征鲜血和火焰，黑色象征死亡，白色则象征圣洁。我通过列表的方式，将切·格瓦拉和本·拉登的出身、经历进行比较：

切·格瓦拉	本·拉登
出生于贵族之家	生于富翁之家
离开祖国（阿根廷）参加革命	离开祖国（沙特）进行圣战
身为国家银行行长却要取消宣布货币	身为亿万富翁，救济穷人
仇恨美国	仇恨美国
热爱游击战	擅长游击战
被俘后被处死	?
死时39岁	2001年43岁
死后三十年发现遗体	?

切·格瓦拉和本·拉登有如此相似之处，所以两本书的设计者

英雄所见略同，用同样的色彩、同样的形色来表现他们同样的精神风貌。这红、黑、白组成的图案，很自然地让人想到了革命、暴力、死亡和恐怖。在 20 世纪 60 年代革命的神圣光环笼罩下，没有人怀疑切 · 格瓦拉是恐怖主义，而按照美国国防部对恐怖主义的定义来说，很多的“革命”是要被划为“恐怖”之列的。《与本 · 拉丹面对面》的第五章这样定义恐怖主义：“非法使用或以威胁手段使用武力暴力对付个体或社会以胁迫或威胁政府或社会，通常要达到其政治、宗教与思想目的。”这样的译文会让人怀疑其定义的准确性，但切 · 格瓦拉与本 · 拉登在血脉上的联系是不证自明的。本 · 拉登起草的《圣战宣言》的语言风格与《切 · 格瓦拉》话剧的台词可谓珠联璧合。

启航！
启航！启航！

前往陈胜吴广大泽乡，
前往斯巴达克角斗场，
前往昨天今天三条石，
前往姓张姓李收租院，
前往黑奴遭绑遭押的地方，
前往土著被驱被杀的地方，
前往弱小民族抗英抗日的地方，
前往贫苦乡亲抗税抗捐的地方，
前往犹太民族走投无路的地方，
前往巴勒斯坦人无家可归的地方，

前往巴黎公社战士最后倒下的地方，
前往前南母亲默默流泪的地方，
前往战斧导弹满天飞舞的地方，
前往大亨寡头翻云覆雨的地方，
前往黎民百姓任人宰割的地方，
前往富婆款姐挥金如土的地方，
前往布衣寒士度日如年的地方，
前往一枚公章变万贯家财的地方，
前往一生辛劳一无所有的地方，
前往道义良知烟消火熄的地方，
前往黑暗邪恶卷土重来的地方。

前往需要火需要亮需要我声音的地方，
前往需要刀需要我臂膀的地方。

——黄纪苏2001年4月剧本《切·格瓦拉》

如果让《切·格瓦拉》剧组的演员在演出中来朗诵《圣战宣言》，观众不会觉得有什么不妥。反过来，如果让塔利班的士兵在战前齐声朗读《启航》这段台词也不会有什么不妥。暴力是与恐怖主义联系在一起的，人们憎恨恐怖主义，但暴力话语往往会闪现着一种迷人的光彩，暴力的话语天然地具有一种摧毁力，在摧毁的同时会有一种审美的快感，就像爆炸的破坏力虽令人发指，但爆炸的瞬间所闪现的奇观却美丽动人一样。烟火的出现便是舍去爆炸的破坏力，只留下审美的瞬间。《切·格瓦拉》被人认为“精神吸毒”，所言的也是暴力话语燃起的那个幻觉瞬间。或许《切·格瓦拉》只是一支烟火，升空燃烧后就化为冰冷的灰烬，但本·拉登的爆破却是毁灭性的，是惨无人道的，当年玻利维亚政府枪杀切·格瓦拉，或许对他的杀伤力已感到恐怖。

恐怖明星与英雄崇拜

在中国关于《切·格瓦拉》的讨论中，《中国新闻周刊》上发表了一篇许攀题为《哪里有梦露，哪里就有格瓦拉》的文章。文中说：头戴金王星贝雷帽的切·格瓦拉肖像是当今历史上复制量最大的肖像之一。那个消瘦的美男子被系在了T恤衫、咖啡杯、海报、钥匙串上。蓄着嬉皮发型和个性小胡子的格瓦拉在摇滚乐、歌剧场和艺术展上出尽风头。格瓦拉出现在著名足球队的队旗上、出租车司机的坐驾的前方、摇滚音乐会的大型电子屏幕上，他那被解化得形象成为当今世界最时髦的标志。有人说，到国外去，凡是有卖梦露的地方，就能买到格瓦拉，凡是对麦当娜着迷的场所，就能看见格瓦拉的身影。

许攀的描述非常生动有趣，也带着鲁迅式的尖刻和辛辣，把切·格瓦拉当成一种时尚当成一种政治文化来消费也许格瓦拉没有想到，但格瓦拉热背后的政治秀甚至商业秀是对格瓦拉精神的继承还是对格瓦拉的解构呢？格瓦拉生前好像也不排除媒体的跟踪，以致他的摄影师前不久去世之后还被媒体大肆报道，因为是他拍摄的那张最富有切·格瓦拉精神的照片（也就是许攀说的头戴金王星贝雷帽的格瓦拉肖像）。另一个有趣的就是格瓦拉就义之后，当时的社会主义国家反而轻描淡写地进行报道，倒是格瓦拉憎恨的西方社会对格瓦拉热情万丈。中国的格瓦拉热不是在中国的“文革”期间，而是在否定“文革”多年之后才出现，“文革”期间或许“贫富的差异、阶层的分化、权力的异化、官员的腐败、精神的混乱、信仰的失落”(《切·格瓦拉》编者前言)没有今天这么严重，但“文革”的岁月是不堪回首的岁月，没有人愿意再回到那些日子里去。

有人认为“格瓦拉热”的出现是当下缺乏英雄和崇高的平庸文化所致，但商业社会的英雄也会被明星化，连格瓦拉也不例外。甚至连本·拉登也成了恐怖“明星”，我看到那些人高举拉登的像游行时，和举着乔丹像、泰森像的追星族并无二异。这也就不难理解在网上有人对拉登倾心崇拜和追随了。

《切·格瓦拉》剧组的热情是不容置疑的，但他们似乎太在乎美国人对他们的反应了。在《切·格瓦拉》一书中收有张广天、黄纪苏、袁鸿写给驻华大使馆的邀请信，全文摘录如下：

美国驻华大使：

我们是《切·格瓦拉》剧组的主创人员。今天，给你写这封信的目的，是为了邀请你和使馆的工作人员于5月8日前来北京人民艺术剧院的小剧场观看史诗剧《切·格瓦拉》的演出。届时，我们将为你们留出位置，等候你们前来。

这部戏剧从4月12日上演以来，引起了观众的强烈反响，人们总的来说，是认为表达了大家的心声。

我们创作和排练这部戏剧的目的，是为了告诉大家我们的基本观点，即人不可以欺负人，人也不可以势利眼。

4月26日古巴大使馆的朋友前来观看了演出，古巴大使在演出结束后的演讲中说：“1997年，格瓦拉的遗骸被迎回古巴，是对我们事业的一次增援；而你们的成功演出，在当今的环境里，是对人类整个自由解放事业的增援。”

我们知道，美国人民是热爱和平和正义的，在中国人民反对法西斯的侵略和人民革命的解放斗争中，曾给过我们珍贵的援助。我们希望大使先生能够在一个特别的日子前来观看演出，倾听中国人民的真实声音，了解目前中国的民意，并代替我们向美国政府和人民转达北京的艺术工作者和他们忠实的观众的立场。

我们知道，美国政府已经向在华美国人发出了安全警告，但是，我们可以向你保证，5月8日，前来观看演出的美国客人绝对不会受到任何的人身攻击，哪怕是误攻或误击。

张广天　黄纪苏　袁　鸿

2000年4月29日

这封信与其说是邀请，不如说是挑战，表达剧组的反美情绪，当然他们不仅以穷人的名义，还借用了中国人民的名义，甚至把主创人员的声音说成了“中国人民的真实声音”，这种代言人的意识是所有宏大叙事者的惯用方式，这种下战书式的邀请当然不会得到任何的回应，因为回应本身就会提高《切·格瓦拉》一剧的知名度和上座率。我没有去想象这个史诗剧如果上演会有什么样的效果，但我知道日本的恐怖组织“赤军”曾以格瓦拉主义的名义去劫持飞机和攻击使馆，造成震惊世界的血案。当然，“赤军”的所作所为对本·拉登策划的“9·11”来说只能是小巫见大巫了。

或许把这两个人放在一起比较是不妥的，因为两者毕竟不可相提并论。切·格瓦拉的理想与本·拉登的精神目标是完全不一致的，对他们的评价也应有不同的尺度。切·格瓦拉已成往事，而本·拉登的传奇也快近尾声，这位给人类造成了极大的灾难的恐怖大王可能结局比切·格瓦拉还要悲惨（悲壮），但并不妨碍三十年之后（或许不用三十年）会有人排一出史诗剧《本·拉登》来纪念他。艺术不是政治，话剧更不是历史学。甚至在今天，深受本·拉登之害的美国公民中已经有百分之十四的人赞成本·拉登这位恐怖大王成为《时代周刊》的封面人物，而新闻的政治倾向要比话剧浓厚得多，实用得多，艺术还用回避吗？

女人为什么写作

“春天文学奖”的困惑

“春天文学奖”是一项新奖，是由王蒙先生倡议并捐资十万元，由人民文学出版社主办的年度文学新人奖。2000年《当代》杂志社举办“文学拉力赛”，总决赛时王蒙先生获得最终的大奖，王蒙当即将奖金十万元捐出，倡议设立一个文学新人奖，奖励三十岁以下的青年作家。王蒙先生的义举，在文坛引起了极大的反响。“茅盾文学奖”“鲁迅文学奖”“冯牧文学奖”都是对“成人”而言的，虽然“冯牧文学奖”将获奖者的年龄限定在四十岁以下，但三十岁以下的真正“青年”却很少有人过问。“春天文学奖”的设立，不仅填补了国内文坛奖项设立上的空白，更重要的是把文学的希望寄托在年轻一代身上，可谓意义深远。王蒙先生在颁奖会上，俏皮地将自己年轻时写作比作“有牙时没豆”，“春天文学奖”可说是献给有牙人的金黄的香喷喷的“花生豆”。

但“春天文学奖”却带来了意想不到的困惑。

困惑一：“春天文学奖”按评奖章程，从三名候选人中选取一位得奖者。初选班子忽然发现各地推荐的名单中女作者占了三分之二，而且水平均在男作者之上。戴来、陆离、龙女三位女作者通过初选，最后戴来“技”压群芳,“摘”得首届“春天文学奖”的桂冠。2002 年 3 月 6 日的颁奖台上，站着的是清一色的靓女，青春的气息扑面而来，仿佛是“三八妇女节”的纪念活动提前到来。

困惑二：那天领奖台上是“半边天”顶了“一个天”，可台下也是巾帼不让须眉。根据王蒙先生的提议，颁奖会要开成座谈会，希望二十来个三十多岁以下的青年作者到会进行交流。奇怪的是，在物色人选时发现三十岁以下的青年作者大多数又是女性，偌大的北京，想找三十岁以下的男性作者居然费尽心思。丁天、邱华栋、李大卫已过了龄，后来只好让张者、祝勇、蔡晓航、赵大河等“超龄”青年“混”入其中，在年龄线内的周冰心还是一个青年评论家。记得十年前女作家还是一个弱势群体，还是一个需要呵护、需要扶持的“性别小国”，某地出了个女作家是件稀奇事，而如今女作家已经以绝对优势压倒男性作家，至少在三十岁这个年龄段上，昔日骄横一世的男作家已经没了半点脾气。

这是咋回事？

春天文学奖的评委、北京大学教授曹文轩先生对此似乎见怪不怪。他说，这些年来女性在文科上的优势也压得男生们抬不起头，北大的文科研究生中，女生的比例超过 60%，本科生中，女生的比例也超过男生，而且有愈演愈烈之势。一些高校曾图谋提高女生的录取分数线，以改变文科中阴盛阳衰的局面。

这让我联想到2002年的北京书市上，出版社推出的丛书无不在“女性”上做文章。江苏文艺出版社的“京眉文丛”、时代文艺出版社的“都市言情”系列、华艺的“布谷鸟”丛书、春风文艺出版社的“布老虎”书系都是女作家的作品，而且在市场上走得挺火的。

莎士比亚的名言是：女人啊，你的名字是弱者！

今天这句名言要改为：女人啊，你的名字是文学！

面对汹涌澎湃势不可阻的女性写作潮，我陷入了困惑，也陷入了迷茫，女人写作成为一种时尚，不是政府号召的结果，也不是中国作协的倾心培养，甚至与妇联也毫无关系。她们，以一种独特的方式解构着“他们”，解构着几千年来由男性一直统治着的文坛，动摇了几千年来男性在文坛的霸主地位。虽然文学的最高话语权依旧是男性的，但女性们操作这些话语已像她们的舞蹈那样流畅。

张承志、F4和流泪的董欣宾

“历史多方面、多色彩地塑造了我们”，法国阐释学家保尔·利科的这句名言在今天读来尤为真切，因为近二十多年来特别是十年来的中国社会，让我们充分体会到什么是“多方面”，什么是“多色彩”，多元与一元塑造出来的“历史”和“我们”，一个巨大的差别在于一元往往是庞大而有力量的，当然也是压抑的；多样往往是自由的开放的，但往往是分散的软弱的。因而早在1995年的时候，张承志面对市场经济和享乐主义解构出来的“文明的碎片”，这位心气高傲的哲人和诗人愤懑地把当下称之为一个“小时代”。张承志的愤慨表达了一代人的心声，对于像张承志这样的朝圣者来说，市场经济解构了无数宏大的革命性话语，后现代主义论者又倡导一种“小叙事”，显然与大时代的革命精神格格不入。20 世纪的中国社会，几乎无不处于大时代的洪流。从辛亥革命、北伐战争、抗日战争、解放战争到抗美援朝、三反五反、反右运动、“文革”、粉碎“四人帮”、改革开放，无不是全民族、全国家的巨大政治运动，也正是在这样战火与革命的交替中，中国社会在苦难中发生了翻天覆地的变化。“中国人民从此站起来了”的宣言，是一个大时代的最强音，也可以说大时代是男人的时代、男人的世纪。张承志在《北方的河》中，曾经淋漓酣畅地抒写了男性的河、雄性的力量，连一向温文尔雅的王蒙先生在评论中也不禁用了“粗口”：“你他妈的一辈子不用写河了。”

然而，张承志写作小说本身也许是一件悲哀的事。我想起了南京著名国画家董欣宾流泪的故事。董欣宾的国画在金陵画派中，气势沉雄，笔墨遒劲，自成一家，深得好评。但董欣宾常常独自一人登上明孝陵、中山陵掩面大哭，声称愧对列祖列宗。问其哭因，他说，一个大男人理当驰骋边疆，建功立业，“醉里挑灯看剑，梦回吹角连营。八百里分麾下炙，五十弦翻塞外声。沙场秋点兵”，可我现在却在画院里宣纸上玩弄一些雕虫小技，愉悦世人，只有“揾英雄泪”了。看得出来，董欣宾对南宋词人辛弃疾情有独钟，辛弃疾生活在南宋那样一个战乱的时代，有机会报效祖国，辛弃疾甚至星夜突入敌营，将叛徒张安国俘获连夜送回建康斩首示众，传为美谈。董欣宾生活在和平年代，即便成为军人，也不可能有辛弃疾那样的戎马生涯、传奇诗篇。董欣宾的泪水是一个生活在“小时代”的男人的英雄泪。

男人、战争、英雄、悲剧、史诗，这些曾激励我们“怒发冲冠”的伟大圣词在远离我们，即使战争也变得轻飘甚至轻浮起来。美国发动的阿富汗反恐战争，与我们传统意义上的战争相距甚远，不用说没有弓箭、骏马、盾牌，连传统意义上的枪炮也很少用，而是高科技的“空中打击”，不用两军对垒肉搏战，美国海军陆战队携带着一大批电子装备，便遥遥地将塔利班打得土崩瓦解。导弹取代了弓箭，也取代了枪炮，一场声势浩大的战争全由电脑键盘解决了胜负，而驱动这键盘，其实根本不需要男人，因为女性的手指纤细而白嫩，她们操纵键盘的准确性和优美感绝非男人能比。

不仅董欣宾要伤心了，如果巴顿将军在世，也会绝望地咆哮——这是什么战争？连女人都能打赢的战争还叫什么战争？

如果说时代正趋于女性化，显然是有些以偏概全，但女人显然不如男人更适应政治、战争、革命，在一个和平的商业的社会里，女人显然有着比男人更适宜生存的弹性空间。生活的本质可能是女性的，因为生活的三大要素——婚姻、家庭、孩子都是以女人为中心的。当我们在宣称提高生活的水准、优化生活的质量时，我们有没有想过我们其实是在提高女性的地位、女性的质量呢？虽然女性地位的高低不能代表我们生活水准的高低，但女性生活的质量却很能代表我们生活的水平。因为即使在最艰苦的战争岁月里，女性的生活也是充满美感的。

处于这样一个消费的时代，女性的消费便是整个社会的推动力。都说现在是一个视觉经济的时代，而拉动这视觉的眼球往往会被电视上的广告美女所左右，我们会在一夜之间发现身边的美女忽然如云，电视上、刊物的封面上、广告牌上、大街上、舞台上，总之一切能够展示的“平台”，都被“美女”所“霸占”。在这样一种偏阴柔的审美风尚带动下，美女成为“现代”的必备饰品。再豪华的豪宅广告，离不开美女的笑容，再高档的汽车旁，也需俏立一位佳丽。有趣的是，最近大为走红的台湾青春偶像剧《流星花园》里的“F4”四位俊哥帅仔，他们的名字英文简称居然是女性化的，Flower4，四朵花也？！真让人啼笑皆非。我曾在《阿哲的歌与东方不败的绣花针》里说过男人女性化问题，而F4这四位小男人连名字也如此的女性化，可见我们的青春偶像哪怕是帅哥也需要以“花”的名目出现。这看似是一种巧合，实质上却道出了我们这个时代的审美本质——以女性或阴性的形式美作为基础。你只要看看《欢乐大本营》等综艺节目里的男主持人们的“轻薄”举止，便一目了然。

女性写作成为时尚，实际是填补了男性的不在场。20世纪80年代的文学写作，作为意识形态派生物的延伸，依然具有宏大叙事的框架，依然可以运载历史、哲学、政治这些大时代的男性话语。但20世纪90年代市场经济、商业社会对意识形态的隐形终结，男性话语需到文学以外的领域来运行宏大叙事了，政治、经济、科技成了新的神话，法学也有宏大叙事的可能。当然，像F4一般，无论是政界、商界的巨子，还是法学、商学的英雄，他们一概西装革履，文质彬彬，与传统中的英雄形象（传统英雄在今天的审美学中是粗人和野人）相去甚远。几乎是今天青年顶礼膜拜的“神”——比尔·盖茨，既不像斯大林，也不像施瓦辛格，文雅的比尔·盖茨是有些女性化的，而他创建的微软公司名称也是极具女性化的，是微的软的，而不是伟大的坚强的，更不是坚挺的。

我们习惯把今天称之为“E 时代”，“E 时代”其实也就是“微软时代”，“微软”，当然是小时代了。

张爱玲、卫慧、九丹

张爱玲是现代文学史上的一个神话。中国女性文学并不是从张爱玲始，也没有到张爱玲止。中国新文学女性写作的源头是从冰心、庐隐、冯沅君、丁玲、萧红这样一系列优秀作家开始的，“张爱玲热”在今天的“沉渣泛起”，延续的是抗战上海沦陷时期那样的文化血脉。青年评论家王彬彬谈他不喜欢张爱玲，我是能够理解的，因为张爱玲的作品里委实缺少王彬彬喜欢的那种大时代的大气象。但张爱玲仍然成为今日女作家的偶像，连王安忆这样的大作家也不免要和她较较劲，虽然陈思和教授早就确认王安忆已经超过了张爱玲，但人们还是拿王安忆和张爱玲相比。这是没有办法的事，生活在都市而又写作都市生活的女作家们，总会遇到张爱玲这个路牌，当然也是路障。生活在上海以及上海附近的美女作家总会为穿上一件旗袍而酷似张爱玲的年轻时代暗自得意。张爱玲在今天已经变成了巨大的能指：美丽、商业、流传，甚至连张爱玲那句“出名要趁早”的戏言也成为一部分女作家的人生格言和写作座右铭。张爱玲的“热”，除了作品之外，更重要的是她身外的“功夫”，她作为李鸿章的后人，与胡兰成的恩爱是非，都是有趣的“报料”。张爱玲乖戾的性格，又为她的文学生涯增添了诸多的神秘色彩。应该说，在现代文学史上，很少有张爱玲这样能够掌握大众传媒的心理并运用到极致的作家了。她晚年不肯见人，与其说是要享受淡泊宁静，还不如说是让传媒保存对她年轻时美好形象的记忆，所以人们几乎看不到张爱玲晚景生活的照片。丁玲和萧红都是20世纪30年代著名的“美女”作家，人们一提起萧红，想起的是她年轻貌美的形象，因为萧红早逝了，而丁玲留给人们的不仅是晚年固执而可笑的思想观点，还有饱经沧桑的老态龙钟，让人们与写《莎菲女士日记》的“莎菲”怎么也对不上。张爱玲自然知道这容颜和身体对阅读作品的“影响”，所以她提前将自己的形象定格在那里。这是女性作家的悲哀，尤其是形容姣好的女作家不敢正视的时间之镜带来的悲哀。

卫慧的小说秉承的是一种叛逆的精神，但她深谙张爱玲式的成名之道。或许同是生活在上海的缘故吧，卫慧的做法流露着过多的海派习气，她较好地将上海这块原先积淀的租界文化与全球化经济的当下状态结合起来，她小说里的躁动和敏锐对当下的文化都有一种预言式的警示。卫慧当然是心仪张爱玲的，但年轻的卫慧无旧可怀，她的骨子里看不出张爱玲那股陈腐的、糜烂的、老式的、摆阔的贵族气息，她能嗅到的并能迅速表达出来的是十里洋场的那股“混血味”。“宝贝”，是一个洋文的汉译，但其间传载的内容正是我们这个转型时代的表征。卫慧和棉棉是对应的对称而又对立的一对星座，她们都具有表演的天赋，这或许是师承了张爱玲的风格，只不过张爱玲玩的是火候独到的冷表演，处处表演又处处不露声色。卫慧和棉棉则是被传媒利用的两个傻宝贝，当然，传媒也提前支付她们超额的名声以及作品的发行量。传媒是一把双刃剑。比之卫慧，九丹可操作的资源实在有限。卫慧虽然没有张爱玲式的祖上光环，可卫慧有复旦名牌大学的证书，而且卫慧知道很多青年未能进入和了解的城市禁区，摇头丸、大麻、群居、古怪迪吧和各种各样的知名的和不知名的内衣品牌、洋香水品牌，构成了卫慧小说的五光十色。更重要的是，卫慧年轻。年轻是一件让人嫉妒而又无法获得的法宝。九丹没有这些，但九丹有秘密武器，她敢把自己的小说称之为“妓女文学”，这个谁见谁躲的“封号”，九丹却可以坦然地当作凤冠戴到头上，这是惊世骇俗的。我记得古榕拍过一部电影叫《红尘》，是写妓女从良的故事，可“文革”中有人骂了从良的女主人公一句，主人公就含辱自尽，可九丹“无私者无畏”，她敢做敢为敢写。卫慧的《上海宝贝》里只不过写女主人公与洋人私通鬼混，而《乌鸦》里女主人公坦然地向洋人卖身收取美金。九丹的小说进入不进入文学史，不是由谁说了算的，这是由历史来作最后鉴定的。但九丹的出现，说明女性文学已发展到赤裸裸的地步，当卫慧对“身体写作”还颇有微词、当“下半身写作”者自以为耸人听闻时，九丹的《乌鸦》撕开最后一块遮羞布，让女性写作的要害和痛点暴露无遗。

之所以把张爱玲、卫慧、九丹放在一起论说，是想说明近年来的女性写作是沿着一条商业化、时尚化的路径展开的，这条路径与媒体、绯闻、事件纠缠在一起。其实，女性文学的另一条路径也一直在发展，像丁玲、萧红、张洁、张抗抗、王安忆、铁凝等人便是这条道路上的苦苦追寻者，这也是我们文学史的教科书上常说的主流作家，在这样的教科书上，九丹显然是要被略去的。

被看：妖女写作成风景

“妖女”一词，并非我的杜撰，而是美国桑德拉·吉尔伯特（SandraM·Gilbert）和苏珊·古芭（SuanGubar）在《镜与妖女：对女性主义批评的反思》一文中所使用的词，只不过文中的“妖女”是指女性主义批评家，而非女作家，但“妖女”的命名完全适用于今天的一些女作家。“妖女批评家的部分写作被看作是愉悦肉体和带有侵犯性的。妖女是迷人的，她就像流动剧团的女演员，演出一部具有这种诱惑性和叛逆性的戏剧，以反抗父权制结构对她的摧残，于是她成为对女人有诱惑力的叛逆，如同她对男人一样。”如果把这段话用来评论陈染和卫慧，是再确切不过的，可见女性写作和女性批评是互为文本的。“妖女”这个词让我想起了 1995 年冬天与戴锦华女士的一次对话。小戴在一帮女性主义作家、编辑、评论家那里是个“爷”，她们称她为“戴爷”，因而小戴的讲话姿态时时要坚守、捍卫女性主义的姿势和立场。记得我当时把新时期文学的女性创作分为“老三巫”“中三巫”“新三巫”。“巫”的称谓让戴锦华颇为不快，她对此提出诘疑，认为“巫”是站在男权主义立场，是典型的“逻各斯中心主义”。我据理力争，“巫”并不是贬义词，在文学艺术上指有超常艺术禀赋和艺术感知的人，文艺家带点“巫”气，往往会超凡脱俗，近仙近神。我们的论争一度被当作男权批评与女权批评的一次交锋。当时我没有读过这篇《镜与妖女》的妙文，要不给戴锦华戴一顶“妖女”的洋帽子，不知她如何反诘。

时过境迁，今日的女作家非但不嫌弃“巫”这顶具有男权色彩的帽子，她们自己自称“宝贝”“小妖”，知识出版社新近出版的凯琳的网络小说，题目就叫《妖言》，这让戴锦华一帮女性主义者们大跌眼镜。当女性主义者们在拼命为女性写作争取与男作家平起平坐的地位时，这帮不争气的“宝贝们”却放弃与男权平等的权利，心甘情愿地做男性视野里的风景——这是20世纪90年代末期女性写作的一个巨大掠转。

应该说由张洁、谌容、张抗抗、铁凝、王安忆、残雪、方方、池莉、陈染、林白等人开启的中国女性主义写作潮，一直是在远离、逃避，甚至抗拒男权主义话语的制约，“美女作家”的代表人物卫慧的《像卫慧那样疯狂》也在沿袭这种传统，但女性文学到“美女作家”这一概念产生之后出现了惊人的“退步”，这就是对女性立场的放弃，对男性视角无条件地认同。“美女作家”源起于“20世纪70年代出生的女作家”这一说法。这样一批时代的幸运儿，她们长相的平均美丽度并没有超过她们的前辈女作家，把她们称为“美女作家”完全是传媒的需要，也是传媒时代的必然。20世纪70年代出生的人，没有经历过“文革”，也没有感染大时代的革命气息，她们成年的时候，正是中国商业化、市场化全面挺进的20世纪90年代初期，也是中国视觉消费文化全方位掠夺传统审美文化的年代。化妆、广告、包装对一个人的成长和成功至关重要，我们可以接受50年代出生的女作家毕淑敏的“素面朝天”，但如果一个女生不着妆去美国大使馆办理签证会视为一种“不礼貌”和“不尊重”。因而，当刊物上登载这些 20 世纪 70 年代出生的女作家的照片时，会很自然地出现一片靓女的写真集。现代化妆术和现代摄影术几乎使所有的人都能成为“俊男靓女”，因而出现了“身体作品”和“身体叙事”的概念。“美女”首先是对身体的肯定，“作家”才是对写作和叙事的肯定。由于“美女作家”从一开始便是处于一种被观赏、被展现的位置，因而“美女作家”的写作也自然地带上浓烈的商业色彩，这种商业色彩不是“犹抱琵琶半遮面”式的欲言又止，而是坦诚的表白。卫慧、九丹作品的命运表现得最为充分，卫慧的《上海宝贝》创下了女作家发行的最高纪录，而九丹的《乌鸦》近两年来也成为文学读物印数的“巨无霸”，还不包括那些难以统计的盗版书。

美女作家采用一种仿自传式的写法来招惹读者的眼球，满足读者的窥视欲。因而一本美女作家的作品，首先映入你眼帘的是她的艺术照，其次便是她的简历，而简历往往都隐隐约约和小说中的人物命运搭上一点联系。一些出版社和出版商在组稿时也对作者的年龄和相貌特别关注，最好能拌出些猛料来，“妖女”们不再担心能否摆脱男性视角的照射，而是关注如何进入男性的视野，能抓住他们的眼球。

我在前面曾说过现在不是一个革命的、动荡的、英雄辈出的大时代，是一个平和的、商业的、市民化的社会，在这样的社会里似乎一切都在以女性为核心进行着旋转，因为社会的消费主体是女性，拉动了女性的消费便是促进了整个社会的经济发展。我在感叹我们社会越来越女性化、越来越阴性化的同时，却忽然发现，所有的女性以及围绕女性展开的活动其实都是在按照男性的法则运转的，也就是取悦男性的。文学也不例外。这是我写作本文到最后不敢直面的问题！女人为什么写作？所有女作家都会说为自己。可实质上为谁呢？

我不愿将她们推入“逻各斯中心主义”的无边无际的黑暗之中。

尴尬的知识分子

在一个城市里，无疑有很多标榜自己是知识分子的人，他们喜欢对城市的一切指手画脚，以他们心中的标准来剪裁、规范城市的形象，他们通过对城市生活的裁决和批判来确定他们的知识分子形象，确立他们在城市做超级市民的合法性。在城市中，有三类人不甘当普通市民：一类是通过制定、修改城市的规则来体现他们的存在，比如城市的官员；一类是利用城市的法规和漏洞获取暴利，以高人一等的经济地位来区别他们与普通市民的区别，比如城市的大款和财团的老总；还有一类就是以知识分子自居的盘踞教授、作家、理论家这些岗位的在职人士，因为他们既没有官员的政治霸权，又没有大款的经济霸权，他们便试图通过话语霸权来攫取城市高级市民的待遇。明星们在城市虽然有着普通市民不可企及的特殊地位，但他们是按照市民的游戏规则生活和演出的，更多的时候还要研究如何讨好市民，他们并不制定城市的规则，而是想方设法地和市民合作，和城市达成默契，也就是知识分子为之愤慨的“媚俗”。我这里说的“知识分子”不是广义的概念，而是一种特指，是那些企图为城市生活和整个社会生活提供价值饮料和精神乳汁的人文扩张主义者，因为在这样一些知识分子的心目中，原有的知识分子都是一些知识匠或传媒人，这些人并不具备“知识分子”的资格。

“知识分子”这个概念近几年来开始为一些堕落的文人所热衷，我这里所说的“堕落”是这个词的本义，而不是后来赋予它的特定的道德指派。堕落的反义词是上升，它的本义是下坠和滑落，后来将它引申为往坏里转变（见《现代汉语词典》修订本）。如果照堕落的本义来理解堕落，就发现知识分子的堕落未见得就是一件恐怖的事件。比如在“文革”期间，一些知识分子是意识形态的工具，成为极“左”路线的帮凶，当时最著名的知识分子要算是姚文元了。而另一些知识分子则被打成“臭老九”，过着非人的生活，可见当一些以时代的精英自居的人要确定他们的知识话语霸权时，势必将另一些知识分子打入地狱，剥夺他人的言论自由。到了 20 世纪 90 年代以后，经济建设成为中心，市场经济全面展开，城市的政治生活、文化生活、经济生活不再是以知识分子为圆心运转了，那些曾经以为社会生活输送过思想而沾沾自喜的文人的地位当然今不如昔，由上层建筑返回到民间当然是一种下降，这种下降是失落，自然也是一种地位的堕落。为了掩饰这种社会地位的堕落，他们便用道德谴责的方式来抨击市民的堕落和其他人的堕落来显示他们的高傲和清白，他们用一种与城市生活不配合的方式企图回到城市的话语中心和权力中心，他们借助这种语言的幻觉来迷惑刚进大学的高中生和对人文学科有好感的社会青年，用大而无当的空话将他们引向文化的歧途。

我最近在重读鲁迅先生的小说时，发现鲁迅先生刻画的知识分子形象中，鲁四老爷是一个不可忽略的人物。在《祝福》中，有两个知识分子，一个是“我”，一个是鲁四老爷。“我”虽然是一个新的知识分子，但“我”对客观世界的认识却始终是犹豫的、苦闷的、彷徨的，比如祥林嫂问“我”灵魂有无（鲁四老爷要求的终极关怀）的问题时，“我”的回答是那样的模糊，“说不清”。与鲁四老爷的坚定和自信形成了极大的反差，当祥林嫂在除夕之夜去世之后，这位老监生以不容否定的口气说道，“不早不迟，偏偏要在这个时候——这就可见是一个谬种！”

在《祝福》中，鲁迅还别有深意地写到了祥林嫂的捐门坎，捐了门坎就可以在阴间获取终极关怀——灵魂的安宁，在现实中就能参与鲁四老爷家的祭祀。然而当四婶猛喝一声“你放着吧，祥林嫂”，祥林嫂再也找不到精神归宿，在除夕之夜惨然死去。是道德的力量让祥林嫂失去了做人的权利，是鲁四老爷这样的知识分子对祥林嫂“批判”让她做人不行，做鬼也不宁，虽然鲁四老爷们也向她展示精神家园这样的美好理想，但祥林嫂很快发现，这种幻觉就像鸦片一样，并不是人人都能分享的，只有像鲁四老爷这样的少数高级“知识分子”才配拥有。在当代城市里，也有着这样的新鲁四老爷，他们独霸着精神家园的解释权和使用权，一方面作为标签来区别于普通市民，另一方面又以此制造“不捐门坎”的种种危害，用来迷惑青年，可等他人来真的“捐了门坎”之后，他们又大喝一声：祥林嫂，你放着吧！近期一些对某些以城市生活为题材年轻作家的道德批判，便是鲁四老爷在20世纪90年代的吼声：你放着吧！

知识分子在20世纪90年代是一个复杂的问题，并不像一些以知识分子自诩的人说的那么简单，他们并不是真的需要知识分子精神，他们的逻辑就是把自己说成唯一的知识分子，划分知识分子的标准由他们来制定，这样的知识分子未见得就是城市良知的象征，更不是道德的执法人。这让我想起了法国著名的哲学家利奥塔的一段话，这段话是 1978 年 3 月 27 日利奥塔在法国电视台 FR3 频道上说的。当时，FR3 频道有一个向公众开放的专栏叫"自由论坛"，利奥塔被邀请以知识分子的身份在电视台上露面，因为"自由论坛"的制作人认为这个节目里必须给知识分子一个空间，这个空间是被量化的，有一刻钟的时间。有意思的是利奥塔并没有拒绝这个节目的参与，但他在声音和形象之间作了严格的区分，除了一小段时间外，配声和利奥塔的口型是不同步的。在开头一小段不出现利奥塔的画外音之后，配声和说话的口型不同步，他的嘴似乎在发出声音但却没有配声，这种错位显然是有意的，这种声音和形象的不协调表明利奥塔对这个"知识分子空间"的一种特定的态度。在他这篇讲话最后，他说："他们成了所谓的知识分子，即给有些人……给他们自称拥有的称职能力提供合法性的人，但最首要的是，他们给在每件事上都必须存在着称职能力这种思想提供了合法性。于是他们都充任了同样的角色，即便有的是天主教徒，有的是自由思想者或是马克思主义者，即便有是左派，有的是右派。在西方，哲学家一直受到知识分子角色的吸引，他们一直受到把自己变成权威的代表的诱惑。从柏拉图开始，没有屈服于这种诱惑的人不多。在我看来，利奥塔希望属于这一少数派；这就是他让我告诉你们的。"后来人们将利奥塔的这一思想简化为"知识分子死了"，是说随着那种笼罩着一切的巨型叙事瓦解以后，知识分子在一个文化语境中只能成为"小叙事"者，再也不能像过去那样肆无忌惮地为城市和市民灌输思想的牛奶了。城市成为“知识分子的坟墓”。因而今日那些在城市中以批判面貌出现的叫嚣者并不是 20 世纪 90 年代破败风景里的只能留恋和抚摸的旧式家具，而是鲁迅先生所说的“烟枪”和“烟灯”，是城市文化必须扫除的垃圾。

如何让茅盾文学奖更具权威性

显然，茅盾文学奖已经是一项权威的文学奖了，要不然，我也不会在此议论这个话题了，就像我不会议论其他的长篇小说奖一样，还有就是我在标题上用“更权威”的“更”字。

记得五六年前，我在江苏作协工作的时候，江苏作协曾经专门开过一个研讨会，名曰长篇小说研讨会，其实是探讨如何得茅盾文学奖的事。因为江苏作协虽然嘴上喊着要建文学大省，其实心里早就以文学大省自居了，但如果连茅盾奖都没拿上，这大省未免廉价了吧。于是，开会讨论如何攻克这一难题。会上说了很多的原因，什么江苏文化先天的缺陷，江苏作家重视中短篇小说忽视长篇小说云云。到后来有一位作家干脆说，这茅盾文学奖也不怎么权威，我们那么看中它干吗？会场一片哗然。时至今日，新一届的茅盾文学奖的初选也出来了，江苏比上一届更惨，上届好歹还有黄蓓佳的《新乱世佳人》撑撑场面，这一届入围的二十三部中，没有一部出自江苏的作家之手。但江苏的作家坦然面对，并不觉得难为情。

文学大省对茅盾文学奖的态度如此，不能不引起我们对这个奖本身的反思。冷漠是因为吃不到葡萄说葡萄酸，还是评奖本身缺少足够的权威性？

茅盾文学奖在全国大奖之中是影响最大群众性最强的一项，不像其他的奖项基本上在圈子里转，属于比较贴近群众的奖项。茅盾文学奖委实推出过不少好的作家和作品，但茅盾文学奖的遗憾也一直伴随着这个奖，特别是近年来遗珠更是有增无减。限于篇幅，我不去列举那些作家和作品的名字，我只想在此如何减少遗珠增强权威性，提两点建议，供决策者参考。

要求作品在群众中有一定的影响，也就是需要一定的发行量作保证。发行量高低不应是衡量一部小说的标准，发行量大的小说不一定是最好的小说，一些具有文学探索价值的作品可能是“小说的小说”，具有非广泛阅读的文本功能。但像茅盾文学奖这样非探索性的非先锋性而且又是侧重现实主义的文学奖项，是必须注重作品在读者中的影响，简言之就是入选作品在发行方面必须有硬指标，必须有足够的发行量。设想一下，如果一部优秀的现实主义之作，在读者中产生不了较大的凡响，这样的“优秀”是可疑的，是缺少说服力的。实践证明，凡是真正好的小说在评上茅盾文学奖之后自然也会受到读者的欢迎，就会有较高的发行量，而且会成为长销书。反之，那些没有读者基础的小说受到读者质疑的小说即使一不小心获得了茅盾文学奖，也不会成为畅销书。《白鹿原》发行量突破一百万，《尘埃落定》也突破了五十万，足以说明这一道理。虽然不能说茅盾文学奖得奖作品中发行量最少的是最不好的小说，但可以肯定的是，它肯定不是最好的获奖作品。这种结果对评奖的决策者们应该是很有启发的。

增加透明度，减少盲目性。文学评奖最后有评委投票决定，但评委在有限的时间内阅读作品也是有限的，何况这些作品已经经过筛选和淘汰，评委在评奖的过程中弄不好就会陷入盲人摸象的境地。一般说来，送到评委手上的作品也就二三十部，评委可能阅读其中一部分，弄不好会一叶障目。我曾问过一位评委，怎么会把那么差的小说评上去，这位评委说，初选送上来的作品，要反映现实生活的也就这一部还行。事实上，让那样的小说得奖不影响茅盾文学奖的权威才怪！今年茅盾文学奖评奖改革了，增加透明度和公开化，是进步，也是顺应时代潮流。但奇怪的是本届茅盾文学奖的初选结果出来了，新浪网站抢先发布了消息，但官方至今没有公布。

左右

看鲁四老爷如何着装

在我的印象当中，鲁迅先生的小说非常重视人物的肖像描写，阿Q头上的亮疤，祥林嫂的眼神，孔乙己的长衫，都是作为中国现代文学的经典描写被人们称道的。这几年来在各种场合，碰到的各种新旧人物，我不时常会想起《祝福》里鲁四老爷这一个独特的形象来。可鲁四老爷的具体形象鲁迅先生说得很含糊，并没有像其他人那么鲜明突出，“他是我的本家，比我长一辈，应该称之曰‘四叔’，是一个讲理学的老监生。他比先前并没有什么大改变，单是老了些，但还未留胡子，一见面是寒暄，寒暄之后说我‘胖了’，说我‘胖了’之后即大骂其新党。”

“大骂其新党”是鲁四老爷第一个哗众取宠的动作，这动作看不出什么恶意来，对新党的憎恨可能是由于不宽容的价值观使然，可鲁四老爷在祥林嫂死之后的那句话，却显出了他的恶毒和伪善来：“不早不迟，偏偏要在这时候——这就可见是一个谬种！”

寡妇祥林嫂在鲁四老爷祝福之夜死于饥寒交迫，本是一出人间悲剧，可鲁四老爷却觉得不是时候，“不早不迟”，由此推断她是一个“谬种”。因为照鲁四老爷看来，祥林嫂早就该死，但应该选择对他有利的死期。因而祥林嫂的死是缺少理想，更缺少道德感：人家在欢天喜地的辞旧迎新，你怎么可以以死亡的气息来冲淡呢？“然而”“可恶”，“可恶”“然而”，这是鲁四老爷的口头禅，也是一些卫道士们惯用的逻辑，他们以自以为是的“真理”去审问别人去批判别人，看到别人不穿长袍马褂就视为奇装异服，议论“性”就是“流氓”，不按照他们设立的理想去生活就是“谬种”。

鲁迅先生没有给鲁四老爷“穿上”衣服，可能鲁四老爷的处境不像孔乙己那般特殊，他的着装便自然是长衫马褂，当然还有一副表示他的知识学问的眼镜。我在夏衍先生编剧的电影《祝福》里见过这个形象。因而鲁迅先生便将他的外表忽略了。我之所以关心鲁四老爷的着装，是因为我在当下的生活中看到的“小鲁四老爷们”的着装很混乱，他们怕“西化”不敢穿西装，怕“僵化”又不穿中山装，最合适的服装当然是辜鸿铭偏爱的长袍马褂，遗憾的是“小鲁四老爷们”没有找到统一的服装，他们虽然在文章中面部表情相互模仿，可缺少鲜明的“工作服”委实是一个遗憾。建议厂家为“鲁四老爷们”开发出一种新的服饰来，并到国际上早点注册，以避模仿之嫌。

语言垃圾与语言黄金

流行歌曲是 20 世纪 90 年代文化的重要组成部分，它和铺天盖地的晚报以及喋喋不休的电视连续剧一样，构成了社会文化转型时期浮出人们视听的三大表征，也构成我们今天文化生活的新材料。很显然这三大件都是利用明星机制来进行造作的，晚报推销专栏作家，电视剧包装演员，流行歌曲制造青春偶像，可流行歌曲却成了人们议论最多的话题，原因就在于它是用语言制作的文化快餐。同为语言载体，不知道为什么中国人有重文字而轻声音的传统，这或许与科技水平有关，因为文字哪怕是遥远的甲骨文今天也能解读，可先民的声音我们却永远不能聆听了，这些声音充斥在我们的生活时空，而我们只能借助那些并非他们真实语言的文字来臆猜他们的生活和心灵。可现在不同了，现代科技的高度发达，我们不仅可以任意拍摄任何一种生活场景，我们还随时可以录取生活的任何一种音响，使之传世，让后人感受我们“此时此刻”的真实语言。流行歌曲能够成为我们文化消费的新主角，与声音的“地位”上升有关系，作为语言的另一支，以前被压抑、被遮蔽的这一支开始获得与文字“享受”同一的待遇。

或许由于对声音和文字有厚此薄彼的传统存在，流行歌曲的制作者们也显得特别的随意和自由，他们不像操文字生涯的那班先生来得拘谨，他们即使惨淡经营十年磨出的一剑，也会被人们用一句“潇洒”这样近乎轻浮的词打发掉。这样的“传统”使得流行歌曲难以持重和沉重，他们不惜生产大量的语言垃圾来填充发育畸形的文化市场。

精英们对它表示不屑一顾也是情有可原的。

不过，在今天制造语言垃圾的又何止流行歌曲这一族呢？晚报在提供一次性的文化快餐，看完之后随手便扔在垃圾箱里，电视剧在过目或不过目之后便不再见天日，那些自命清高或自命学者的君子东摘西抄的学术虽可在自我的幻觉中高于我们前面说的三大件，可实际上的命运还不如这三者，尽管都是垃圾，这三者毕竟还进入过老百姓的生活，而那些伪学术既与学术史无关，也与大众生活无关，是连一次性消费价值也没有的垃圾。人们对真正的学术和学者是充满敬意的，而且真正的学术也不会成为垃圾。

流行歌曲也有语言黄金。

《一无所有》算是黄金。

“不是我不明白，这世界变化快。”

“读你的感觉像三月。”

“我们的大中国，好大的一个家。”

“我的世界开始下雪。”

我说它们是黄金，是因为它们或许道出了我们的生存状态，或许说出了一个普遍存在而我们忽略的感受，或许制造语言革命上的悖反效应，当然，由于流行歌曲的特性所决定，这些黄金大多被淹没在一大堆语言的垃圾之中，不过也没关系，时间是披沙沥金的最佳容器，只是我们不要忽略这些语言垃圾的含金量。

说不准，这里面有未来的“唐诗、宋词、元曲”呢。

开幕式上刺耳的噪音

几天过去了，我本不想说，不想去破坏人们对奥运会开幕式近乎完美的印象。但又觉得不说，犹如骨鲠在喉，不吐不快。

奥运会开幕式的成功，是必然的，也是意料之中的。中国社会的高速发展和中华民族文化的深厚，让编导完全有能力展现一个古老而现代的崛起的中国的形象，开幕式那些美好的创意也正是体现了这样一个灿烂的主题。

整个开幕式围绕和平和谐的主题，体现了中国人民热爱和平渴望和平的美好意愿。因而在整体理念上，是与亚运会、全运会的开幕式全然不同的。有主旋律，有中国特色，但做得比较艺术和含蓄。比如，《歌唱祖国》，因童声的演唱变得更为亲切和自然，比如主题歌《我和你》就与高调的《亚洲雄风》更符合和平和谐的主题。柔软的画卷，璀璨的烟火，反复出现的飞天意象，以前高昂张扬的龙也被淡化到龙柱上，而作为战争时代遗物的万里长城也被巧妙地通过活字印刷这么一个更文化更文明的载体来体现。奥运会是全球的奥运会，奥运会是全球多文化交融的平台。奥运会显然与是意识形态分不开的，但奥运会的成功在于淡化意识形态，或把意识形态巧妙地隐藏到各方面，润物细无声。奥运会开幕式受称赞，与和平和谐的理念和中国符号的巧妙结合相关。因此它悦目不刺目，它赏心不躁心，是中国艺术家艺术观念的更新，也是中国整个社会文化理念进步的表现。面对这样一个视觉盛宴，我虽然对张艺谋的电影颇有微词，但张导作为团体操和开幕式大师，还是无人能出其右的，何况聚集了全民的智慧呢！但，没想到出了低级错误。这显然不是张艺谋的过错，但至少监控不严。这就是解说词和整个开幕式的严重分裂，8 月 8 日晚上可能我光顾了观赏视觉盛宴了，没在意解说，可第二天家人看重播时，我在另一个房间里，停到了异常刺耳的解说声，那腔调是我们多年来始终不变的开幕式政治腔，比新闻联播还要新闻联播，是“文革”期间纪录片《新闻简报》的声音模式。以前太熟悉了，但现在也很少听到，因为新闻本身也在软化，也在向着“三贴近”的方向发展。大约在各个级别的“两会”期间我们隐约可以听到这样的腔调外，再就是运动会了，我家附近一所的左家庄第二小学，每次开运动会，都以如此洪亮高亢近乎挑战的声音用高音喇叭解说。可见传统深厚，一个小学的运动会也那么宏大叙事，有必要吗？

再听奥运会的解说词，我又傻了，全是那些套话，几乎是全运会和亚运会的升级版，准确说应该是克隆版，把里面的几个关键词比如奥运、全世界换成全国、亚洲之后，没有任何障碍。当然换成左家庄二小，也是文从字顺，当然要去除涉外的字词。

太刺耳了！我从小参加运动会，就会想起毛主席老人家的语录，“发展体育运动。增强人民体质”，没错，当后面还要跟上两句“提高警惕，保卫祖国”，这作为 20 世纪 60 年代的指导思想，也是可以理解的。但时过境迁，外在的环境（时代已变化）和内在的环境（开幕式的内容并不是60年代的编排方式）已经变化，解说词还是旧的模式，空洞，不及物，实在是开幕式的一只苍蝇。至于，主持人在欢声高歌时，粗暴打断歌声的完整性，更是这种解说词文化的有力表现。

艺谋啊，你倘若听到主持人声嘶力竭、大而无当的解说，你会气得吐血吧！

当然解说者也是无辜的，他们只是看着稿子念，他们的音色又恰恰符合解说词内容的。

不知道谁撰的稿，也不知道谁审的稿，有一条可以肯定的，这撰稿班子可能是整个奥运会开幕式内容把关最不严的。作为同类型解说词，也是最没才华的。好在国外的电视直播，另有一套解说词，要不，光听声音会以为中国国庆节在天安门广场阅兵呢！

奥运的文化传播力量

第29届奥运会在北京的胜利举办，是世界体育历史上的又一辉煌篇章，也是中外文化交流史上崭新的一页。

在今天，奥运会被越来越多赋予了更多的内容。它的体育性内涵以及由此带来的政治性内涵，已经被人们广为认识。1996年美国亚特兰大奥运会率先将商业性元素引进奥运会，一举扭转了办奥运会亏损的局面。从此以后，奥运会成为新的商机，不再是赔钱赚吆喝的买卖。因而，美国亚特兰大奥运会之后，各国申奥的热情空前高涨，奥运成为一些国家和地区拉动经济发展的杠杆。

其实，奥运作为特殊的文化传播载体在今天也越来越为人们所深刻认识。第一，无论是在雅典奥运会还是本届北京奥运会，奥运会的开幕式、闭幕式、颁奖仪式、火炬传播乃至奖牌设计，都烙上了浓厚的民族文化色彩。所以北京奥运，一开始就定位为人文奥运，将传播文化作为重要的主题，本届奥运会的开幕式就为我们展示了辉煌的五千年中华文明和现代中国的风采，一扫某些功夫片中西方人对中国人长袍马褂小辫子的旧形象。开幕式当天，全球有四十亿的观众收看，这样的宣传功能是任何电影大片无法比拟的。

奥运会还是外交文化交流的最佳平台，这一次奥运会有近百名各国首脑政要前来参加，如此高规格的峰会，无论是上海合作组织还是八国峰会，也不能相比。各国政要借体育之酒杯，浇外交之块垒，营造和谐世界之氛围，比联合国的会议还要实在。

当然奥运会还是广大人民的狂欢节，对东道主国家老百姓来说自然是节日，对其他参与国的百姓尤其体育迷也是节日。在这个节日里，运动员与运动员之间的交流，运动员与观众的交流，外国观众与中国老百姓的交流，不同肤色、不同信仰、不同文化的融合，形成了文化的桥梁，而这桥梁就是奥运会搭建的平台。

栾菊杰以五十岁的高龄重返奥运赛场的故事，成为媒体的焦点，一句“祖国好”，牵动了多少人的心！栾菊杰是以加拿大身份参加奥运的，按照以前的说法叫海外军团，而多年以前小山智丽（何智丽）的风波，中国队员代表外队参战是视为“汉奸”的。但奥运精神的传播，人们理解并称赞栾菊杰，更说明体育无国界的同时，也说明奥运会文化的传播力量。栾菊杰传达的不仅是体育的精神，同时也是体现中华民族胸怀和中华民族的优秀品格。同一个世界，同一个梦想，在栾菊杰身上得到了完美的诠释。

奥运会作为一个文化的超级展台，是一个无与伦比的载体。在所有媒体都讲究互动，所有网络、电视、报纸、手机等媒体都讲究吸引眼球的时代，奥运会具备了新媒体所可望实现的巨大可能。四十亿人看开幕式。十亿人看中美篮球比赛，这是哪个载体和媒体也难以实现的“收视”梦想和“点击”梦想；通过奥运来宣传中国，宣传中华文化，它的效果要比在海外办一张报纸甚至一家电视台好得多。让世界重新认识中国，让中国崛起的新形象取代那些陈旧的印象，奥运功莫大焉！

文学不惧鬼神

在世界杯期间，本想专心致志看球侃球，不想谈文学，但看了陶东风君的《中国文学已经进入装神弄鬼的时代》，有点不太顺眼，几次想说点什么，几次又觉得可以不说，后来看了相关的回应文章，觉得执着于具体的评判。陶君是我的熟人，也是朋友，他的文章因为是博客方式写就，也无须那么多的学理演绎，但观点本身还是值得商榷。

一、文学从来不惧鬼神，鬼神也未见得就是文学的敌人。倘若把玄幻、奇幻、魔幻等一类的题材说作是鬼神的话，中国文学始终有这样一种传统，《山海经》自不用说，《西游记》更是讲鬼言神述妖的魔怪小说，即使是《红楼梦》那样的写实主义杰作，也有鬼怪神异成分，而蒲松龄的《聊斋志异》更是中国短篇小说的高峰。至于加西亚 · 马尔克斯的《百年孤独》更是创立了一个魔幻现实主义的流派。鬼神者，非现实的存在，而文学作为想象力的重要载体，可以载鬼神，当然，文学同时也是现实生活的载体，更可以载人间。

二、说中国文学已经进入装神弄鬼的时代，似乎有些以偏概全。如今的文学已经分化的非常厉害，真正的众声喧哗，百腔千调，想以一个什么概念来笼之统之，难！找到这样的概念，也难免顾此失彼。比如，现在博客很火，就不能轻易地说，文学进入博客时代，因为有很多作家没有博客化，而且博客的文体的限制也容不下那些大块头的文学。陶东风君的原意或许是说网络文学进入到装神弄鬼的时代，尽管网络文学上的很大一块是“幻”类文字，但并不是全部，还有非常写实、真身在场的博客文字也是网络文学的绝活。至于扩大到整个文学来讲，那就更不是“幻”花一枝独秀了，那么多的作家类型和文学品种都存在着，有的还很火，比如姜戎的《狼图腾》，比如余华的《兄弟》。

三、年轻人喜爱“幻”类文字，可能是一种天性。比如，对我文学启蒙的小说是《西游记》这部神怪小说，我有一阵子将《西游记》看了一遍又一遍，几乎能背出来，那是学生时代对非自然力的无限想象。直到现在，电视台放电视剧《西游记》，我还经常看得津津有味。我那时也曾想写出类似的文字来，只是后来被文学教育回头是岸，才知道写实是文学的正道。但也很难说唯有写实才有出路，比如武侠小说，原本也是划入文学的另册的，现在不也有教授要修入文学史吗？金庸还当上了文学院的院长呢！

四、陶君有点“不语怪力乱神”的意思，“怪力乱神”其实也并非全是荒诞不经的无稽之谈，但陶君甚至于连累到庄子老先生那里去了，有点挖错根子了。庄子是不是玄幻的祖先，不好说，庄子的哲学是不是犬儒主义也不好说。但庄子的哲学不能用“价值迷乱”和“装神弄鬼”来形容，庄子的哲学也不是“幻”类文学的思想源泉。

天气炎热，博体（博客文体之简称，算我杜撰）有限，好在我和陶君同在一城，有见面交流的机会，就写到这里吧。唐人李商隐有诗曰："可怜夜半虚前席，不问苍生问鬼神。"苍生和鬼神，文学都要问，或者说都要有人问。文学不惧鬼神，也不敬鬼神，文学忘不了敬苍生，爱苍生。

革命与婚外恋

在20世纪30年代，流行过“革命+爱情”的小说模式，最著名的是巴金的《爱情三部曲》。《爱情三部曲》中那些充满激情的青年男女无疑都对革命充满了向往和献身的渴望，虽然这些青年男女对革命的理解是模糊而不具体的，但巴金的小说在青年中产生过巨大的影响。

“革命”是一个激动人心的字眼，当它和“爱情”联系在一起时，便放射出更加迷人的光彩。20世纪以来，革命成为文学的重要主题，不仅无产阶级文学阵营里的作家描写革命主题，甚至小资产阶级乃至资产阶级作家也大量涉及革命的主题，连三角恋爱小说专家张资平也不时地写到革命。

李泽厚先生在20世纪90年代曾经提出“告别革命”的著名论断，引起了极大的争议。李泽厚的“告别”只是一厢情愿的，或者只是他个人的选择而已。革命在一个阶级分化的社会里永不会泯灭，它与爱情一样是人们永远存在的冲动。最近，读到了一部阿根廷的长篇小说《亵渎爱情》，发现即使在商业经济为主流话语的社会里，爱情和革命仍然会碰撞出美丽动人的火花，哪怕像流星一样短暂，可瞬间的璀璨依然耀眼。

《亵渎爱情》的标题表明这是一部带有道德劝喻意义的小说，作家以生动、优美的笔触描述了一个中年男人的婚外恋故事。这是一个男人在 47 岁新生的故事。“新生”本身是带有革命色彩的一个词，正像小说中所说的那样，人到 47 岁是不可能重生的，可小说中的“我”却渴望再生。甚至将这种再生比喻成难产的婴儿那样，“经受轻微的压力，忍住一定的痛苦”，“光线会刺激我的眼睛，嘈杂和喧闹会让我困惑。为了让空气充满肺部，我得费一些力气”，于是一个 47 岁的男人，重新回到了婴儿状态，只有一岁。这种描写又让我们想起许多对革命的比喻。

恋爱使人年轻，也容易使人回归到幼稚的童年状态，这是恋爱的魅力所在，也是恋爱的荒唐之处。菲力蒲属于“双中人士”，人到中年，事业中产，事业发达，家庭美满，用我们今天流行的词来说是一个理想的中产阶级了。可菲力蒲却宁愿放弃多年争取来的幸福生活，去和浪漫的、艳丽的苔丝过一种刺激的非理性的生活。起初，菲力蒲和苔丝过着热烈而疯狂的偷情生活，像所有的婚外恋一样，火焰在地下奔突，终究要浮出水面的。菲力蒲和苔丝觉得他们是天生的一对，于是双方不顾一切劝阻和障碍，对原先的家庭进行“革命”，成立了新的家庭。然而，菲力蒲和苔丝并没有延续他们的浪漫和激情，菲力蒲在转了一个圆圈以后，重新回到了原先的家庭之中。婚外恋宣告失败，菲力蒲对家庭的“革命”也以“亵渎爱情”而终结。

这样的故事情节并不新鲜，在中国也屡有这样的“警世格言”的文本出现。《亵渎爱情》的作者马克斯·阿吉尼斯在阿根廷有思想家的美誉，他的小说也不会流于这样的俗套。他不露声色地写出了这场婚外恋失败更为深刻的原因，是因为菲力蒲和苔丝对革命有着不同态度。菲力蒲能够拥有豪宅和宝马香车，是标准的中产阶级，由于长期的奋斗和工作，年轻时代的热情消耗在生存的劳碌之中，待人到中年事业有成，便开始渴望生活中有新的刺激。菲力蒲放着别墅不住，却去租房子过浪漫的生活；放着温柔贤惠的妻子不要，却要和一个离了三次婚的女人共同生活；放着好端端的公司不去经营，却整天和苔丝疯疯癫癫在床上消磨时间。菲力蒲这种对小资生活的狂热憧憬和向往，在小说中充满了诗意的描述和颂扬。

小说中的苔丝最多只是个“小资”，她最初是给菲力蒲家做家庭教师的，但是她生性浪漫，渴望激情。小说中写她“一直赞成社会主义”，她对政府当局和军队始终不满，于是她把这种激情转移到婚外恋之中。“苔丝教会了我热爱云彩、鲜花、身体、舞蹈和冒险。她教会了我发现自我，可是她不能把我带到更远的地方。因此我没有到彼岸，我刚刚游到河中间，种种强烈的恐惧感就袭上心头。”菲力蒲的这种恐惧感来自苔丝对革命的热爱，当“革命”热潮兴起的时候，苔丝便全身心投到革命运动之中，她不惧恐吓，不怕特务，甚至勇于牺牲，但对菲力蒲的爱却因此冷淡了。小说较有深意地写到性冷淡对菲力蒲生活的影响，菲力蒲对妻子卡罗丽娜的不满主要是她对性生活的敷衍了事和厌恶，而对苔丝的激情主要是她在性方面的热情和高超的做爱艺术，小说里有大量美妙诗意的描写。奇怪的是苔丝参加革命之后，居然性冷淡了，甚至要去看心理医生。苔丝不仅拥有了菲力蒲对卡罗丽娜唯一不满的缺点，还让菲力蒲整天提心吊胆，菲力蒲只好回到了卡罗丽娜的身边。虚伪的菲力蒲把回归家庭的原因说成是苔丝对他的“抛弃”，而不是他对革命的恐惧。菲力蒲的中产阶级地位导致了他政治上的保守，他骂苔丝的第二个丈夫是“混蛋”，因为他是“搞颠覆理论”的。政治上的保守和爱情上的激进，让菲力蒲如诗如画的婚外恋埋葬在革命的浪潮中。

小说有意识地写到了苔丝和卡罗丽娜的眼睛，苔丝的眼睛是迷人的幽绿色，热情、激烈而动荡，而卡罗丽娜是灰色的眼睛。小说最后感慨“灰色是安全的象征”，也表明了作家的中产阶级立场和态度。灰色是枯燥的日常生活，灰色甚至意味着性冷淡，但它安全可靠。在苔丝和菲力蒲过着同居生活之后，卡罗丽娜甚至要求跟苔丝互换角色，让苔丝担任菲力蒲的妻子，自己做菲力蒲的情人。卡罗丽娜真诚而荒唐的要求遭到了拒绝，但她那灰色的眼睛最终战胜了幽绿色的眼睛。苔丝屡屡离婚，是因为她的性格和地位决定了她革命者的气质，当社会处于常态时，她的激情用于对自己家庭和他人家庭的“革命”，当她有机会投身革命时，婚外恋、爱情、性高潮都变成了琐事，都成了坛坛罐罐，都必须放弃。

谁在说话

我们每天都在接触广告，广告也以它特有的方式与我们对话。我们已经习惯与广告对话，但很少想到是在与谁对话，也就是说广告的背后谁在说话。这个问题是一个挺有趣的问题，因为在今日话语的发出和话语权的拥有是一个难以忽略的问题。因而我想在这里对广告有这么一个每天都在发布大量话语而很少受人质疑的言说者进行一次“追踪调查”。

谁在说话，当然是广告在说话。但广告不是一个具象的人和团体，广告是由生产商、广告公司和媒体共同合作的产物。当我们看到广告或想看广告时，很容易想到的便是媒体，比如中央电视台，比如某某晚报，比如某某刊物，也很容易将媒体和广告联系起来。首先不能认为广告是媒体在说话，因为媒体都是有特定的载体，一家报纸、一个电台或电视台它显然每天都在说话，但它说的不是广告，不是要读者、观众和听众去购买某种产品。如果一家媒体整天都在鼓吹某种产品的话，反而不会有广告商找他做广告，仅仅发布广告的话，媒体的受众面反而会小。虽然从外在的形式上看，广告是媒体在讲话，但实际上并不是媒体在说话，而是有人在借着媒体说话，因为广告的内容和说话的方式与媒体本身是有差别的。有时候有一些广告以貌似媒体的方式进行“说话”，比如南方黑芝麻糊的广告就是借用电视片常用的抒情方式进行叙述的，但它最后仍回到广告的宗旨上去了，“抖包袱”一样回到广告的话语上去，也就是广告其实是不能运用媒体的话语的。

媒体上广告的话语是由广告人发出的，运行在媒体和厂商之间的广告人是最直接的话语发出者，媒体只是播放、发布它制作的话语，可以说是广告人在说话，因为广告人作为制作者拥有了广告作品的“著作权”。一些广告人在发布作品时还挺珍惜这种“著作权”，我们在一些广告的画面上经常看到“某某公司制作”的字样，便是广告人责任和权利的双重体现。

但是我们都明白，广告人在广告中只不过充当一个代言人的作用。一个人说话，如果不是代表自己，它只是一个传声筒或躯壳。广告人虽然通过广告来体现他的一些说话的特点和方式，但所言的内容却不是他要说的，有时候甚至说的是一些违心的话，比如作为一个广告人，他可能不喜欢某种产品，但当他作为该产品的代言人时他必须无条件地尽心尽力地让人们喜欢这种产品。这时候声音的真实性就受到怀疑，广告人在广告中不是说话者也就毋庸置疑。

谁在广告中说话？很显然是厂商，产品的生产者，产品的销售者和代理人。广告学上称之为广告商。其实广告主在广告中说话是最简单不过的常识，但广告主本身并不具有话语权，它无论作为一个生产商或是代理商在媒体上都没有话语权，它必须借助拥有话语权的人或组织去发布它的产品信息，广告人便获得了双重的话语权。一方面它作为广告主拥有对媒体的话语权，另一方面它作为媒体的代言人又拥有媒体对广告主的话语权，虽然这些权利都是他人委托的，广告人并没有真正的权利。它只是让二者在一个合适的价位和合适的时机进行合作。简言之，广告主是通过广告公司去谋取话语权的，它可以在媒体上堂而皇之地进行说话了。说是谋取其实并不准确，实际是买来的，因为广告本身在今天已是一项产业，你再好的策划方案和再货真价实的好产品，到媒体上去发布就必须支付广告费用。否则你是很难谋取到说话权的，当然，用瞒天过海的方法也是一种智取。

现在我们已经明白谁在广告中说话，是它——钱！

你有钱就能拥有话语的发布权。这是因为媒体本身就是适应市场经济的产物，媒体不能拒绝市场，也不能不占有市场。所谓应运而生，其实就是尊重市场经济的规律。

这是现代商业社会一个最正常不过的事实。

当然也有一些例外，也有一些聪明的企业和推销商在钻空子。比如，我们在报社看到的一些软性广告，最常见的就是一些作家到某个地方游览之后所写的文字，是放在报纸副刊上发表的，而不是放在广告的栏目中。实际上，作家在这里是为这些旅游点做的免费广告，他拿了稿费又讨好了请他去游玩的主人。这种隐形广告虽然看似聪明，但内行人一看就明白，是在做广告，而且是利用媒体的语码进行某种推销。严格意义上讲，这是社会转型时期一种不规范的行为，因为广告语码和媒体语码是有区别的，前者是有偿的，而后者则是要媒体向作家支付稿酬的。如果借用媒体为自己的产品做了广告，反过来又让媒体付了稿酬，用民间的话说，媒体这是“二姑娘倒贴”。之所以会出现这种“倒贴”的情况，就在于媒体没有搞清楚谁在说话，媒体以为是作家在说话，没想到作家却是替人或者是替自己的产品说话。

广告有一个谁在说话的问题的同时，还有一个让谁说话和向谁说话的问题。广告的目的是要找到那些潜在的买主，但你们又不能直接找到他们，如何找到他们又如何对他们说，因而让谁说话和说什么样的话是一个关键的问题，钱不是万能的，有钱只是获取话语权的必要条件。说什么样的话，是一个广告艺术的问题，也是一个与传媒时尚有关的问题。我在以后的文章将单独论述。而让谁说话就涉及谁来听的问题，它不仅涉及广告定位的问题，也涉及一个话语权的问题。近来电视中普遍流行让名人说话（出镜），比如姜文、巩俐、成龙这些国际级的影星也纷纷出现在电视的广告中“说话”，说西洋参、葡萄酒和游戏机这些“言不由衷”的话，一时成为景观。为什么广告会屡屡用明星来说话呢？毫无疑问这是明星的知名度在起作用。但如果从话语权的角度来讲，广告还是借名人和明星的话语特权来强化宣传的效应，来增强对受众的蛊惑力。毛泽东在《论十大关系》中说到中国四大特点时，说“中国还有一部《红楼梦》”，应该说《红楼梦》作为一部名著是文学史上公认的事实，但在横扫“封资修”的“文革”期间全国人民都读《红楼梦》的奇观就该归结于毛泽东自身的话语权在起作用了。这就是话语权的力量。今日的明星们所潜在的话语力当然不能与巨人时代的领袖相比了，但对于媒体的受众来说，他们话语产生的征服力也是一般人非能比拟的。因而广告制作人让“他们”来说话，实际上是把权威媒体的话语权力和明星身上的话语辐射力叠加到一起，便会产生一个“裂变”，起到一个“核”辐射的作用。大牌明星＋权威媒体＝超常的广告效应。

当然这里又有一个经济杠杆起作用，你动用大牌的名人也意味着同时动用大笔的广告费，这又是一个钱说话的问题。当然钱同时也是一把双刃剑，对双方都是一样的，明星们可以通过广告获得经济效益，但万一这家广告的产品不怎么样，人们就会说这个就是某某做广告的，好像产品的质量也与明星有关似的。不论明星怎么摆脱和解释，人们还是会与这个品牌联系到一起，在另一个层面上塑造明星的形象。反之亦如此，厂家推销产品总是找那些能够体现它产品的特征的明星来为自己“说话”，从而起优化资源组合的效用。如果明星这方面的影响弱了，当然也会株连到产品。世界杯期间，一家体育用品的大公司曾让巴西一球星为自己做广告，但没想到这位球星根本没能前去世界杯。该公司的投入也就打了水漂。另一种情况就是，这位球星去了，但球踢得很臭，所在球队小组也没出线，电视再播放这位球星精彩射门的广告就有讽刺之嫌了。而找那些在媒体没有说话权的普通人物制作的广告在这个时候就不会受影响。

广告要借助媒体来传播自己的声音，但反过来广告本身也会制造声音也会制造媒体。天空本没有声音，可因为广告的出现，天空也有了声音，那些飘动的气球使天空成了媒体。类似的例子很多，像很多交通要口的楼顶和楼身，像公交车的车身，本来并没有话语权，最明显的可能要算竖立在街头的电脑显示屏，它本身没有什么话语权，可因为广告的介入，它便摇身一变成为媒体。虽然它对受众的影响带有某种强制性，但久而久之，它便成为一种话语权。可见人们的多余的注意力和听力都是广告可开发的资源，它是在没有声音的地方制造出声音，在没有话语权的地方制造出话语的力量。当然，广告有时还是一种话语霸权，比如那些让你不得不看的广告，就带有很强的强制性，电视里广告尚可换频道，报纸上的广告尚可扔到一边去，但路边、街旁和天空的广告却让人无法躲避，人们的视野常常会受到这种特殊声音的强暴。

说第三者

中国人造词能力有时非常强，这“第三者”便是一妙证。“第三者”只不过是一种比喻，翻译到国外可能是“情人”“情夫”“情妇”或“婚外的恋人”之类，但上述词均无强烈的褒贬色彩，基本是中性的，有的甚至偏向美好的一面。所以，人们放着现成的词不用，偏造出这似是而非的概念——“第三者”。

中国的词汇当中，有些带“三”的词都会有非法的意思，或者是不那么堂而皇之的意思，比如小偷叫作“三只手”，形容人不正经叫“不三不四”，形容祸事叫“三长两短”。在我的印象中，“第三种人”“三年自然灾害困难时期”“三起三落”“三和一少”“三人成虎”“三家村”“事不过三”等，都不是十分吉利和美好的概念。作家朱苏进写过一篇小说《第三只眼》，写人类隐在的“天目”（借用气功的语汇）洞察人性的卑劣和丑陋的隐秘面，令人不寒而栗。

“第三者”的概念是不是在上述“文化积淀”的基础上产生的还很难说，但反映了中国人思维的某些特性。中国的传统注重对应、平衡、和谐，太极、阴阳、八卦虽然不能代表中国哲学思想的全部内容，但作为一种思维状态是长期存在的。在八卦中阴爻与阳爻始终是均衡的，在太极图中阴鱼与阳鱼黑白交合、紧密拥抱、相辅相成，是不允许插入其他的内容进去的。与“第三者”相关的还有一个词叫“插足”，“插足”说白了，就是“伸腿”的意思，围棋上有一术语叫“大伸腿”，意即在别人的领地当中捞取实利。《辞海》上仅收有“第三者”“插足”这两项。《现代汉语词典》收有“插足”，解释为“比喻参与某种活动”，似乎不够准确。“插足”不只是参与，还有挤、争夺甚至霸占的多层含义。也就是说，有人只是在别人的家庭中伸伸腿而已，并不“驻足”，有人只是伸进了一只腿，还有一只腿立在自家的门里，但亦有人双腿全部插入，并且要挤走、赶走其他的“腿”，把原先属于别人的领地化为己有，这就不是一般性的“友好访问”，而是一场“侵略战争”。由于人们痛恨婚姻上的“侵略战争”，把这些“侵略者”称为“第三者”。

不过仔细想想，把“第三者”比喻为“侵略者”也似乎略欠妥帖，因为侵略者往往并不丧失自己的领土和疆域，而有些“第三者”是没有“国土”（未成家），有些“第三者”只不过是“模仿”（离婚重新组织家庭）而已，并不是“妻妾成群”“一妇多夫”的霸权主义者。但是他们的行为却是一种侵略性的、进攻性的、损害他人的，与侵略者是相似的，遭人们谴责也不无道理。

平衡、稳定、和谐的环境里怎么会冒出个“第三者”呢？原因是很多的，“第三者”引起了诸多的失衡状态的出现，从感情危机到危机感情，其间的诉讼是非难分难解。不过有一点倒是很明白无疑的，“第三者”不等于“陈世美”，“第三者”大都是有情人，而“陈世美”则是势利鬼、道德的叛徒、忘恩的小人。今日生活中确有因为第三者而成为“陈世美”的，但“第三者”与“陈世美”不可看作一回事。

“第三者”是一个很复杂的问题，不仅是一个道德、婚姻、家庭、伦理的问题，还有更为深层更为说不清楚的法律、文化、哲学、历史的问题。它的核心问题说透了，便是人一生应该拥有怎样的爱情，人对爱情的需要是不是只能倾注或依赖一个点，忠贞不渝的爱情到底在什么样的条件下才能存在（绝望的爱情、不能实现婚姻的爱情往往似乎比实现了的爱情更令人赞叹）。

“第三者”的出现不是人们所期望的，它的恶性发展会危及家庭、危及社会、危及生产力的提高。所以，一个完满的社会应该消除这种现象，应该让人们的感情（爱情）得到正常而充分的发展，因为“第三者”在更多的时候是作为婚姻和爱情的补偿而存在的，假如人们的婚姻生活和爱情生活没有缺憾的话，就不必在婚外去追求某种满足。而进入共产主义社会之前，人们的物质生活和精神生活就不大可能十全十美，那用什么办法来进行弥补呢？在情感生活中，“第三者”实在是消极的、有副作用的方式，应该有更多的更好的方法和方式。现代医学的发展，要求将药对人的副作用限制到最低限度，在人的精神生活和情感生活理当也应如此。

《厕所》与下半身写作或下半身文化

在天桥剧场看《厕所》，我老是想到《茶馆》，有这种“阅读”心理的肯定不是我一个人，虽然不是北京人艺演的，但你还是能“读出”人艺的影子，或许是导演林兆华和编剧过士行的缘故吧，总觉得是《茶馆》的“模仿秀”。

茶馆是进口的地方，厕所是出口的地方，有进有出，人这部机器才能运转。都说食色性也，排泄呢？也是人的功能和必需。人的自然属性包含了诸多的人性内涵，但人性不是固定不变的符号，人性的体现总是在特定的历史关系和社会环境中得以表达的。

《茶馆》以茶馆为横断面来展现半个多世纪的旧中国社会的历史动荡和文化嬗变，当然最主要的是人物的命运。《茶馆》开创了一代话剧新风，让话剧在强烈的戏剧冲突之外也能在日常生活之中充分地表达人生和历史。《茶馆》的成功在20世纪50年代是个太大的意外，一是题材上的小人小事，与社会主义现实主义的英雄主义和理想主义模式相悖，二是缺少中心戏剧事件，展现的是场景而不是故事。“文革”结束以后我第一次看《茶馆》就没看懂，因为它与我理解的戏剧太远了，它更像小说。《茶馆》的成功提高了人艺的含金量，人艺因《茶馆》而更具个性。《茶馆》显然成了经典，但经典也易被模式化和程式化，之后类似茶馆格局的话剧也时有所见，人艺的名剧《天下第一楼》也不难看出《茶馆》的痕迹来。奇怪的是我看德国的话剧《屠夫》也仿佛是《茶馆》的德国版，不知道谁在前谁在后。《厕所》的编剧过士行是老舍文学风格的继承者，《厕所》也是借厕所这个特定的场所来展示 20 世纪 70 年代初到 90 年代末这三十年的政治风云、社会变迁和人物命运，史爷和王利发一个掌管的是厕所，一个经营的是茶馆，一个生活在新中国，一个生活在旧中国，但不难看出二者的承继关系，史爷大约也是王利发孙子辈的人，两个剧带有很强的互文性。

《厕所》也不全是《茶馆》的填空或翻版，它仍带有作家的个性色彩，这也是过士行与老舍的巨大差异。在《茶馆》中，老舍是无声的，他没有赋予自己的“声音”，他是真正意义的“零度”写作。而《厕所》里，过士行是一个思考者又是一个怀旧者和伤感者，他要思考排泄文化的东西方文明的差异，是有声的，对厕所文化的思考带有哲学的意味，而贯穿其间的北大荒情结，虽被史爷反复提起，其实还是编剧的个人精神世界里的某种文化积淀在起作用。史爷北大荒兵团三人的出现，是怀旧，也是对昨天的控诉，这些时代的弃儿，又作为今日新人类靓靓的比照物，电影《无间道》里有句话虽然是狄更斯的，但今天看来很有意味，“这是一个最好的时代，这是一个最坏的时代”，而《厕所》则告诉我们昨天不是一个最坏的时代，今天也不是一个最好的时代，陶红扮演的丹丹母女俩就是这两个时代的象征，颇具意味。

虽然师承老舍、效仿《茶馆》，但《厕所》还是烙上了这个时代的印记，就是文学艺术对生活的表现的分寸问题，也是该剧容易引起争议的。当年鲁迅先生曾经谆谆告诫青年不要画毛毛虫，不要画大便，可如今就有人画毛毛虫，甚至画大便，《厕所》也无疑突破鲁迅先生规划的禁区，虽然表现的是大便的人，但“史爷”与“屎爷”的巧合，对排泄之所记录式的铺排，让人还是有些诧异。这或许在过去看来，有自然主义之弊，可也不是一个自然主义就能打发得了的，它是一股不可忽略的思潮。近年来，从欲望化写作，到身体写作，一直到更年轻的作家以“下半身”为旗，对人性的展现到人欲的表现，直到人的生物功能的描写，视点下沉再下沉，接近极限。《厕所》的内容在下半身之下，但主旨不是表现“下半身”的思想和观念，它的关键词仍然是“风俗”“社会”“历史”，但厕所本身的选择，就是视点下沉的结果。狮身人面之谜，困扰人类多时，可如果人拖着一个狮的下半身，又会是怎样的感觉？

文学不是小毛驴

张艺谋曾在《新民晚报》上撰过一文，叫《文学驮着电影走》，让人读了以后心里颇不是滋味，文学怎么会“驮着”电影走呢？电影的腿断了？还是电影本来就没有腿？如果没有腿，电影是怎么走过来的？如果有腿，这腿是怎么残废的？是一级残废还是二级残废？

张艺谋撰写这篇短文，从他个人的感情出发是没有贬低文学的意思的，甚至是为了表达对文学的感激之情。是为了表示对那些甘做人梯的小说家的感激之情。因为张艺谋的成功秘诀虽然很多，但有一条是一目了然的，就是他的电影剧本除《古今大战秦俑情》这样的闲作外，其他的片子都是在现成的小说基础上编导而成。他主演的《老井》根据郑义的同名小说改编而成，他首导并获金熊奖殊荣的《红高粱》取材于莫言的“红高粱”系列小说，《菊豆》是刘恒的《伏羲伏羲》并由刘恒执纲担当编剧，《大红灯笼高高挂》是苏童的《妻妾成群》，《秋菊打官司》是陈源斌的《万家诉讼》，《活着》是余华的同名小说，新近的《摇啊摇，摇到外婆桥》是李晓的

《门规》。张艺谋细数一下，是要感激这些辛勤耕耘的小说家的，不过“驮”字实在用得不妥，文学不是牛马，既不是如来佛的坐骑，也不是阿凡提的小毛驴。

或许他意识到了什么，或许他该有些愧疚，他想通过文字来感激那些小说家，来表示他的歉意。但是他的幽默还是暴露了他以电影自高自大的“车把式意识”，还在无意中将文学当作“牲口”对待，这不能不让人愤怒和感慨。

他的本意或许是想歌颂文学的奉献精神，可这种歌颂与其说是歌颂还不如说是嘲弄，至少也是以一种君临的口吻对作家说话的，是以上级对下级的口吻来表扬作家和文学的，文学的驮态是位于他人腿之下的，是“俯首甘为”，而不是“横眉冷对”。这“驮”字，还表现为雇佣与被雇佣的关系，因为电影被文学驮着走，电影当然是雇主，而文学显然是被雇佣的牲口，连出租车司机也不是，因为出租车驮人驮物是“载”，而不是“驮”。只有做牛做马做骡做驴，才会是驮。电影导爷们，你们的腿不好使，小说家可以扶你们上马，送一程，但千万不要把文学看作动物，也不要把小说家看作牲口。王朔说千万不要把我当人，是对领导这些外行说的，不是对你们这些同行说的，否则真有点“相煎太急了”。

乍看起来，这只是一个笔误或用词不当的问题，可若认真考察一下，非也，此乃张导的真心话也。张导这些年用文学、用作家着实是够狠了点，让小说家吃的是草，挤的却是奶。1993 年张导一手导演的“武则天事件”便是把小说家当牛马使的一个绝妙例证。因为没有描写武则天的好小说，而张艺谋又要拍这部“献礼片”，他只好想到了他的坐骑——可爱的文学、可爱的小说、可爱的小说家们，让小说家撰写小说供他享用。电影导演请小说家担任编剧，编写剧本是很正常的，是正常的商业关系，你出钱，我出力。可张导做得过了点，他一下子找了四五个小说家，而且这些小说家相互之间并没有通气，那感觉有点像几头骡马在拉着一辆大车似的，张导便是那掌鞭的“钱广”（“文革”期间一部叫《青松岭》影片里的车把式）。张导这么做的目的无非是想集众人的智慧，共创“武则天”的辉煌。遗憾的是他对小说家缺少应有的尊重，他太蔑视文学了，这是要遭到报应的。

文学与电影相比，虽是两个门类，但两者的关系并不是简单的并列关系，小说离开电影没有任何的影响，甚至会比原来活得更好，而电影离开文学就没法活，因为电影是文学、戏剧等种类派生出来的，文学是母体，电影是胎儿。到 1995 年世界电影才诞生一百周年，中国电影诞生九十周年，与文学这有几千年岁数的老爷爷相比，电影实在是个年轻的小毛孩，可现在有人本末倒置，将爷爷当作孙子，甚至还把爷爷当作马骑，这就是犯了“不孝之罪”了。按理说，爷爷背着晚辈走走也是人之常情，问题是电影这孩子不能老让文学爷爷抱在怀里。王朔对电视说：我是你爸爸，是以小说的名义。倘若让王朔对电影说，他该说：我是你爷爷。要不然，他怎会一下子成为一名导演呢！

与众小说家为张导写本子的惨状相比，顽主王朔还是为文学讨回了一点面子。

不过张导也不要太得意，他在感叹文学做牛做马的同时，可曾意识到他也在做牛做马，影视在驮着文学走。这些年来，文学曾一度陷入令人迷茫的“熊市”，其原因是因为近年来社会文化的转型，文学和读者之间缺少桥梁，而这几年影视则充当这种桥梁，把文学驮给社会驮给读者。王朔的走红，苏童的畅销，《孽债》的火暴，《年轮》的抢手，都是影视驮出来的。君不见，电影《红粉》上座率一般，而《苏童文集》行销大江南北，专导王朔作品的夏钢其知名度远远不及小说家本人，张艺谋的《武则天》尚未开机，倒托出个年轻女小说家须兰。可怜的电影“托儿”！

以前我曾撰文哀叹文学被电影“剥削”得好苦，现在发现并非如此，谁驮谁说不清楚，或者是互为牛马，说得好听是互相帮助，用王朔的话来说，则是互相利用，“狼狈为奸”，二者都是小毛驴，都是阿凡提。

《潜伏》说的是官场、职场和情场

谍战片多矣！

打开电视，基本都是间谍和反间谍，让人感到生活里充满了阴谋和杀机。从当年的皇帝片、警匪片到如今的谍战片，电视剧的大呼隆防也防不住，比流行感冒还快。

《潜伏》也是谍战，但谍战只是外表，它灌进了更多的东西。所以男人看到了官场，女人看了职场，情人看到了情场。

《潜伏》写的是国共谍战的故事，这故事很难写新鲜，但《潜伏》揉进了新的元素，让谍战片升级，这就是它融进了官场小说的元素，共产党人余则成则是利用国民党官场的潜规则才得以潜伏，才能够如鱼得水。《潜伏》也从另一个侧面说明蒋家王朝覆灭的必然性。在《潜伏》中，站长吴敬中、副站长余则成、队长李涯之间的争斗，如果撇开政治元素之后，你会发现是彻底的官场小说，为了搞垮对方，双方不择手段地去罗织罪名，给对方下套设陷阱，“通匪”只是他们打倒对方的借口而已。也就是说，余则成不仅是地下工作的英雄，在官场上，他也是一把见风使舵的好手。《潜伏》让你感到的不仅仅是地下工作的困难，更多地感到的是官场的险恶和无数潜规则的恐怖。《潜伏》里谢若林的形象很生动，他买卖情报其实就是买官卖官的化身。

《潜伏》有很多情节表现了国民党人李涯的忠诚，或者说李涯的敬业精神，甚至让人有些感动。这个余则成的对手，也是谍场上的高手，因为李涯的不蠢和忠诚，余则成才有了表现的空间。这戏也才精彩。同在职场，余则成和李涯各为其主，必须各显神通，同在站长吴敬中手下，他们必须拿出十二分的力气来压倒对方，这是职场规则。白领们爱看《潜伏》，其实欣赏的是职场的勇气和智慧，当然也有职场的潜规则。

俗话说，职场如战场。其实这战场也是职场，运筹帷幄，钩心斗角，不同的是战场硝烟四起，职场则是地火在地下奔突。

《潜伏》还写了情场，这情场不仅是余则成和翠平的假夫妻假家庭，当然间谍的主要任务是做假。但假夫妻做成真夫妻的也很自然，余则成和左蓝的爱情因为谍战而分开。真夫妻不是情场，是婚姻，假夫妻倒是情场，因为双方尚未征服对方。余则成和翠平从对立到互相征服，就是一个恋爱故事，就是一个新的“过把瘾”。有趣的是，《潜伏》里把余则成和翠平作了性别错位，身为女性的游击队长翠平大大咧咧像张飞李逵，枪法准，动作粗，而身为男性的地下工作者余则成则心细如发，细腻委婉，心计多端，且神经敏感，这一错位带来很多戏。另一个方面，也说明职场对性别的异化，间谍让男人变成女人，战争让女人变成了男人。《潜伏》后半部写翠平当太太的乐趣，说明她并不是天生的男人婆，而是环境使然。

最伟大的一夜情

——当爱情被宗教化

《大河报》的编辑来电话约稿，说要我为即将到来的“七夕”“中国情人节”写篇文章。我很快就答应了，因为我是中国节日的捍卫者，早在2000年的时候，我在南京《东方文化周刊》担任主编的时候，曾做过《保卫春节》的选题策划，产生过小小的影响。传统的中国节日都是中国和世界的珍贵文化遗产，春节，清明节，端午节，七夕，重阳节等等，都是我们民族深厚的文化记忆和不可抹灭的文化图腾。

七夕鹊桥相会，是美好的牛郎织女的神话传说里的一个特定的日子，这是留给我们民族的伟大一夜情。把七夕定为中国的情人节，显示了中国人坚贞而凄美的爱情观。

一年相会一次，且是一个晚上，对两个相爱的人来说是过于残酷的。但中国人的爱情观、道德观对此从来是称颂的，“两情若是久长时，又岂在朝朝暮暮”，秦观的词句也和七夕的传说一起流芳百世。在牛郎织女的传说中，我们看见痴情的牛郎如何克服艰难险阻去和织女相会，而相会的过程又是那么的美妙，喜鹊在浩渺的银河上架起了长桥，让他们恩恩爱爱，诉说离别的痛苦和相逢的喜悦。要多少喜鹊才能架起这么一座桥！

在这个爱情故事里，不仅看到了爱情的忠贞不渝，还看到了爱情的无限超越性。牛郎和织女本是两个相差甚远的社区的人群，大约有点类似比尔·盖茨的公主爱上了看大门的保安！距离比这还要遥远，公主也好，保安也好，毕竟都是人间生活着的，而这有点类似痴情女爱上卡通人物。当然这也说明神仙生活的凄冷，“碧海青天夜夜心”，说的是嫦娥，织女也应如此。而尝试到人间爱情生活的织女，其苦痛一定比嫦娥更加难受。

或许王母娘娘意识到织女的痛苦，她每年给织女一天的爱情假，农历七月七日一个夜晚。美好的爱情在这一天有了表达和升华的机会，痛苦的爱情在这一天可转化为欢乐和庆典。这样的爱情与其说灵与肉的组合，还不如说是宗教情怀的体现。

都说中国人的宗教感不强，缺乏抽象的宗教意识。其实你读读牛郎织女的传说，你就会发现中国人其实是把爱情宗教化了。早期的《上邪》以及孟姜女、白蛇传的传说，宣扬的都是爱情至上的准宗教价值观。在这些爱情传说中，忠诚，忠贞，坚贞，不仅是道德意义上的自守，也是精神意义上的自我完善和升华。

一年一度的鹊桥相会，便成为一年一度的朝圣。爱情因此变得圣洁，婚姻因此变得神圣。鹊桥的唧唧喳喳也像唱诗班那样的纯洁和天真，跋涉一年，就是为天国的相逢。

七夕相会，是专制野蛮的王母娘娘的善举。这样的善举，其实是刚刚愈合的伤口上，又切下了一个口子。因为短暂的相逢之后，意味着新的漫长的等待又开始了。正因为这伤口的存在，历练了牛郎织女的高尚情操和宗教情怀。宗教的朝圣，是永无止境的跋涉。有痛才有爱，爱是永远的痛！

后记：随笔即人

随笔是一种最自由的文体，人们习惯把随笔归属到散文的名下，是因为散文是个大筐，什么都可以往里面装。其实真正作为美文意义上的散文是很难写的，随笔则似乎要多几分宽容和随意。我这样说并不意味着随笔是最容易写的文体，人在得到最自由的同时往往会受到最大的限制，自由总是与限制并存的。那么，是不是意味着随笔是最难写的呢？也不是。因为我们读到了很多非文学界的人士写的随笔都非常精彩，他们有的是画家，有的是科学家，有的是影星，有的是学者，有的是音乐家，有的是舞蹈家，有的还是政治家、企业家。他们显然没有受到严正的文学的训练，有的还缺少基本的文学常识，可他们独到的随笔文字让很多的专业写作者汗颜。这是怎么回事？不难解释，随笔即人。

英国作家布封曾说过"风格即人"，恩格斯大加赞赏。但在文学创作中作家和作品的关系似乎要比这更复杂一些，有些作家的人和文是统一的，有些则是分裂的。比如作家在生活中做人特别细腻谨慎，可在作品中却追求表现粗犷豪放的力度，有人在现实中显得五大三粗，在小说里却精雕细刻文风婉约。这是由人的补偿心理决定的。风格与作家的关系是复杂而有趣的，我在另外的文章中专门论述。一个人在写随笔时由于没有那么多的束缚，往往呈现出赤裸裸的真性情，兴之所至，趣之所使，行于所当行，止于不可不止，随意而来，随便而去，虽不必天马行空，但肯定有一份闲云野鹤的兴致。他不必在短短的随笔中掩饰什么或补偿什么，但必须在这有限的文字中自由地袒露些什么陈述些什么表达些什么，这些不经意的文字往往浓缩了他人生的经验、感慨、忧伤和懊恼，凝结着他的学识、见解、灵智和悟性，散发着他的才情风貌、他的地域特征、他的文化气息。因为随笔应是流出来的，而不是做文章做出来的。

陆游说“功夫在诗外”，随笔的功夫也不在笔上，而在人身上，人的质量决定随笔的质量，人的品位影响随笔的品位。一个工于心计的人写不好随笔，一个缺乏幽默感不能自我解嘲自我反思的人也写不好随笔，一个不学无术的人不配写随笔，一个光知道掉书袋的人与随笔无缘。随笔可能还与人的性格有关，世界上有很多杰出的人物，并不是都能写好随笔，写随笔者除了上述的“诗外功夫”，还需要豁达的胸襟和开朗的性格，一个为人随和的人往往比生性拘谨者更接近随笔，一个处处设防的人不敢涉猎随笔，一个伪君子则不知随笔为何物。

潜京十年

第一章 起居

生活就是一年四季的轮回。四季的轮转，常常落实到吃喝拉撒。我从南京来，南北差异不小，我到北京需要适应种种，有些适应了，有些还不适应，适应的不一定是进步，不适应的也不一定是我的不对。

小二、点五、涮羊肉

你在北京孤独吗？有了小二、点五、涮羊肉，就不孤独了。有了小二、点五、涮羊肉，你就能随时找到朋友，找到同类甚至知己。

小二，就是小瓶二锅头酒的简称。点五就是烟气烟碱量 0.5 毫克的中南海牌香烟。而涮羊肉，就不用解释了。喝二锅头、抽中南海、吃涮羊肉，是北京普通百姓最平常最流行的饮食方式。

二锅头是北京的老品牌，它的酒精含量高达 65 度。1983 年我第一次到北京，带回了两瓶 65 度的二锅头，作为“名酒”请几个善饮的朋友到家来喝，可喝惯了洋河大曲的我们感到嗓子火辣辣的，居然连一瓶也没喝见底。朋友们说：二锅头，凶。

近十余年来，人们的生活慢慢精细起来，粗犷豪放的二锅头也变得温柔起来，有了 46 度且容量只有二两五的二锅头包装。度数降低是所有国产白酒的走向，而这二两五的包装可谓是二锅头的独创，北京百姓亲切地称之为小二。小二的出现，显然是受到西洋酒包装的影响，洋酒的瓶子千奇百怪，容量也“多元化”，不像中国人一律装以一斤的容器。小二的设计，有点像洋酒的瓶子，又有点像中国传统的鼻烟壶似的，很亲切，随时可以揣进怀中。没有做过确切的调查，在我的印象中，小二的销量应该比一斤装的要大，因为我在北京的饭馆里、酒桌上，很少看到一斤装的二锅头，酒量大的也是要几个小二，而不会放一瓶酒在面前——当然小二是有品牌的，红星，名头很响。

据说二锅头并不是北京原产，而是山西流传过来的，至今北京人喝的大量二锅头，有不少仍来自山西，只不过贴上北京的包装而已。1998 年秋天，我到山西开会，喝过那里的二锅头，很浓、很香，味道很像北京的小二。

小二、中南海、涮羊肉能够红遍京城，原因在于价廉，物美不美不好说，但耐用，你可以偶尔喝一顿五粮液，抽几包中华，吃一顿鲍翅，它们的滋味肯定比小二、点五、涮羊肉要好，可它们与你的日常生活无关。而小二之类融入了日常生活，不用盘算，不用费心思，甚至购买起来随处可见，也不大担心假冒伪劣。我喝过假的小二，味道也不是很差，因为小二本来就不是什么高不可攀的味道。

男人居住北京的十一条理由

一晃，到北京居然整整六年了。前一阵子在南京，遇到有朋友问：在北京怎么样？我说没怎么样。和在其他城市区别大吗？差不多吧。

那朋友有些纳闷。我想，应该是哪个城市都有能让人喜欢和不喜欢的地方，北京比起其他地方不会更多也不会更少。生活，不会全是快乐和趣味。

但我看到博客上有位先生提出女人不在北京居住的十大理由，倒引起了我的思考。他说的确实有些道理。北京沙尘暴，北京的交通堵塞，北京的房价狂高，北京的水不好喝，等等，都是实实在在的理由。但北京又有那么多人喜欢来，肯定有它存在的理由。略加梳理，凑成十一条，以比十大多一个“进球”。

一、北京四季分明。这很难得，一年四季，春夏秋冬，生老病死，兴衰荣辱，是大自然的恩赐，也是最本在的生命律动。广州无冬，昆明无夏，沈阳无春（太短），而北京春有风，夏有雨，秋有果，冬有雪，且分布基本匀称，这让人容易有时间感和节律感，知道春耕秋收，知道万物是变化发展的。

二、北京有暖气。多年以前，我问北京有什么特产，长者沉思片刻，道：暖气。我起初以为是调侃，现在我在北京生活之后，发现合适的暖气，真是北京的特产。特别是搞文字的人，看书写作，脚不冷，你会觉得那是一种幸福。当然，这种幸福感对南方人来说，更亲切一些。

三、北京视部长为平民。北京的部长太多了，老部长，前部长，新部长，准部长，现部长，未来的部长，相当于部长，还有假部长（骗子或冒牌的），一不小心就碰上一个，你千万不要太轻慢了那些晨练的老头老太，一不小心就是部长。你也不要把部长太当回事，哪个胡同里没有一个部长住着。而在外地，甭说部长了，光是他的秘书来，就扰民一片了。

四、北京能听到全国各地的口音，能吃到全国各地的美食。北京有条叫簋街的地方，把各地风味小吃一网打尽。而来自东北、西北、华东、华南、中原的人们说话，一地一腔，南蛮北侉，东软西糙，不亦乐乎！

五、北京有穷人。上海也有穷人，但没那么多，也没那么穷，有时候你觉得全世界的穷人都到北京来了，这儿容易发财还是容易乞讨？穷人让你心理平衡，穷人也让你奋发向上，一想到还有三分之二的人在受苦受难，你不敢懈怠，不敢小富即安。

六、北京讲政治。中国人好讲政治，男人更是政治动物，北京人经商也是政治，北京的老百姓常以政治局候补委员的口气说话，国家大事，尽情指点。对做生意的人来说，是浪费时间，对好政治这一口的平民来说，则是一场免费的盛宴。

七、北京地大空间大。大到似乎可以任意发展的地步，大到空间无限，至少你想象是无限的，尽管事实上是有限的，也是那么多蛋糕，也是那么多位置，也是那么多的竞争者。但想象是最美好的。

八、北京流动人口多。流动人口是一个城市活力的表现，没有流动人口的城市，就是一口绝望的死水。人来人往，来来往往，保持杂交优势，有新鲜的基因加入，生命才丰富不会退化。

九、北京的老外多，而老外又大多会讲中文，会唤起你的民族自豪感。像上海，老讲英语，不是什么坏事，但殖民的痕迹早已溶到这个城市的血液里，所以为什么上海适合女性居住，因为女性在男权社会里早被殖民了。

十、北京的交通便利。都说北京的交通不好，其实北京的交通在全国该是最发达的，从北京出发，到哪个城市都有好的航班和车次，而在其他城市到另外一个地方就没这么便利了。市内交通，地铁，公交，出租，北京的设置不比其他城市差，北京城区的路，在全世界也是一流超一流的。人多，堵，不是交通设施的问题。“非典”期间，人少，那交通，爽，过瘾！

十一，北京有人艺。北京有《茶馆》，北京有老舍。北京有涮羊肉。北京有二锅头。北京有天安门。北京有酒吧。北京有 CBD。北京有 CCTV。北京有新浪。北京有奥运会。北京还有我。我不在北京，我就不会觉得北京可爱，哪怕是偏爱。

北京人的“三仇”和上海人的“三愁”

北京人“三仇”：仇富，仇腐，仇沪。

上海人“三愁”：愁外，愁穷，愁普通话。

任晓雯的“传说”大概能代表一部分上海人对北京的想象，不大可能是北京人自己总结的。因为北京人现在更多关心的是美国人，不太关心北京以外的事，也不太关心上海人对自己的看法，而这个“三仇”说明上海人关心北京人对自己的看法。显然是一种误读，仇富恐怕不仅是北京人的心态，仇腐更是全国人民的心态，上海人民也会仇恨腐败。说北京人仇腐，恐怕是调侃北京政治意识强，腐败是人民的公敌，腐败不除，国无宁日。至于仇沪，我大吃一惊，北京人怎会敌视上海人呢？至少现在没有。仇沪的情绪历史上是有的，是在 1976 年之前的一段时间，“文革”期间上海的经济比其他地方好，物资供应比其他地方充足，甚至被“四人帮”批为物资刺激的奖金，上海的很多工人也能悄悄拿到。全国人民对上海的特权地位都有微词。所以，仇沪其实是羡慕的极端。在二十世纪八十年代后期，仇沪演变成了善意的“嘲沪”，春晚那些小品里说沪语的男性一般都与小气有关，而现在沪语或沪味的普通话也在春晚小品中消失了，说明上海的形象在提升。

近来几次去上海以及和上海朋友接触，发现他们有“三愁”，一愁外（外地人、外国人），二愁穷，三愁普通话。这“三愁”说明上海的发展进步已经非常神速，让市民有危机感。

愁外说明上海已经是国际化大都市，是高密度的移民城市。凡移民多的地方，经济必然发达。以前外地人被上海人称为“乡下人”，但现在整个上海遍地是“乡下人”，而这些外地人有不少是投资者，不是那些穷得掉渣、土得掉渣的刘姥姥。至于老外嘛，财大气粗的外国投资者更是占领了上海的好地方和好姑娘，让本地人很不爽。

愁穷，则是忧患意识的标志。愁穷和仇富是一回事，但愁穷比仇富更像上海人，上海人仇富的心理不如外地人强烈，但爱富的心理要更强烈。因为爱富，所以常常愁穷。而安于穷困的人则容易仇富。仇富者希望别人和自己一样穷，愁穷者则希冀自己和富人一样有钱。上海的富人那么多，上海的民众时时愁穷，正是为了发奋追赶。

愁普通话则是文化保护意识强烈的表示，愁普通话不是拒绝普通话，而是担心上海话消亡。上海人的“非遗”保护意识极强。几年前，上海就有这样的段子：浦江两岸说英语，上海城区说普通话，上海郊区说沪语。上海人引以为自豪的上海话居然沦落为郊区的官方语言，实在让人心疼。因为大量外地人和外国人的进入，挤压了上海话的生存空间。乃至有些有识之士呼吁保护上海话，百度贴吧里有这样的话：“年轻人口中上海话已经变味，很多孩子不愿说它，这是本地人应该反思的，是教育值得关注的，更是相关部门应该加紧行动起来的。上海话是吴越文化的融合体，是江南文化的集大成者，也是西洋文明进入中国的一种见证。一种语言的消失就是一座罗浮宫的消失，也就是这个道理。”上海话已经和罗浮宫画上了等号，上海人对以北方方言为主导的普通话存有某种戒心也是正常的。

“愁”和“仇”同音，但出发点不一样，思考问题的方式也不一样，效果也不一样。需要再次提出的是，据我在北京的十年经验，说北京人仇沪是误读，恰恰相反，爱沪的北京人不在少数，不少北京姑娘就希望找到精明能干、会挣钱又会做饭的上海男人，而很多的北京男人则钟爱嗲声嗲气、美丽聪明、温柔智慧的上海女孩。

北大惹谁哪

不知什么时候，北大成了媒体特别是网络的热点，今年先是“沦为二流”的爆炒（其实二流也不是什么可怕的事，中国足球就主动自称二流，二流又不是二流子），接着是张颐武教授一万本《论语》和一个章子怡的风波，前不久更有少年写作旅事件，加上引进人才“水货”的责难，还有拒绝旅游团参观的讨论，而现在居然又把教师的工资清单拿出来“示众”，北大真的成了一个新闻的马蜂窝。

这马蜂窝轻轻一捅，就能飞出很多有卖点的新闻报料来。

北大惹谁哪？还是流年不利？

一个北大学生当了屠户，卖猪肉，报纸大惊失色，人才啊！要是一个普通大学生当了屠户，还会这么一惊一乍吗？当然，要是一个屠户考上了北大，或者一个屠夫的儿子考上了北大，也是新闻！

既然英雄不论出身，行行出人才，人才也可以流向各行各业。话说回来，北大毕业生当屠户，自有其必然性，至少他有这个能力！屠户也不是人人都能当的！失意是人生常碰到的事，屠户咋就成了下贱的代名词！

看来，人们有解不开的北大情结，这情结是由一种北大崇拜造成的！北大一有凡夫俗子的举动，大家就受不了，大家就觉得北大在堕落。其实北大也是由一群有血有肉的凡人组成的，他们是人不是神仙。

我个人对北大心存感激，五年前，我女儿从南京来新东方学英语，因离北大近，她常常冒名到北大教室去上自习，她说在未名湖畔散步的感觉就是有一种大师在身边的感觉。她现在如愿以偿到国外学习了，现在我们在网上聊天时还常常说到她当初在北大“偷学”的情景，她说那是她学习状态最好的时候。

我对北大心存尊重。北大在近现代史上是座启蒙的城，也是英雄的城，当然更是文化的城。北大那些大师的形象是和民族文化的传统联系在一起的。

但是，我反对神化北大，反对把北大神圣化，北大不是供大家顶礼膜拜的庙堂，北大教授也不是坐在佛龛上的仙人。

当然更反对妖魔化北大，北大有学生当屠户，不能说明北大变成了屠宰学院，变成了肉联厂的培训班。北大教授有穷有富，但与北大无关，北大不是用人民币或美元来尺量的。

现在有把北大明星化的倾向，媒体再这样炒作下去，快把北大变成王菲李亚鹏了！今天工资单公示了，明天会是什么示众？不会炒北大老师用的什么牌的手纸、穿的什么牌的内裤吧？

北大是座大学，让她清净些吧！媒体的哥儿们、姐儿们就饶他们吧！一个大学老被过度关注，说明媒体的资源枯竭还是某种由爱而恨产生的逆反？

老让北大的校长和老师出来解释一些莫名其妙的事，会不会影响正常的教学和研究？是不是有扰民之嫌？

炒罢王菲炒北大，媒体还有什么新招吗？说句不恰当的话，炒王菲和李亚鹏生子，扰的只是几个人，而北大，有多少学子和学人需要好的环境啊！无聊不能影响有聊！

所谓开国第一宴

中华人民共和国1949年10月1日在首都北京天安门广场隆重举行了开国大典，中国历史翻开了崭新的一页。当晚，中央人民政府在北京饭店举行新中国第一次盛大国宴。宴会以淮扬风味菜肴招待客人，中外宾客对菜点给予高度评价。开国第一宴菜点品质质朴、清鲜、醇和，同时也为国宴的精陈、简约定下了基调。

这“国宴”吃过以后，我感觉确实是老式的淮扬菜，我们小时候逢年过节或许能吃到其中的几样，但现在的淮扬菜不这么做了，至少有好几样没有了。

但，有两样菜，我心存怀疑，就是凉菜芥末鸭掌和甜品菠萝八宝饭。我第一次吃到芥末鸭掌是1993年3月在海口，当时第一次吃日本料理，汪曾祺先生告诉我：这两面针牙膏似的叫芥末，可以治感冒，不过很呛鼻子。如果是淮扬菜，美食家汪曾祺一定会告诉我这个扬州老乡。他说，他也还是新中国成立前吃过，因为新中国成立后日本料理就绝迹了。怎么把它也放进去？

奇怪！

还有菠萝八宝饭，好像是傣家的看家菜。怎么成了淮扬菜？连现在不断更新的淮扬菜也没有菠萝八宝饭，当时怎会有呢？我怀疑菜单有假。可老板说，是从中央档案馆里查出来的。谅他也不敢造假。不过，这菜单会存档吗？知情者请告知。

第二章 看客

潜者，藏也。其实，藏也是不得不藏。一个人进入北京，就是一条鱼入大海，不论是蛟龙入海，还是小鱼小虾入海，都会在一定时间内被掩盖。你注定是看客，也注定要当好看客。急于表演、不甘看客的心态很正常，但没有舞台让你施展或被轰下台的处境，会让你觉得当一个看客也不容易。

老徐不纯了，王朔不痞了，大家不习惯了

连续几天看稿，发稿，校稿，出片了。晚上，想轻松一下，下棋，太累；打牌，也不是时候。就找了《疯狂的石头》《第 601 个电话》《梦想照进现实》三碟片看，越看越不想睡，直至深夜。三部片子各有说头，先说《梦想照进现实》。

徐静蕾导的片子，看过《一个陌生女人的来信》《我和爸爸》，这是第三部。据说老徐导过四部，还有一部没看过，也没听说过。

这《梦想照进现实》是最后看的，是够沉闷的，两个人的戏，说了一个夜晚。有点像略萨的结构现实主义代表作《酒吧长谈》，全是人物的对话，但酒吧还是要比那个房间热闹，当然房间本是热闹的地方，特别是女演员和男导演在房间里的戏是吊眼球的地方。

那多俗啊！老徐不会这么导的。王朔也不会这么编的。

元素极其简单，可能是人物最少的电影，叫话剧可能更合适。我起初昏昏欲睡，看到最后泪流满面，这不是装的。因为我一个人在看，装流泪也没人看到。流泪原因可能有二：一是心态老化；二是被电影击中了。

这是一部互文性极强的电影，戏里戏外，真真假假，仿佛不是虚构，仿佛是在纪实，女演员的名字也叫老徐，电视剧的名字也叫“梦想照进现实”，生活是现实，也是电影。

徐静蕾演得好，与其说她演得好，还不如说老徐的本色好，除了形象被故意丑化外，老徐就是老徐。她是导演，也是女主角，这可能是她最自然的一部电影了。但女主角又不是我们熟悉的玉女徐静蕾，她不纯了，而且反对装纯，连形象也被化妆师弄得有些憔悴。她那股拧巴劲，不可爱了，当然最终还是可爱的。

韩童生演得好，他老让我想起王朔。他说的台词，是我们熟悉的那个王朔的口气和语法，但朔大爷已不是那个“愤青”，而是一个不容易愤怒貌似智慧的中年人，简称“智中”吧！他的话不仅韩童生讲了，老徐也讲了，对圈里圈外，对人生社会，有些还颇为深刻。

王朔不痞了，至少不流氓了，可大家不习惯了。一个人想不当流氓，大家就不习惯了。他的那本《看上去很美》，其实是想转型啊，可大家都不认同，读者不认同，评论家居然也不认同，王朔有多郁闷。

这是一部不错的电影，至少在电影的质地上，与《疯狂的石头》相比，格不差。然而，“愤青”火过了“智中”，宁浩犹如当年的王朔出道一般火暴，但愿宁浩草根得像朔大爷一样长久。

《石头》为什么这么疯狂

说《梦想照进现实》的那篇博客有那么高的点击率，让我很意外。可能是沾了老徐的人气。

现在该说《疯狂的石头》，这部电影是先看的，因为都说好看。果然好看，但没有让我特别乐，或许这职业习惯害得我看的时候去想石头为什么这么疯狂。

为什么这么疯狂?

不是一句草根能打发的事。投资小，不一定是草根。投资大，不一定是贵族。方言，也不能算作草根，伟大领袖的一口湖南方言丝毫也不影响他的伟人形象。演员也非草根，郭涛、徐峥他们演的电视剧《春光灿烂猪八戒》《明星制造》在“80后”的观众中人气极旺，在我的印象里已是红了半边天，难道非要有章子怡和刘德华那么几个超级巨星才不叫草根?更何况超级大腕刘德华是电影的后台老板，根子粗且深，非草也。为什么疯狂?原因大约有:

一、故事好。原来叫《贼中贼》，故事里套着故事，情节复杂，所以好看。不知道什么时候中国的作家不会讲故事了，一讲就是许多年之后许多年以前，《无极》《英雄》《十面埋伏》等的失败，也在于不会讲故事。《石头》只不过讲了稍微有趣一点的故事，就疯了。可怜的中国观众，他们的故事需求是何等迫切！可怜的中国编导，他们就不会讲一点像故事的故事吗？

二、靠近生活。平民的梦想。《石头》的事儿，都是当下发生或正在发生的事。国企，地产，寻宝，天价玉器，发财梦，北京梦，泡妞梦，哪一件不是生活中热得烫嘴巴烧人心的老百姓话题。这一点，这一视角，是草根。而不像《无极》关注远古的王位问题。

三、周星驰味。周星驰的无厘头美学如今已在大陆的很多年轻人的脑袋里落根，这样一部大陆风味版的星仔味道浓烈的电影，受到欢迎就不奇怪了。据说《石头》在香港上映反应平平，因为香港人民已看惯了周星驰的正版。

四、剪辑好。这部片子的剪辑是大师级的，节奏、分寸、层次把握得恰如其分，对时间的控制算得上是天才，对整部片子的成功功莫大焉。就这一点，宁浩就可以自豪。中国导演会拍的不少，会剪的太少。炒菜，掌握不住火候，焉能有美食！

曾经的人艺小剧场降格了

今年到人艺看演出的次数好像比往年多一些，看了几出过瘾的戏，焦版的《茶馆》，新排的《北京人》，尤其看到付瑶的表演，很兴奋，人艺后继有人啊！还看了林兆华导的《白鹿原》和《建筑大师》，看到林兆华把牛羊放在舞台上，看濮存昕登上高高的天梯，林导真是形式主义大师！

话剧在慢热，好事！话剧比影视的含金量要高，尤其是电视剧霸权的年代，多看话剧会洗刷电视剧淤积在眼里的浊气。真人和真声才是对抗电子时代的有效武器，影视将来会和电游划归一类，尤其是现在的电影大制作，看到的不是人在表演，而是高科技在表演。没劲，假的。话剧和戏曲是真人秀，将来必是艺术主流。

也有郁闷的。这人艺小剧场，全名是北京人民艺术剧院实验剧场，当初设立的原因是照顾试验剧目，因而《绝对信号》《车站》等把小剧场的名声弄得沸沸扬扬。二十世纪九十年代，孟京辉、张广天等人的话剧也是和小剧场的传统相吻合的。

小剧场之小，本是小众化，但小众化的境界却大，格也高。可现在的小剧场真的“小”了。

现在小剧场成了三小的天下，小制作，小演员，小格局。基本是三类戏：一是带有实验性质的，不多，好的，更少，几年前在那儿看过一个《足球俱乐部》，顾威导的，冯远征演的，不错，当然，本子好在先。二是制作小、成本低的，商业性强的，赚钱的。三是过瘾的，或编剧过瘾，或导演过瘾，或演员过瘾，或老板过瘾，借人艺小剧场过高雅艺术的瘾。

这一次看的是《×××××》，极度失望，好像多年以前在大学的礼堂里学生话剧社自编自导的三流节目，还不如看电视上的小品大赛的参赛节目。大赛好歹还有审查制度，我不知道人艺小剧场有没有人从艺术上去审查，剧场毕竟不是网络，毕竟不是博客，它是有门槛的。何况是人艺的小剧场，不是学校的礼堂。

人艺有自己的难处，小剧场要创收，出了场租就得让人家演。去年我在人艺小剧场看到尴尬的一幕，瑞典使馆为了弘扬他们的鲁迅——斯特林堡，动用了皇家学院三位诺贝尔文学奖的评委来中国宣传，并在人艺小剧场上演了斯特林堡的经典话剧《父亲》，果然是好戏！然而演出途中出现了插曲，瑞典使馆的人按惯例坐在 VIP 的位置，但演出开始后，有迟到的观众手持 VIP 票入场，包括三位评委在内的瑞典人士极为尴尬。

后来经过解释，VIP 观众主动让位给了国际友人，显示了北京人的好客和气度。但从商业角度来讲，人家花了那个钱，就该坐那个位置，要不成了冤大头！对瑞典方来说，他们投资排这个戏，作为投资方坐在 VIP，也合情合理。人艺小剧场也无可厚非，既然 VIP 票有人买，当然要售出。

那怪谁呢？都是孔方兄捣的乱！

《人间正道是沧桑》与《潜伏》之异同

因为《人间正道是沧桑》（以下简称《正道》）年初播出被耽搁下，原本是“前潜伏”的《正道》成了“后潜伏”。当然这有好有坏，好处是可以借用《潜伏》带来的人气，缺点是观众老是会拿《潜伏》和《正道》比。

我就是这样一个观众，一边看，一边比。归纳异同如下：

且说同：

一、都是孙红雷的男主角。

二、都是革命历史题材，都写了国共两党的斗智斗勇斗狠。

三、都有谍战戏。

四、都有言情戏。

五、都写了信仰对人的影响。

六、都写了人物的成长。

不同：

一、《潜伏》将国共之争变成了官场之争、职场之争，《正道》把国共之争化为兄弟之争，两者都有强烈的现实性。《潜伏》是批判现实主义，传递的是生存哲学，《正道》是革命现实主义，着眼于海峡之统一大计。

二、《正道》用心书写中国革命之长篇史诗，历史之沧桑，《潜伏》专注于一个领域的革命实践，由一个领域说明共产党得天下之必然。虽然主题都是主旋律，但一是小叙事，一是大叙事；一是党史，一是专业志。

三、《正道》用心去再现历史、图示历史、还原历史，《潜伏》则有意消解历史、回避历史真实（有专业人士指出其谍战细节不真实）、还原现实。一是历史观，一是现实观。

四、《潜伏》以文戏为主，《正道》则是文戏武戏并重，战争场景壮观。

五、《潜伏》小制作，小成本；《正道》大制作，大投入。

六、《潜伏》多双关语，《正道》少双关语。

人物之异同：

一、作为孙红雷（杨立青）的对手，《正道》杨立仁身上融合了《潜伏》里马奎、陆桥山、李涯的诸多性格，马奎的忠诚，陆桥山的狡诈，李涯的敬业和精明，是李涯的升级版，但他的官运比李涯顺当。

二、董建昌是个新的人物形象，但和《潜伏》里天津站吴站长有相似处，老谋深算，自私，有点江湖气。

三、女性方面，瞿霞、林娥、杨立华是《潜伏》里晚秋的分解和升级，女匪司令白凤兰如放到杨立青身边潜伏，该是翠平第二，遗憾的是编导让她过早死去。《正道》里少左蓝这样一个人物，左蓝的功能其实被另一个共产党人瞿恩取代了。

四、《正道》里英国巡捕克拉克有点像《潜伏》里的谢若林，不过没有谢结巴出戏，这个生在中国土地上的外国怪胎，本可以弄出点新意，有点可惜了。

《非诚勿扰》的文化挑战

每个人都有选择的自由，每个人也有被选择的可能。我们生活在这个诸多选择的时代，有时候，又别无选择。当年刘索拉说：你别无选择，我们还以为矫情，现在这不是吗？二十出头就担心自己成了剩女。

非诚勿扰，扰也是诚，不扰也是诚。不诚也扰，扰也不成。不成看似杯具，说不定还是洗具。反正都是剧，都是具。

现在如果我在北京说，我认识孟非，肯定有人认为有攀附名人之嫌。别人肯定说，你怎么什么名人都认识？谁出名了，你都认识！

孟非其实出名很早了，我妈妈就喜欢孟光头的主持，我没和我妈说我认识孟非，我怕吓着她老人家。我和孟非共过事，那时江苏卫视有个栏目叫《走进直播室》（这个节目是《南京零距离》的前身），景志刚策划，张红生主持的。孟非和我一起担任策划，他还在一线拍镜头，到后来就直接担任《南京零距离》的主持，一炮蹿红。这，有点像崔永元。

孟非当主持的劣势很多，非科班出身，普通话的南京味不淡。但孟非的长处是反应快，机敏，而且是南京话的冷幽默。我在南京生活工作多年，南京话不会说，在我工作的江苏作协只有两人说南京话，当然南京式的幽默也没学会。但是，我私底下还不服气，这南京式的幽默能走全国吗？郭德纲代表北京，赵本山代表东北，全国人民能接受，都是北方话，周立波代表上海，有些人不懂上海话，妙处就少了些，眼见郭德纲、赵本山全国巡回，周立波基本上固守上海大本营，有局限。

孟非没用南京话说，我听过孟非说的南京笑话，很有味道。但如果用南京话说，《非诚勿扰》会让很多人听不懂，但孟非把南京话的冷幽默恰如其分在节目中表现出来，再加之节目本身设置的用心，收视率高也就自然了。

《非诚勿扰》是婚恋节目，很难翻出新的花样来。这一次孟非和他的团队，将这个婚恋节目壳装进了很多的内容，选秀，PK，辩论，时尚，尽容其中。形式上，有访谈，有纪录片，有才艺表演，还有心理分析。可以说当下电视的主要收视元素在《非诚勿扰》中都得到了整合和编排。

当然，收视率高的原因还是借帅哥美女来言说社会问题，这其中说到房价，说到职场，说到赡养老人，讨论爱情的价值，讨论自由和个性，讨论丁克和人的天责，有文化，更娱乐。当然，还是为南京做了广告，为南京的美女做了广告。因为女嘉宾大都是南京的，人家以为南京的女孩都像电视上的那么才貌双全、伶牙俐齿呢！

还有一个问题，就是婚恋节目基本都是男权中心的，女性被看，而《非诚勿扰》男人成为被看被打分的对象，有点意思。

当然，观众看的还是那些漂亮的女嘉宾，喜欢的是漂亮的女嘉宾。希望他们终成眷属，又不希望她们过早离开，当然更不希望她们红颜薄命。

《老大的人生哲学》慢和简单

近日，和朋友聊天，说有一对男女认识十年之久，最终才相亲相爱，实在是太难得了，近乎奇迹。我们现在的生活像快速旋转的陀螺似的，来不及沉淀，来不及品味，来不及享受，就知道哐当哐当地向前奔，从一个城市到另一个城市，从一个场子到另一个场子，从一个频道到另一个频道，从一个网站到另一个网站，从一个博客到另一个博客。多年以前，文学界曾流行这么一句话，说作家被创新这条狗撵得连撒尿的工夫都没有。现在我们被时代撵得静下心来喝杯茶的工夫都没有，只有大口地喝饮料、喝矿泉水。

光是通信工具，这十年就翻了多少花样。我还记得为装一部电话，从申请到装机居然花了整整一年，装上电话的喜悦没有几天，又来了 BB 机，这传呼机用了没几个月，人家又拿上了大哥大。咬咬牙，花一万块钱排队买了摩托罗拉手机，不久又发现蠢得像块砖头，笨重无比，像农民手中的锄头。再换轻一点，接着，各种功能的手机又让你眼花缭乱，你明明知道那些功能用得极少，但还是跟着换来换去。

电脑如此，汽车如此，连房子也是如此。我记得第一部自行车用了差不多二十年，到1997年被偷走以后才换了新车。可现在呢？汽车刚买就被人讥笑过时了，真不知怎么办。

再比如旅游吧，李白花了平生的时间、精力，也只是游历了中国的大部分名山大川。而今天，我们大约花一个月的时间，跟着旅行社就可以把李太白历尽千辛万苦才能观赏到的各地山水一览无余。

二十多年来的现代化进程，让我们的生活有了日新月异的巨变。我们开始陷入一种不能自拔的高速旋转和剧变的都市生活中，快节奏成为不可抗拒的生活主旋律。高速公路的四通八达，民航、磁悬浮这些以速度取胜的交通工具，GDP的疯狂增长，不断刷新我们的生活指标，也越来越浓缩我们本可慢慢消受的生活内容。互联网的出现，快捷、快速，更减少了信息传播的周期和信息损耗。

记得前几年电视上有一种节目叫“速配”，就是通过电视这一崭新的媒体来再现古老的一见钟情。当时，很多的少男少女对这种节目兴趣极浓，爱情终于可以浓缩，爱情终于可以像进超市那样挑选了。但和之后由网恋兴起的“一夜情”相比，“速配”不仅不速，反而显得有些老土。

记得前不久，我写过一篇关于七夕中国情人节的文章，说牛郎织女为了一面，要花一年的时间，是“最伟大的一夜情”。而现代的“一夜情”是现代社会交通发达、资讯快捷的产物，它用最短一个晚上走完了牛郎织女一年的历程，但它的进程却是高效而可怕的，它有点像勾兑出来的美酒一样因为缺少酝酿，叫好不醇厚。它游戏大于真诚，娱乐超越了爱情，“一夜情”普遍受到质疑也就不奇怪了。

前不久，我去中国博物馆参观各个地方的非物质文化遗产，发现这些五花八门的“非遗”有一个共同的特点，就是都是慢的艺术，昆曲也好，刺绣也好，剪纸也好，糖人也好，都是带着人的体温、带着人的节奏的文化。而我们现在的文化和娱乐越来越电子，越来越没人的气息，是机械的节奏，电子的节奏，快是快了，但离人这个大自然的最大造化越来越远了。

我们渐渐发现了慢的节奏和慢带来的精神休闲和思想愉悦，在这个喧嚣的世界里，文字自然无力去对抗，但异常可贵。我们会发现我们在拼命追求高速度、高效率的极限之后，真正能栖息我们心灵的却是缓慢得有些迟钝的宁静的大自然。

或许，历史告诉我们说：时代啊，你慢些走！

春晚当公益：不能赚钱

图书馆、博物馆不收费了，春晚却呼啦啦地诓钱，名曰植入广告。

有些地方是不能做广告的，比如天安门；有些机会是不能赚钱的，比如地震。

今年的春晚遭到了炮轰，好像是赵本山惹起的，其实赵本山可能是代央视受过，国窖等广告的巨额收入肯定不是赵本山或赵家班单独所得的，但是多少钱、如何分成应当公布，观众有这个知情权。要不然有点拿全国人民当拐卖了。

为什么观众特别烦赵本山小品植入广告，因为利用春晚赢利，属于不义之财。

央视是国家的央视，虽然被企业化了，但这个国企依然是全国人民的国企，不是几个人的股份公司。央视的创立是国家投资的结果，而这投资正来源于纳税人，来自全国人民的贡献。春节联欢晚会是举全国之力办给全国人民的年夜饭，央视当免费服务。一位资深的出版人说：“央视一年三百六十四天都要争取赢利，但春晚必须是公益的，让全国人民开心！”

央视平常广告赚得脑满肠肥的，春晚又不差钱，还变着法赚钱，如果说广告效益，国庆阅兵是最有广告效益的，但没人敢在阅兵式上做广告，为什么？这是全国人民的节日。而春晚也是全国人民的节日，如此肆意地且低估全国人民的智商地植入广告，早该遭骂了！去年央视新楼大火，网民不同情，为什么？肯定与不义之财有关。这春晚的广告就是不义之财之一。

过去，富人过年还给穷人送点吃喝的东西，西方圣诞节、感恩节还为穷人提供免费餐食，春晚如此为富不仁，必遭唾弃。

有人说，电影里也植入广告啊。不一样啊！电影的那些大腕的身价多高？到央视出场费不超过五千元。央视店大欺客也就罢了，电影是要买票看的，春晚是中国人民的传统节日，已经是新民俗了，已经是政府、媒体联系人民的一道天然的纽带，央视掉进钱眼里，置人民于何？又怎么帮政府联系人民？

建议：春晚办成公益的让全国人民开心的嘉年华，所有演职人员不要报酬，如果有人愿意捐款，全部用于慈善事业。对演职人员来说，并不亏，已出名的保持热度，新人则可让春晚发射到星空。而央视则借着这一机会，报答全国人民和全球华人。何止双赢？ N赢。

利用春晚赚钱，民间老百姓的话说：损德！

张艺谋是审美吸血鬼

张艺谋防不胜防，防住了张颐武，防不住李承鹏，防住了李承鹏，防不住韩寒。韩寒这一次关于《三枪》的很多议论，关于只适合在县城电影院放的妙论，估计会让张艺谋损失不少票房。其实，现在在南方县城的一些电影院比如昆山、江阴的影院，也和大城市相差不多，看到韩大侠的妙论之后，也许这些县城的票房也会打些折扣的。如今县城青年因网络的发达，也是不愿意看土得掉渣的电影的。 张艺谋很土吗？张艺谋其实很土。很土不是问题。土可以是风格，问题是张艺谋不愿意承认自己很土，当他承认自己很土的时候，就有希望了，当他不知道自己土的时候，就麻烦了。《秋菊打官司》很土，那是刘恒编剧好，《红高粱》很土，那是莫言小说好、姜文演得好，张大导曾经想洋一把，来把王家卫，拍了《有话好好说》，结果很土，甚至弄得姜文和李保田也很土。

张艺谋是大导演，是国际大导演，但要有个前提，他必须依附点什么，他是中国最大的审美吸血鬼。他曾说过文学驮着电影走，一语道破天机，张大师是要骑在他人头上作威作福的。他借着很多作家的力，才能平步青云的。刘恒的小说和编剧，苏童的小说，余华的小说，莫言的小说，都被他吸足养分才长得富态起来，一旦离开了作家的母本，他就像没头苍蝇一样，找不到北了。《英雄》和《十面埋伏》是张艺谋的原创，但除了画面的确“大片”外，人物、故事乏善可陈，没有血吸，张艺谋的艺术就枯竭，哪怕装着很大气的派头，还是藏不住内在的贫血。

鉴于作家不愿再做牛做马，张艺谋无奈之下就到《雷雨》那里去吸血，但曹禺是话剧大师，话剧在某种程度上是电影的天敌，话剧要张扬的，电影却要回避，话剧的短，却是电影的长。《黄金甲》栽了，但老谋子吸了周杰伦的血，一部烂电影留下了《菊花台》一首好歌。这是张艺谋的狡黠过人之处。

奥运会开幕式的成功，是张艺谋吸了诸多的营养，他只是个执行者，一个优秀的执行者。中华文化的血，全中国人民的智慧，被张艺谋充分吮吸，甚至还装模作样地用一个奶瓶。奥运会开幕式没有张艺谋一样会成功，这不是假设。在很多电视专题片中，我们看到张大师如何博采众长，如何吸血的。和其他导演比，张艺谋确实善于综合，善于取舍。奥运会这样大的背景，中国这么深的文化底蕴，想把开幕式搞砸，也是需要才华的。

但张艺谋这一次吸错血了，他居然敢吸赵老邪的血，赵本山绝对是娱乐界的黄老邪，你胆子也忒大了点，赵本山很火，小沈阳很火，赵本山很土，小沈阳很土，但他们的血不是能够被你转化为营养的，不是你吸得了的。刚看过《刺陵》，说有一种毒蝙蝠专门吸死人的血，一般的飞禽吸了会死，但毒蝙蝠不会。看来张艺谋还没有修炼成毒蝙蝠，他吸赵本山、小沈阳的血还有反应，这一次不是养分，两土相加的化学反应，是真土。这下子，老谋子亏了，本想借力翻身，没想到老本山的奶不是人人都能吸的。亏了吧，不仅是艺术。

第三章 坛子

文坛是坛，京城文坛是坛也不是坛，无边的坛，无奈的坛。文坛事多，事生是非，事也不是，不是也事。名人不名，新人不新。歌颂和诋毁同名，赞扬与真话相异。说出来要勇气，写出来要智慧，发出来就是事。

文化震荡，图穷博客见

进入 2006 年的文化界一下子风云突起，是非多多，回头看，真道是：草根与明星一色，口水与博客齐飞；新锐向传统叫板，文化越来越文娱。

文化怎么会变成了文娱或者堕落成文娱呢？发端于娱乐界的恶搞之风，在 2006 年像“非典”似的迅速传染到文化界，原本萧条或边缘的文学界和影视界一样成了网上的热点。胡戈恶搞陈凯歌的风波未停息，韩寒单枪挑战老白烨，陆天明、陆川、高晓松前来助战，乱成一锅。之后，“梨花诗”在诗歌寂静多年之后，再次吸引了人们的眼球。写诗或嘲弄写诗，成了新的时尚和反时尚。

这边，郭敬明输了官司却没失去粉丝，“抄了就抄了”，获得“四大超男”之一的雅号。

那边，诗人老巢打赢了官司，女演员肖琼侵犯名誉权赔偿两万元。而饶颖、张钰不屈不挠的爆料赚了大片的点击率，并没有输官司，因为没机会当被告。诗人老巢不是因为诗歌上法庭，而是因为影视。这影视，这娱乐，搅浑着多少人的心！李湘，离婚，又遭遇诗人作家的求爱。文学越来越娱乐！

文学也越来越离不开影视，或者说影视越来越离不开文学！张艺谋的《满城尽带黄金甲》、冯小刚的《夜宴》索性以名著为蓝本，把个《雷雨》《哈姆雷特》整成五代十国版，以此来嘲弄当代中国编剧们的低能。但名著并没有帮张导和冯导再创辉煌，反而落下了更多的口水。《满城尽带黄金甲》怎么看都像开幕式和闭幕式，如果换换台词解说成多哈亚运会，也不难。张艺谋把《雷雨》中深厚的人性内容，变成了宫廷政变的反人性内容，真的很无耻！

电影不能无耻到这个地步！

而冯小刚却要和张艺谋拼大场面，拼大制作，扬短弃长，可惜！冯拍得最好的就是那些低成本制作的作品（比如《月亮背面》），钱多了，他受不了！

徐静蕾的《梦想照进现实》，是部好片子。如今还能执着于非商业电影的，不多。

当然老徐也是和文学捆绑在一起的，老徐的博客创下全球第一，得力于她有点文学功底，她的电影能不落俗套，还得力于她和文学界的某种渊源。

这一年，北大是网上事故的多发地带，英译校名问题，参观问题，引进“水货”的质疑，写作旅的争议，阿忆的工资单，张颐武的章子怡与孔子的比较论，陪聊男生，等等，大可以编一本“水煮北大”了。北大惹谁哪？我曾写过一篇类似的文字。但北大就是点击率，就是眼球，就是生产力。说其他大学哪会如此受人关注？

北大被明星化了，也被娱乐化了！学术被娱乐化，教授被明星化，这以易中天为代表。不容易啊！当然，易中天们赢得的还有图书的黄金畅销率，这让他进入作家富豪榜——在电视台的出场费是有限的。同时高兴的还有出版社、书商、书店，易中天可以自豪地说，他拉动了小小一块经济。央视有信心把《百家讲坛》原先划为绿色收视率的栏目变成黄金收视率了！

2006年是文化动荡的一年，新旧不同文化频繁而又激烈地碰撞，雅的、古的文化并没有在碰撞中消失，反而获得了新的形态，在娱乐中涅槃。新的、锐的文化在碰撞中也从小圈子走向大众，娱乐文化来。

如果说2006年是什么年，该是博客年！这么多的事端和风波，几乎全由博客挑起。黄健翔因博客进入娱乐圈，新浪因博客创最高点击率，徐静蕾因博客成了全球第一人，当然这博客变成了搏客、冲突、搏斗、交战，有点像古罗马的格斗场似的。我多次打字，把博客打成驳壳枪的驳壳，古语说，图穷匕首见，而现在，图穷博客见。

博客变成了驳壳，文化变成了文娱！呜呼！

本人博客也不小心在年内过了百万，打油一首：

自嘲博客过百万

新浪风雨起苍黄，百万博客过大江。
笔走龙蛇今与昔，名俗名雅黄健翔。
谈球论文美食嘉，身体国土为情狂。
拟将剩墨醉楚裔，作文做人知沧桑。

怎一个“钱”字了得

《检察日报》2009 蓝皮书文化篇，一共有十二条，这十二条的内容除了“封杀奥数”和“汉字整形”外，其余的十条都赤裸裸地和钱有关。2009 年春晚的得奖小品叫“不差钱”，“钱”成了 2009 年的关键字。圆明园兽首拍卖是因钱引起的文化事件，蔡先生拍卖了，不付钱，以此来抗议帝国主义对中国文物的掠夺。小沈阳的走红不是艺术的创新和审美的提高，而是走穴的升级和赵本山公司的哗哗银圆声的喧哗；张艺谋这么一个大导演，因为奥运会快成中国形象的代言人了，居然去拍《三枪拍案惊奇》这样不靠谱的电影，很多人不理解，其实不是为了娱乐，当然更不是为了创新，而是为了钱。中国现在最缺的不是娱乐，而张艺谋似乎最缺的是钱，尽管张艺谋不差钱，因为《三枪拍案惊奇》除了带给张艺谋大笔的钱以外，其他的都是负数。

名主持人代言很多不法医药广告，只有为了钱，才可能什么都不顾，觍着个明星脸说些害人误人的谎言。文怀沙事件的终极目标还是说明了钱的危害性，一个人自称自己百岁不会伤害其他人，但这百岁和不真实的经历叠加到一起，就能产生商业效应。而文怀沙此次被揭，直接损失一年就几大百万，他的那些字画的价格原先和国内的书画大家可以不相上下，李辉的这一捅，捅破了钱袋子，不是文怀沙一个人的钱袋子，包括那些吃文怀沙的人的钱袋子。论文抄袭的案例屡屡发生，抄袭论文能够评上职称，能够获得地位，最终还有一份好薪水以及隐性收入。出版社体制限期改革，是国家文化产业的一个重要步骤，当然也是因为一些出版社入不敷出，按照企业的标准早该破产了，但中国的出版社又不是纯粹的企业，它确实承载着很多使命。国家不能不要出版社赚钱，又不能让出版社只赚钱。如何拿捏，是个大学问，要在今后的实践中探索成功的经验。

名人赚钱或者说赚不该赚的钱受到谴责，名人不赚钱甚至名人捐钱也受到谴责。余秋雨的“捐款门”事件，说明媒体对待名人的监督力度在加强。比之那些名主持人代言虚假广告，余秋雨还是有些不服气，在那样的需要全民投入救灾的时刻，余秋雨的本意还是有见义而为的性质，只是做得不理想或者没人们想象的完美。但没人追究那些明星做虚假广告的款退了没，就是有人追究余秋雨的账到了没。

奇怪的是，我们什么时候不知不觉地开始用钱作为一个价值判断的标准了，恨的是钱，爱的也是钱，骂的是钱，想的又是钱。难道文化就这么简单地被“资本化”，要不我们怎么会用它作为标准来说是论非呢？

不断延伸拓展的文学

一 文学界面的延伸

文学在发生着深刻的变化。

以前我们认为这种变化是一种文学的边缘化，但边缘化的描述显然不能说明当前文学的面貌。边缘是相对处于中心而言，而文学从二十世纪八十年代末期就远离中心，也已经二十年了，边缘了二十年就不是边缘了，而是一种常态了，所以有人认为文学在进一步边缘化的说法，是一种偷懒的说法。边缘本身是一种比喻，并不能说明文学的内涵和外延。

进入二十一世纪之后媒体的迅速发展和膨胀，造成了媒体的多样性、快捷性和个人性，原先的纸质媒体和电视媒体并驾齐驱的局面被日益发达的网络、手机等多媒体瓜分、侵蚀，多媒体的共存造成了信息爆炸、信息堵塞，同时又信息厌倦和信息匮乏。

文学这一农耕时代就出现的特殊载体，它的信息域在宽度上变小，在深度上也难以掘进，文学和读者的触发点在减少。

文学以前能够家喻户晓的原因就在于它是前传媒时代的一种准媒体，因而是火炬，是匕首，是投枪，新时期的文学较好地发挥了文学的巨大功能，或者说释放了文学所有的功能，但随着媒体的发展，文学慢慢回归到一个应有的地位。

今天文学边缘化的同时，又是文学的参与的无障碍化，以前是少数精英从事的高端行当，如今因为网络的无门槛介入和手机的普及，变得越来越大众化和日常化。博客的火热，在线阅读的火热，说明这些软文学的载体已经日渐取代了没有互动的文学单向传媒。博客的最大特点不仅仅在于个人情绪的无障碍表达，而且在于它的受众（网民）的介入——跟帖留言是博客的一个重要部分，阅读博客和跟帖正是开放的文学、开放的文本的一个重要表征。一方面文学被认为边缘化和圈子化，另一方面文学网站和写作者数以千万计，韩寒、郭敬明的书又畅销无比，大大超过传统作家。文学的状态正在越来越难以言说和概括。

我认为当前文学难以言说的原因，是文学在新的历史情境下“界面”得到了延伸、拓展。“界面”是借用 IT 业的术语，指在人和机器的互动过程（Human Machine Interaction）中，有一个层面，即我们所说的界面（Interaction）。从心理学意义来分，界面可分为感觉（视觉、触觉、听觉）和情感两个层次。

这些年，人们感觉到文学的边缘化更多是从情感的层次上，如果单纯从文学期刊和人气指数上看，文学是不能与以前相比了，文学也确实不是社会阅读的主流，已经毫无悬念地让位于娱乐。二十世纪八十年代的文学阅读的主流地位是由当时的文化载体和通道狭窄的情况造成的，由于其他的载体和通道的关闭或者没有开启，所以在文学的通道上拥挤着过多的读者，也负载着过多本该不属于文学的使命和价值。

当时的文学几乎成了众生之门，文学肩负着媒体、娱乐、认知、审美、教化、历史、哲学诸多的功能，文学的作用因此也在特定的历史情状下被放大，尤其在二十世纪七十年代末期八十年代初期文学的社会性空前绝后，文学的使命感卓尔不群。也就是说，文学往往在历史的转型时期，具有超强度的辐射力和穿透力，也就是名噪一时的轰动效应。这是文学的最高境界，但并不是文学的正常状态。也就是说，我们不能把文学在一个非常社会的语境下的放大的功能，来作为判断文学在常态社会里的参照系数。

虽然在二十世纪八十年代后期，已有敏锐人士预感文学将失去轰动效应，但文学真正失去轰动效应还是在九十年代以后，尤其在1994年以后，因为九十年代中期媒体迅速发展，娱乐文化广为流行，文学慢慢要借助媒体和娱乐来推销自己了（这以前文学是蔑视娱乐和小觑媒体的），作家要出名也要媒体炒作，甚至还要制造点八卦新闻来“装饰”自己了。文学的面貌被还原了，或者说在一个商业社会里或者一个以经济建设为中心的时代里，文学回归到一个应有的位置。边缘论也就由此产生，当然参照系是以八十年代的超级辉煌为依据的。

进入新世纪以后，文学在发生着深刻的裂变，一方面是传统的文学领地在缩小，传统的文学影响力也在受限；另一方面新的文学形式、新的文学的影响又在聚集人气，又在影响新的人群。同时，这新旧两股潮流也产生了一些碰撞和交叉，围绕文学在网上产生过的一些争论，就是这样有趣而无序的“秀”。在另外一个层面上，传统文学的界面已经被突破，文学的延伸正酝酿文学的裂变，这种裂变并不是让文学更加边缘化，而是催生新的文学运动甚至会产生新的文学潮流。

二 文学的拓展和新变

首先，作家的身份发生了变化，原先的外延和内涵被拓展，作家和作家队伍比以前更为庞杂和丰富。以前确立作家的身份，寻找作家资源，一个非常可靠的依据就是在当地作家协会注册的人员。因为那个时代的作家基本上是以作家协会为圆心画圆的，也就是说，这些作家的身份也是通过作家协会来进行确认的。当时作家的队伍基本是相对稳定的，而今天作家队伍呈现出多元发展的趋势，一方面是传统组织作家协会的功能依然在发展作家、繁荣文学方面尽心尽力，另一方面随着自由撰稿人的广泛出现，随着网络作家的大批涌现，作家协会已经罩不住这些新的作家新人类，作家的概念在某种程度上被迫拓展、重新命名。比如，我们以前有“业余作者”这个概念，但今天看来这个概念有些多余。“业余”是相对专业而言，而现在专业作家的发展虽然没有被禁止，但发展的前景不容乐观，也不被政府提倡。更重要的是，“业余作者”这个概念，原先是作为作家的候补力量和基础力量出现的，也就是说作家和“作者”是有区别的，中间的距离有时候是不容易逾越的。有人写了一辈子文学，也可能没有获得作家这样的称号，从作者到作家的提升是必须达到某种标准，是必须得到某种机构确认的。但今天，作者几乎成为著作权人的代名词，写作者都可能被称为作家，网络作家也好，“80 后”也好，原先的业余的非专业作家的内涵剥离殆尽。今天作家从原先的社会身份已经转化为一个社会职业，作家，多指靠写作生存的人。很多草根，在一夜之间就成为作家。作家原先被钦定的光环消失了，但作家的人数和社会影响反而在发散。我们已经很难认为专业作家是文学创作的唯一主流力量了，至少在图书出版方面传统作家和非专业作家相比，非作协系统的作家在文学市场上的份额要强于所谓的专业作家。这些新的作家和网络新媒体一起成长。

在网上有很多匿名写作者，带着马甲写作也是作者身份变化的一种，光是网名和笔名就完全不一样，笔名大多两个字，而网名常常四个字甚至五六个字。很多网上的匿名写作者在获得广泛认同之后才露出真实的身份，2008 年汶川地震后流传的那首《孩子，抓紧妈妈的手》，作者真实的身份很长时间内都以匿名的方式被传播。

第二，文学的载体在延伸，在发展。原先承载文学的载体比较单调，主要集中在文学期刊上。二十世纪八十年代作家的成名之路都是以期刊作为跑道的，今天期刊固然是文学的跑道，但网络、图书、博客、影视也同样成了文学的跑道，在这些新的文学通道上，已经成长了一批文学新人，传统的作家、传统的文学也开始正视这些新的跑道的功能。2006 年风云突起的博客写作，不仅让很多的网络文学青年迷恋，同时也聚集了一些知名作家。2008 年，汶川地震发生以后，在网上掀起了一股民间诗歌浪潮，通过转帖的方式被人们迅速传播，让沉寂多年的诗歌在一夜之间复苏。这比我们的诗人和诗歌刊物去呼吁拯救诗歌要有效得多。还有起初在国外流行在国内也渐渐兴起的手机小说，通过手机这一更快捷、更方便的载体来传递小说，谢望新的手机小说《中国式燃烧》虽然只是尝试，但表明传统的作家也开始对新的文学载体进行运用。

在线写作也是值得关注的真正的网络文学。以前的网络文学基本上还是书面文学网络发表，而在线写作则是海量的、变化的、不确定的和未知的，它势必比较粗糙，但又是和读者互动的、鲜活的、不规则的。这样的文学在脱离了三审制度之后，更自由也更无序了。这无序正是网络文学比传统文学更有诱惑力的原因。罗兰·巴特曾经想制造作者已死、读者诞生的理想文本，但没有真正实现，《恋人絮语》这一实验文本也没有得到认可。今天通过网络这一理想得到了完美地实现，网络的开放性和共时性为开放文本提供了硬件，通过读者（网民）的及时介入和随意发挥，罗兰·巴特说的读者真正诞生了。读者不再是被动地接受，而是有了发挥创造的可能，这也就是今天网络文学为什么火暴的原因。有一个困扰出版社的现象，就是为什么一些网上火暴的作品变成图书以后，销路平平了，因为那些在网上火暴的作品有共时性参与的功能，变成图书以后参与功能丧失了，读者成不了作者了。

网络的出现让现代人对信息变得贪婪起来，网络提供的海量的信息、海量的流量都是传统文学难以企及的，比如跳舞的一个长篇小说动辄几百万字，常常是一个传统作家一生的创作总量，这在文学的形态上让阅读走向浏览，让精致走向批量生产。传统文学的载体常常是非商业化的，而新的文学载体的背后都是资本在运作。

第三，文学的类型在延伸，软文学悄然问世。以前我们划分文学的类型，无非是从文体上去确认，小说、散文、诗歌、戏曲四大块，或者从纪实、虚构的两大块去区分，最多也就划分为纯文学、非纯文学两大阵营。而近年来，出现了一些新的文学品种，比如玄幻小说，既不是纪实也不是虚构，也不虚幻。像博客更是一个新的文学综合体。博客本来应该是纪实性的文字，因为它是一个人日记的连续，如果作为文学，也应该属于私文学的性质，但它实际上已经变成了个人的微型文学刊物，而且它的互动性，大量跟帖的产生，已经让这个私人空间变成了一个新的公共空间。类似博客这样的载体，虽然和传统的文学反差极大，但博主都是以写作者的身份在开博，而写作者我们以前往往称之为作者，以区别于专业作家，也就是说是文学的后备力量，而且，博客里文学的元素又非常多，所以它应该是一种软文学。前网络作家安妮宝贝或许可作为软文学的代表，2005 年她出版的那本按照日记方式写就的《清醒记》，可以说开了博客文学的先河。安妮宝贝的文章经常游移在小说和散文之间，是一种交叉的跨文体写作。

《鬼吹灯》和当年明月的《明朝那些事儿》都是难以用长篇小说和历史小说来概括的，不规则，边缘模糊，文体杂糅。文学的板块被冲击，文学的类型随着商业的阅读而划定界限，传统的界限已经打破。

㊁ 评价体系的再建与归位

很显然，文学界面的延伸，文学功能的拓展，撑破了原有的文学的内涵，它给我们带来新的变化的同时，也带来了新的困惑。

文学的界面扩大了，文学的纵深并没有相应地得到发展，可谓是得到了长度和宽度却丧失或淡化了深度，文学的深度问题平面化和简单化甚至被娱乐化了。

进入文学的门槛低了甚至是无障碍进入了，意味着文学的平民化和草根化，但同时文学的快餐化和垃圾化也与之共生。原先文学的门槛和台阶被网络这个自由进入的自由港取代，当读者等于作者，文学的那股神秘力量和应有的自尊也不自觉地打了折扣，文学的泛化让文学的含金量更加稀缺，这也是文学的受众减少的另一个原因。

文学的界面扩大了，文学评价的体系并没有随着界面的扩大而得到相应的改变，传统的评价体系在面对新的现象时极为尴尬，因为两个不同文学系统要求同一种话语来评价，就容易出现不对称、不买账、不得力的情况，因而文坛出现了内在的冲突和不平衡。曾有人善意地以教导者的身份去捧 80 后文学，但遭到了“80 后”无情的奚落和痛斥，反而加深了新旧文学的裂痕。因此迅速探索、建立一套适应新的文学界面的价值评判体系，或者调整原有的价值系统，是重新确立文学尊严和文学权威的关键。比如，什么是好的值得提倡的博客，什么样的文体具有软文学的价值，传统文学的哪些要素是不适合今天文学发展的，等等，都要进行清理和甄别，否则，就会出现以往那种批评和对象不对称，长此以往文学就真的会出现巨大的鸿沟，一边是恪守传统的文坛，另一边是在新媒体时代如鱼得水的新兴力量。

当前文学内部一个深层次的差异，就在于传统的文学是以反商业的社会活动为基础，而以网络文学为代表的新文学活动则建立在商业性的基础上，前者是要作用于人的心灵和思想，后者则是首先吸引住读者的眼球，不同的出发点必然会导致不同的目标，而不同的目标评价系统也是不一样的。再往深层次里说，传统的文学是作者为中心的文学，要写革命文，先做革命人，作者常常被人格化和神格化，所以鲁迅有文学家、思想家、革命家的美誉，而后者是以读者为中心、主体的文学，作家要适应读者，而不像传统文学那样让读者去适应作家。中心不一样，就出现不同的主体价值观，评价的错位也是必然的。

新世纪文学出现的动态的不规则的运动，提供了许多鲜活的文学情况，也为我们提出了很多的难题，不是边缘的难题，而是不规则的困惑。文学在今天依旧是我们社会生活重要的精神现象，我们无法也不能去回避，文学界和批评界也面临自身的拓展和延伸，才能应对新的现象、新的命题，才能正确解释或者进行真正的对话和沟通。

文学人口与自由撰稿人

衡量一个国家的足球水平，足球人口是一个重要的指标。足球王国巴西之所以能够长期雄霸世界高端，一个重要的原因就在于它拥有庞大的足球人口。中国乒乓球水平一直领先于世界，也在于中国乒乓人口数以亿计。高楼万丈平地起，任何事业的发展、提高，都需要足够的基础。文学事业也不例外，一定数量的文学人口，是文学得以发展、提高的必不可少的条件。

我所说的文学人口与足球人口的概念有所不同，足球人口是指主要从事足球活动的从业人员，而文学人口则与丹尼尔·贝尔所说的“文化大众”有相似之处。文学人口主要指一群人数众多到能够独自消受这套文化产品的人群，也就是说文学人口不仅指创作者，还有它的传播者，更包括它的阅读者。也就是说文学的从业人员（创作、出版、传播）只是文学人口的一小部分，虽然他们在文学人口中起着引导、制约的领袖作用，但在整个文学人口中他们只是生产者，而消费者（阅读者）才是文学人口的大多数。

我国是文学人口大国，无论文学的从业人口还是文学的消费人口，都是其他国家无可比拟的。尤其在二十世纪七十年代末八十年代初期，文学充任了媒体的角色，国家呈现“全民文学”的特征，到了九十年代以后，媒体时代来临，文学也逐步回归到自己的位置，文学人口急遽下降，大众文化消费的人口迅速上升。这一消一长，说明中国从计划经济转入市场经济之后，文学也从万众瞩目的高端滑落到一个正常的社会文化层次，文学也面临市场的挑战和考验。这十余年来，文学过强的意识形态色彩被慢慢剥离，文学产业化的特征在逐步浓起来，文学生产、消费的模式渐渐清晰起来。文学人口数量发生了变化，文学人口的结构也发生了变化。在一个“全民文学热”的浪潮里，文学的功能无疑是被放大，被夸张了。在文学小众化的今天，文学从业人员的功利性、实用性、商业性空前加大，出版社、刊物、文学媒体都面临生存的压力，而专业作家（作家协会在各省直机构中是为数不多的没有奖金的部门之一）的稿费也不像二十世纪八十年代那么值得炫耀了，所谓的“养”作家其实是很廉价的，而自由撰稿人（亦称个体作家）的出现，更说明作家不养也能存活，这在过去是不可思议的。这一方面说明维持一个作家并不容易，同时也说明作家的经济地位已经混同于一般专业部门的工作人员。在这样的情形之下，作家走向市场也是必然，成为畅销书的写作者也是很多作家的心愿。作家的职业化褪去原先神圣的外衣，与 IT 业、金融业等朝阳产业相比，文学的从业人员自然会大大减少，文学从业人员的结构也发生了变化，原先精英化的组成大大打了折扣。另一方面，文学受众也发生了变化。文学人口已经成为当前文学创作必须正视的现实。

文学人口与文学人才的关系，有时候并不成正比，但文学人才的成长与文学人口的质量有很大关系。二十世纪八十年代的文学之所以取得了辉煌的成就，一方面与八十年代解放思想、实事求是的大氛围有很大的关系，另一方面与文学队伍的人才辈出有相当大的关系。由于二十世纪八十年代是一个激情与梦想的文学年代，那个时候的青年精英知识分子几乎都有过染指文学的梦想，那时候的文科状元几乎全部进入中文系，可以说是高端的人才全部集中到文学这个领域之中。到了二十世纪九十年代以后，从高考开始，人才便呈多元化流散倾向，文科人才大多流向财经、金融管理、传媒等专业，中文系的生源质量大不如前。虽然中文系在培养作家方面的作用是有限的，但人才的构成说明作家的队伍资源出现某种危机，人才储备不足。但我们也不必为文学的前景担忧，因为文学不是高科技，文学的特定性和反常规性常常会产生一些意想不到的现象。我觉得发现、培养文学人才除了按照往常的思维惯性外，还应对这样几个文学人群给予关注。

女性作家群二十世纪九十年代中后期的写作人群有一个明显的趋向，就是女性作家的比例在逐年提高，在“美女作家”的时尚化写作热潮过后，女性写作的热度有增无减，特别是三十岁以下的青年作家人群中，女作家的人数以绝对优势压倒男性，不仅写作的人数多，写作的质量也超过同年龄段的男性，这在中国文学史上还是第一次。或许在九十年代以后社会分化发生了变化，更多的男性去从事政治、经济、金融、法律、军事等事业，而文学已经成了“小世界”，女性到这块园地上也就自然了。由于社会分工的变化，某种程度是因为男性不在场，闲散、闲适的年轻知识女性逐渐多起来，她们从事文学的空间大起来。另一方面，女性作品市场上也有卖点，也更能吸引人们的注意。

海归作家群：中国现代文学的产生，很大程度上得力于中外文化的冲突和交流，与海归作家有很大的关系，鲁迅、郭沫若、老舍、徐志摩等“五四文学”的旗帜性作家，在今天看来，都属于“海归派”，如果没有这些海归作家，新文学会以什么样的面貌出现，是很难想象的。今天，中国的知识精英差不多也通过留学的方式到海外去学习、生活，这些人虽然是理科人才，当中不少人对文学创作充满兴趣，异国他乡的艰辛生活和对母语的思念与热爱，在归国后可能会让他们成为新一代作家的一支生力军。

网络作家群：网络文学是近年来新出现的文学品种，由于载体的特性，网络作家是以反传统的方式出现，但最终无不回归到传统文学的轨道上来。这是因为网络文学只是贴到网上的作品，真正的网络写作恐怕只存在于聊天室里，再一个就是网络上的好多高手不少是在传统文学载体得不到充分发挥的一些被压抑的人士，他们网络之后还是以文学作为归宿。网络的自由空间，客观上为文学人才的涌现提供了一个直接的通道，那些被编辑和评论家口味遮蔽的人群容易浮出水面。

文学与疾病

最近，我们《中华文学选刊》做了个论坛，这个论坛就以地名为名，因为我们的编辑部在朝内大街，称为“朝内论坛”。第一次探讨的题目是我出的，是探讨文学与疾病的关系。这也是最近“非典”时期我思考的问题。我们传统文学理论研究对文学与政治、文化、历史、哲学等关系，还有作家经历都作过许多研究，对文学与疾病的关系，目前还没有正式从事研究的。我很早以前看《莫泊桑传》时有这样一个印象，是莫泊桑成为梅毒患者后，得病期间仍写过不少优秀作品，当时青霉素还没有发明出来，治梅毒用砒霜，对眼睛不好，莫泊桑因此失明。普鲁斯特是个终身为疾病缠绕的作家，在疾病状态中写出了《追忆似水年华》；还有伟大旗手鲁迅先生，鲁迅也是肺结核患者。我孤陋寡闻，不知有人探索过鲁迅写作风格是否与疾病有关，疾病对他生理、心理上的影响？张颐武说有人作过研究，论述鲁迅晚年杂文风格与他的疾病的关系，认为肺结核带来的长期低烧、咳嗽、虚弱容易让人出现焦虑、偏执状况；长期身体不好，长期的疾病困扰让鲁迅晚年杂文特别尖刻，特别具有战斗性。

文学史上有很多作品涉及疾病，如《霍乱时期的爱情》《寒夜》等。我现在思考着这样一个问题，即现当代文学史上许多作家都是学医的出身：鲁迅、郭沫若、余华、池莉、毕淑敏……当代文学由以前注重精神、心理渐渐转向注重身体。医生出身作家或有从医经历作家的写作对身体更关注，后来二十世纪九十年代又有了身体写作，注重自己的身体，这与情欲、欲望有关，里面有身体成分。在当代作家里面，余华是第一个真正关注痛感的，并写得多、好、深。余华在二十世纪八十年代写了很多关于疼痛、死亡的小说，可把它归为残酷美学。

不少经典作家都和疾病有关，疾病变成为一种美学。由此，是否可以大胆地假设疾病也是文学的起源之一，或说文学起源于疾病？

无论从心理、生理都可找到例子来证明。人在生理上产生疼痛、郁闷时需要表达、宣泄，在“非典”时期，《北京晚报》《北青报》收到大量（几万首）诗歌。从这一传统文学表现形式可以看出，老百姓在疫情时期首先想到的表达方式是诗歌。这一时期诗歌、短信得到空前发展，且精品多。短信可看做是诗歌的变异（可收到新民谣中去，属泛文学范畴）。由此可见疾病本身产生一种宣泄的需要，人的内心需要抚慰，需要克服对疾病的恐惧，从心理学上讲文学符合这些表达程序。文学不仅能表达人的正常心理，还能表达人的非正常心理，对人性的弱点、阴暗面，文学有着其他传媒不可达到的特异性。纪实电视导致报告文学消亡，小说里的许多情节虽说在影视中可视性得到了更好的加强，但在到达人的黑暗心理、精神流程等方面，文学仍是强项。文艺心理学已研究出来精神病与文学创作的联系。

“非典”时期，因突来疾病的流行，人们陷入恐慌与绝望，内心向往温情与抚慰，心理需要调节，文学在此时成为一种载体，一种最好的表达方式，起到抚慰心理的作用。假若没有疾病存在，可以想象，文学中的很多因素要削弱很多。在经典小说里有许多关于疾病的描绘，比如白血病、林黛玉似的病态美、病态性格……假如文学的构成以前有十大因素的话，那么这次“非典”让我们再加上一个，疾病也是文学起源之一吧。

在文学的两大母题中，死亡不太好表现，死人无法回转，死亡都是建构在一个想象的基础之上，疾病接近死亡，是通往死亡的过程，所谓文学里的母题是与疾病、死亡联系在一起的。文学二十世纪八十年代开始关注疾病有关问题，像张贤亮小说里的性无能，是人性被压抑被扭曲的结果，属意识形态。从九十年代开始文学关注身体，1995 年以后出现了一个身体神话，像变形金刚似的，男人女人是个特能战斗的队伍，带着强烈欲望，又如同一部轰炸机，到哪里都是轰炸一天后又去轰炸了，无所不能。像朱文《尖锐之秋》，开始写痛苦，这时朱文已不像《我爱美元》时那样无坚不摧，开始写年轻人生活、心理、疾病、痛苦，但不是忏悔，写疾病特别是性病。九十年代以后的新作家里面拼命张扬身体文化，对生命脆弱的地方没有体验。“非典”让人重新认识到生命是有限的，身体是有局限的战斗体，不是一个无坚不摧的导弹，人性有很多软弱的地方。意识到身体还是与那个两千年前的身体一样脆弱，不管我们外部环境、生活水平怎么提高，身体还是那个身体，身体还是那样脆弱，弱不禁风。

在“非典”之后，文学可能有些变化，作家的生命意识会有所加强。十几年来我们的经济处于高速发展阶段，这种高速发展就带来高度消费的欲望与可能，使得我们文学领域，特别是一些年轻作家，把人变成消费机器，变成欲望消费机器，同时也在不断抒写这种感觉，书写身体神话。那么“非典”之后，我们会意识到，身体也是血肉做的，生命是有限的，不是无所不能的。此外，生命危机意识会加强。以前的危机都是政治的、暴力的，现在有了一个自然灾害来阻止我们的命运。再一个对文学的影响就是作家的自然意识将得到加强，对环境、野生状态、自然的关注会多起来，会更加关注环保，反思人类与自然的关系。

共和国十大文学地标

准确地说，是一个人眼中的文学地标。其实解释也是多余，我代表的也只能是我自己。

《青春万岁》

王蒙的第一部长篇，也是他的处女作。

王蒙十八岁写作的小说，记录了共和国诞生时年轻人的青春和梦想，至今仍是人民文学出版社的畅销书。青春是短暂的，但又是永恒的，现在中国教育电视台的大学生“五四”晚会用“青春万岁”命名，说明书名本身的生命力。

当然这部王蒙十八岁写作的长篇，直到他中年才得以出版，本身历程就是共和国风雨的一个见证。王蒙的作品作为共和国的一面镜子，是有资格列入地标的。

《创业史》

柳青著。柳青的文学精神是共和国文学的另一种解释。深入生活，贴近群众，紧跟时代，草根情怀。《创业史》能看出 1942 年《讲话》出现后作家精神形态的变化，柳青是在那样的环境里做得最好的。柳青还影响了一大批的作家，像陕西的路遥、四川的周克芹等。

《风云初记》

孙犁属于和柳青同时代的作家，文学精神和思想观念也没有太大的差异，但和柳青比起来要小众化，因为柳青对时代的反映属于正面强攻型的，而孙犁是侧面的、日常的、非宏大的，但耐得住咀嚼。《风云初记》显示了这些优点，也间接地体现了共和国的清新和质朴。孙犁影响下的“荷花淀派”文学，出现了从维熙、刘绍棠等作家，后来对铁凝创作的扶持也值得一书。

《艳阳天》

浩然是一个争论性极大的作家，乃至去世后也没消停。他的《艳阳天》是 1966 年至 1976 年之间家喻户晓的文学读本，当然也是共和国深刻而沉痛的文学记忆。《艳阳天》放大了柳青和孙犁两人的优点（比如将宏大主题和日常生活如何结合起来有新意，《艳阳天》的人物不是萧长春，而是弯弯绕、孙桂英这些中间人物），也将这类文学的缺点放大到极限，以至于出现了“高大全”这样的虚假文字。

浩然是共和国文学曲折过程的一个符号。

《回答》

《回答》是北岛的一首短诗，也是朦胧诗的代表作。朦胧诗代表的是觉醒的一代，也是思考的一代，迷惘的一代。朦胧诗和崔健的歌、王朔的小说成为二十世纪八十年代青年文化的时尚读本，至今仍在弥散，直至网络。《回答》中“卑鄙是卑鄙者的通行证，高尚是高尚者的墓志铭”成为和唐诗一样有名的警句。

《班主任》

刘心武的《班主任》和卢新华的《伤痕》被当作新时期文学的开山之作，虽然《伤痕》在读者中的轰动强于《班主任》，但《伤痕》的过于习作气让《班主任》立于潮头之上。刘心武之后写作的《钟鼓楼》其实更成熟，更有艺术气息，但不在点上，以致让人误解刘心武的小说艺术停留在《班主任》的层次。文学作品的流传，有时候是不以人的意志为转移的。

《红高粱》

莫言的《红高粱》是1985年文学革命的成果。《红高粱》的叙事革命影响了一代作家，对历史、对人性、对小说、对语言的认识都有着质的变化，当然也让莫言成为争论性的作家，几乎每部作品都有争论。在莫言身后，苏童、余华、格非等新小说家为共和国的文学增添了异样的色彩。

而且，《红高粱》也开了为中国电影输血（走向国际）的先例，后来中国电影导演在国际上的声誉全靠莫言、苏童、余华等人的作品支撑。

《白鹿原》

这是一部奇书，陈忠实在写作《白鹿原》之前，没有显示出任何大气象，写完《白鹿原》之后，也没有能够再现如此大的气象，甚至连气息也没能沿袭过来，仿佛神来之笔，仿佛天外来客。《白鹿原》用尽了陈忠实毕生的心血，用尽了他一辈子的武功，《白鹿原》站起来了，陈忠实烂软如泥。

贾平凹

很多作家都用作品名，贾平凹只能用作家名，他的作品太多，他的作品都能代表他，但哪一部都不能完全代表他。《废都》以来，他的长篇小说呈现了中国农民和知识分子精神世界的运行轨迹，反映了二十世纪九十年代以后人的欲望的苏醒和膨胀，是作家正面接触社会而不被生活歪曲的重要文本。

汪曾祺

对很多人来说，这是一个陌生的名字。汪曾祺的作品确实是少部分人的所爱，但由于深得文学的精髓，生命力极其旺盛。在改革开放三十周年回顾文学时，大家突然发现，不声不响的汪曾祺的作品传下来了。汪曾祺传承的是中国文学的原初之美，在“国学热”的今天，重新审视汪的作品，更有相见恨晚之感。

汪钟情的“抒情的人道主义”和追求的和谐美学，是人类文明的共同表征，也是中华民族的核心价值所在。

最不可能获诺贝尔文学奖的中国十个大作家

中国作家谁能获诺贝尔文学奖我说不出，这像彩票大奖花落谁手一样变化万千，但我敢预测中国哪些大作家得不了，这是比较容易的题目。以下是名单和理由，没有什么学理性，只是赚点吆喝。

王朔：北京味太重，评委领略不到妙处。

柯云路：紧跟时代，太中国政治化了。

郑渊洁：像写《哈利波特》的罗琳一样得不到诺奖。

于坚：太口语了。诺奖的口味偏咸，偏重书面语言。

林斤澜：外国人看不懂，中国人懂的也不多。

崔健：大诗人，可惜字数不够。

浩然：无产阶级的作家，资本主义评委的死敌。

金庸：被电视剧弄坏了形象。

海岩：小说太好读了。

铁凝：得了奖也不会去领，堂堂我中国作协主席。

第四章 球迷

到北京看球比其他地方方便，除了有江湖冠军的国安外，还能看到世界各地的大腕巨星的风采。我在南京曾经组织过作家足球队，电视台还播过我们的比赛。2005 年在北京和孙郁、格非、李冯、丁天、祝勇、潘采夫、楚尘等一起“乌合”过一支足球队，在我家附近的柳芳中学踢过一个夏季。然后，球队烟消云散……

足球的节奏

世界杯以一种快节奏的方式向前推进，冷门迭起，昨晚，德国队又一次爆冷，输给了塞尔维亚队。唯有前天比赛的阿根廷队，用完美的方式，收拾了一心爆冷的韩国队。

阿根廷队赢得利索，实力当然是一回事，但马拉多纳成功地改变了球队的节奏，也是制胜要素之一。他让梅西从前锋的位置后撤，在前腰的位置上飘忽不定地跑动和组织进攻，让韩国队事先的预设方案落空，防住了梅西，防不住伊瓜因。韩国队是著名的“跑不死”，记得2002年的世界杯上，韩国队的奔跑能力让意大利、西班牙这些球队也累得半死，最后被拖垮。但马拉多纳不和你去拼体力，他将贝隆撤下，撤下贝隆意味着阿根廷队的节奏改变了原来的进攻方式，梅西不再只是终结者，也是发动者。韩国队有力使不上，跑得抽筋也没机会。

阿根廷队是这一届世界杯上攻守节奏最为古怪的球队，至少我们看到的两场比赛就大不相同，对阵尼日利亚是一种节奏，对阵韩国又是一种节奏。当然，阿根廷队在比赛当中的节奏也鬼怪多端，进韩国队的第二球是任意球，梅西发动的任意球没有直接传向球门，而是转了几个圈才突然传吊到伊瓜因的射程内，而由于这辗转，韩国队防守的满腔热血无处发泄。待血冷时，阿根廷队才杀将过来，正好慢了半拍。所以，巴西打朝鲜显得累，而阿根廷打韩国游刃有余。朴周永的那个乌龙球看似偶然，其实是韩国队的节奏乱了，乌龙球常常源自节奏的混乱。

法国队、德国队，虽然中场堆积了一大堆能传能接的好手，但由于节奏变化不多，被对手掌握，塞尔维亚队和墨西哥队总是能成功地堵上枪眼，让他们无功而返。堵枪眼不是黄继光的专利，世界杯上其实每个队员都想堵枪眼，但问题是能找到枪眼，像阿根廷这种球队就是通过节奏的变换，让韩国队连堵枪眼的机会也没有。

节奏是球队的生物钟。生物钟乱了，球队的战斗力就下降。水平高的球队总是能够通过节奏的变化来抑制对手，毛主席著名的十六字游击口诀“敌进我退、敌驻我扰、敌疲我打、敌退我追”，其实就是破坏敌人的节奏。出其不意，攻其不备，牵着敌人的牛鼻子走。

当然，球员内心的节奏也是重要的，如果内心的节奏乱了，连点球也会罚不进。德国被寄予厚望的射手波多尔斯基在与塞尔维亚队比赛中由于几次精彩的射门没进，内心的节奏失去了平衡，最后是点球不进，毁掉了德国人已经保持了二十八年的光荣传统。

一场球有一场球的节奏，世界杯整个比赛有整个比赛的节奏，夺冠的球队总是节奏调整得最好的球队。人生如球，成功的人生必有合理的节奏。失败的人生，节奏肯定是混乱的。

那些离开的球队

六月二十四日凌晨五点，身着白色队服（看上去那么不顺眼）的韩国队最后一个悲怆地告别了世界杯，世界杯小组赛就此告一段落。十六支球队晋级了，进入了十六强的复赛。一些球队离开了，回家了，或者成为看客，看人家的表演、厮杀。晋级的命运总是相似，出局的命运则各有不同，有的差之于实力，比如老了的伊朗队；有的遭遇分组的安排，比如捷克队；有的毁之于裁判，比如韩国队。总之，他们离开了，带着遗憾和惆怅，也带着失望和懊悔。

昆德拉有部小说叫《为了告别的聚会》，说的更像是世界杯，三十二支球队从各自的国家来到德国，参加这四年一度的豪门盛宴，最后曲终人散，戛然而止。争王的过程，也是一个离开的过程，一些球队晋级了，一些球队就要离开，今天晋级了，或许两天之后又离开了，十六支队，八支队，四支队，两支队，夺冠的那支队在夺冠之后也是离开之时。

世界杯产生的过程也是三十一支球队离开的过程，世界杯的魅力不在于曲终人散，而在于曲不终已有人散，人不断地散，球队不断地晋级，球队不断地回家。留下来是暂时的，离开是必然的。豪门盛宴，其实是看谁吃到最后，谁的胃口更大更好，大胃好胃者就成了霸主。天下没有不散的筵席，世上没有不夺冠的赛事，那些离开的球队让人感伤，让人惆怅，尤其是那些球艺高超而运气欠佳的球队，尤其是那些球星光芒四射的球队，它们的离开，总是能激起人们的无限同情、惋惜甚至埋怨。因此，每当拥有贝克汉姆和欧文的英格兰队离开的时候，总是有无数的球迷特别是女球迷泣不成声，总是让人产生美好的事物是那么的易逝和短暂的感觉。

人生总是要遭际各种各样的离开的，有的早一点，有的晚一点，有的浅一点，有的深一点。我第一次感到离开的滋味是 1976 年的夏天，那时我十六岁，那种离开不是淘汰，而是曲终人散，因为高中毕业了，我要离开校园了。我从小在一个地方读书，小学、初中、高中，校园是比家还要亲的地方，校园是我们那个时代的乐园，没有升学考试，没有排名次，甚至老师对我们也不敢大声训斥，因为那时批“师道尊严”。但是因为没有高考，我们一离开学校就永远进不了校园。

那一刻，我感到了离开的迷惘，感到了校园原来是那么的温馨。我一个人在校园里独自漫步到黎明，这在以前是从来没有过的事。我恍然感觉到人生是在不断地进入，不断地离开，从进入这个世界始，到离开这个世界止。或许，从那一刻开始，我就变成了一个悲观的进取主义者。离开不一定就是丧失，离开可能是新生活的开始，生命的过程就是不断离开的过程。

那些优秀球队的离开，会让人伤感，只是内涵不尽相同。球员会为自己的拼搏和奋斗而眷恋球场，球迷会为这些球队的精彩表演不再而深感遗憾。世界杯是激情的世界杯，同时也是百感交集的情感大世界，正因为如此，才会让人难以忘怀。

祝福那些离开的球队，它们美好的球艺、球风、球德不会因为短暂的离开而失去光辉。

悖反世界杯

开博的原因有二，一是网上有几个王干的博客，我必须说明这个博客才是我。二是为了世界杯，我是一个不太称职的球迷，属于瘾大水平低一类，开博可以向高水平的球迷交流、求教，所以取名“干杯，王干世界杯”。一个月来，说了一些自以为俏皮的话，也说了些俗话。节选于此，供大家批判。

刘邦运用了类似意大利式的战术，在残酷的点球决战中淘汰了项羽，乃至项羽惊呼：天亡我也，非战之罪。观众喜爱项羽，至今《霸王别姬》仍在唱，从梅兰芳到屠洪刚。

——《项羽难捧世界杯》

参加这婚礼有点像中国人看世界杯似的，没自己的事，还瞎激动。

——《足球与婚礼》

我是大眼李承鹏的粉丝，他的专栏我是有空必看的。此番能与偶像有共同之见，其兴奋与预测法国队胜利得逞一般。

——《我是李承鹏的粉丝》

可爱的黄健翔像醉汉一样，不知道他说了些什么。

他被世界杯灌醉了，被意大利队突如其来的点球和突如其来的胜利灌醉了。 球不醉人人自醉。

——《伟大的嗓门报国无门》

郁闷啊！在国内为中国足球郁闷，没想到到了美国，还要为中国足球郁闷。

——《对话》

齐达内，他的脚法可以绣花。

——《短信》

看足球有点像上网，随时灌水，随时拍砖，随时凹造，凹什么型，造什么凹，看你高兴，看你看谁凹造得不顺眼，看你看谁的园子造得牛气冲天。足球明星的拥趸、明星球队的拥趸叫球迷，而网上名牌博客的忠实读者、追随者叫粉丝，而如今这两者大有合二而一之势，在真实的球场和虚拟的网络上自由地凹造、自由地游走，戴着面具，带着长剑，一边走，一边高喊：

凹造有理！

POSE 无罪！

——《足球也凹造》

贝克汉姆之所以成为最受欢迎的球星，还在于他的精神气质是一种“甜酷”。

——《贝哥哥的发型和县委书记的帽子》

知道挺英格兰是风险极大的，因为英格兰队不知什么时候成了玻璃美人，美丽而易碎，但是，历史要让英格兰队走到前四、决赛甚至捧冠，我也没办法。

——《挺英格兰队的三十三又三分之一理由》

英格兰队又输了，玻璃美人又碎了，一地不可捡拾的美丽。

——《玻璃美人又碎了，一地不可捡拾的美丽》

第五章 怀乡

人长大了，就会怀念童年，离开家乡的人还会想念家乡。怀念家乡的方式有无数种，最多的方式，就是思念家乡的食物。人的很多记忆会被同化，但胃的记忆最顽强。胃有时候比我们的脑子还爱国爱家乡。

南京答问

南京答问，不是在南京回答问题，而是回答都市放牛关于南京的几个问题。一共五个问题，但核心问题是南京的文化形象和文化内核问题。

早在多年前，我在南京生活的时候，就不止一次参与或耳闻关于南京文化定位的讨论和争论。为什么这么热衷于对自己城市文化形象的研讨呢？为什么这么在乎所在城市的文化符号呢？是对自己这个城市太热爱还是不太自信？

究其竟，讨论本身，还是希望自己的城市知名度更高些。提问中说到北京的膀爷、上海的女性、成都的袍哥等等，都是这些城市的标志性符号。但南京亦有“大萝卜”的雅称，按易中天先生的说法该是雅称。但我要说的是，即使“大萝卜”这么一个不太高雅的说法，也只是与南京相邻的地域才知道，在全国，其实很多人是不知道的，更多的时候还是南京人自嘲自乐的一个说法。

认为南京的萝卜大，大约也是苏南、苏北、浙江、上海地区的人们。我对安徽的物产不太熟悉，东北、西北的萝卜我没考察过。

但我见过的：山东的萝卜绝不比南京小，河北、天津、北京产的萝卜绝对比南京大，如果让南京担“大萝卜”的名，不仅南京人民不答应，因为“大萝卜”不是什么褒义词，而且全国人民也不答应，毕竟南京的萝卜不是最大的。如果认为南京的萝卜大，大约还是六朝时期的概念，那时的南京萝卜跟周围的辖区比，可能是最大的。

南京的文化符号其实可以是多元的，人们对南京的印象角度不一样，符号也不同：游客首先想到的是秦淮河，食客想到的是盐水鸭，政客关心的是十朝旧都，台湾人想到的是中山陵，爱国者惦记的是 1937 年 12 月那场大屠杀……至于用某个阶层的人来作为符号指代南京人则比较困难。

这是因为南京的文化形态是混合形成的。南京的文化是综合性的指向，不是单向性的指向。就历史文化形成而言，南京文化其实是移民文化。南京方言本属吴语区，但现在形成的这种非吴语区的语言格局，与移民有很大关系。南京是六朝古都或十朝古都，但前来南京建都的除了民国政府外，基本都是北方人前来建都的，或者说是南京以北的人前来建都的，北方文明自然和南方的文化进行化学反应，反应的结果要么是激烈碰撞被毁灭，要么是两种文化都被中和了。南京文化没有被毁灭，而是被中和了。所以今天的南方人认为南京是北方文化，北方人认为南京是南方文化。从文化传播学的角度来讲，文化的交融这是很自然的。

加之首都文化往往来自强大的移民文化背景，移民文化的特性是综合性的、减震性的，每个文化系统进入新的一个文化系统运转都要去掉一个最高分和最低分，才能减少沟通的障碍，长此以往，文化的运转变得中庸平和也是很正常的。

如果说南京文化区别于其他地方的特色，以我有限的经历，还是它的名士气。唐诗宋词，删除与南京相关的部分，将不堪卒读。国画书法，除去江浙，气象必然淡薄。江南名士气，历经沧桑没有被削弱，至今仍在流淌。江南名士，不像北方壮汉那么大男人，也不像川渝袍哥那么敢作敢为，但江南名士气是渗透到民间的，尤其在南京，冷眼看惯了王朝兴衰、荣辱成败，这名士气就有另一番风度。鲁迅说的魏晋风度，或许与南京有染，更多的时候还是淡漠政治、轻视实用的文化精神。比如收藏在南京，就不只是一项经济活动，更是一项审美的运动。比如读报，南京关心的不只是时政，还幻想自己成为主笔。南京是一种风度。南京是一种尺度。南京当然也是一种局限。

泰州是谁的故乡

前不久，我去苏北看望一个朋友，路过泰州的地界，收到了一条短信：尊敬的移动用户，您好！欢迎来到“汉唐古郡，淮海名区”的古城泰州，梅兰芳故乡会给你留下美好的印象，泰州移动12500祝您一路顺风，幸福安康！

泰州是好地方，泰州是人文荟萃的地方，泰州是苏北的桥头堡，泰州是中国海军的诞生地等，都是对的，但说泰州是谁的故乡，只是因为这个人的知名度比这个城市高，借这个名人的知名度来扩大本地的影响。但好像不一定非要说是梅兰芳的故乡。说泰州是梅兰芳的故乡，其实是沿袭旧的说法，但当时的泰州好像还是省管的县级市，而现在的泰州已经不是当年的泰州了，现在的泰州已经是管辖四个县级市的地区级的大市了，现在的泰州范围内要找名人，与梅兰芳级别相当的名人比较多，有的可能比梅兰芳影响还要大，比如文学家施耐庵、刘熙载，艺术家郑板桥、李鱓，哲学家王艮，清代棋圣黄龙士，政治家有明代名相李春芳等，他们也都是实实在在地地道道的泰州人，泰州也是他们的故乡。

泰州成为梅兰芳的故乡是被梅兰芳二十世纪五十年代认出来的。作为泰州的文化符号，梅兰芳先生其实并不是在泰州出生的，他 1894 年 10 月 22 日生于北京，他的祖父梅巧玲也于 1850 年就离开了泰州到苏州学戏。也就是说，梅兰芳的曾祖父是在泰州生活的，泰州对梅兰芳生活、艺术的影响微乎其微，尤其是对他在京剧艺术上的造诣基本没有影响。梅家在泰州世家做的是雕花木工，而且他祖父梅巧玲也是因为过继到苏州江姓人家，才有机会接触到京昆的。按照时下抢名人的做法，苏州更有理由把梅兰芳收入到治下，因为没有昆曲的熏陶，梅巧玲后来是不可能成为梨园领袖人物的。因为有梅兰芳先生的 1956 年寻根之行，泰州才无可争议地成了一代京剧大师的故里。

泰州作为梅兰芳的故里是有一些遗憾的，除了泰州对梅派艺术的出生没有发生过最直接的作用外，另一方面，这位生活在近代的名人在泰州没留下一些可以触摸可以观看的事物，比如他的故居已无从考证，梅家的后代在泰州也没有传承，至于梅亭和纪念馆则是当地政府补建的，他对故乡的认同是通过家谱来确认的。曾经在报纸上看到这么一条消息说，中国共产党的三代领导人毛、邓、江都是江西人，理由是从他们的家谱进行研究得出的。梅兰芳的故乡指认泰州也是按照这个逻辑推断的，但如果我们不把湖南韶山冲当作“红太阳升起的地方”，而到江西的某个地方说是毛泽东的故乡，恐怕不仅中国人不答应，连世界人民都不答应。

就这个意义上来说，郑板桥似乎更有理由成为泰州的文化符号。其一，郑板桥这位扬州八怪的领袖人物，诗书画三绝的艺术大师，他的人格魅力和政治情怀影响至今绵延不绝，无论是草民百姓还是文人墨客对其都景仰有加，在文学、艺术史上的地位并不逊于梅兰芳。其二，郑板桥是土生土长的泰州土著，他生于斯，长于斯，虽然郑板桥出去从政、游历的时间比较长，但他老死在老家的土地上——拥绿园中，葬在老家的土地上——兴化东管阮庄，和故乡的泥土、水与空气终日相伴。故乡的风土文化是郑板桥成长不可缺少的土壤，而今天板桥的故里泰州，文气依然强盛，不论是文学还是书画，板桥的后代们都人才辈出，成果喜人。其三，郑板桥虽然比梅兰芳年长二百〇一岁（郑板桥出生于 1693 年），但他在故乡留下了很多的故事传说，更重要的是留下了记录他生活和艺术探索的居住之所，这就是让很多人到了泰州都饶有兴趣前去造访的郑板桥故居。

在一个人造景观泛滥成灾的年代里，三百年前留下的郑板桥故居实在是泰州文化的造化，泰州对郑板桥故居的文化含金量的认识似乎还不够，至少宣传得还不够。很多人不知道泰州是板桥的故里，更不知道郑板桥的故居还鲜活地长在泰州的土地上。湖南凤凰为什么那么名声远扬，除了它独特的风光以外，更重要的是人们还知道那儿有著名作家沈从文的故居。绍兴出名的原因是因为鲁迅，也因为有鲁迅的故居——假设一下如果绍兴没有鲁迅的故居，人们对绍兴的兴趣会有今天那么强烈吗？我们在多年之后能够和郑板桥去享受同一个空间，能够在不同的时间里去感受板桥当年的风霜春秋四季转换，能够触摸到板桥当年的日常起居的一草一木一砖一瓦，甚至能够呼吸到郑板桥留下的气息，是何等的诱惑？行人自然会有驻足的念头。

关于泰州美食的记忆（一）

都说少年不识愁滋味，其实少年不仅不识愁滋味，其他的滋味也不识，待滋味识透，这少年也离他渐行远去了。我这人可能属于出息不大的一类，比如乡愁，对我来说，最早的表现，居然是那些家乡的美食。

泰州地处长江北岸，习惯被称为苏中，一般的人只有苏南、苏北的概念，岁数大一点的对苏中的概念来源于解放战争的“苏中七战七捷”。所谓苏中，其实就是不同于苏南，也不同于苏北。这不同首先体现在饮食上，苏南甜，苏北咸，苏中则不甜不咸。更重要的是苏中也处于中国的南方文化和北方文化的交汇处，往往融合了南北文化的一些特点。我曾看过开国第一宴的菜单，或许当时的总理周恩来是苏中人的缘故，开国第一宴的菜不甜也不咸，基本上就是苏中口味。

烧饼

先说烧饼，这烧饼是面食，应是北方人做得好，但全国最出名的却是黄桥烧饼。黄桥镇离泰州很近，黄桥烧饼是泰州烧饼的一个种类。黄桥烧饼因为一场以少胜多的战役闻名天下，黄桥烧饼也就超越了地域，成为全中国的美食了。

其实，据我采访，当年新四军吃的烧饼远没有现在的好吃，光听那歌词“黄桥烧饼黄又黄哎”就知道是指一种芝麻少、酥很少的光烧饼，而不是后来吃的那种插酥烧饼。把面泼上油以后便形成了酥，然后把这酥包在烧饼中间烤熟。后来我到了北京，也吃过北方的烧饼，基本上就是直接用酥做成的，而不像泰州那样包馅一样把酥包在烧饼的中央。或者说，泰州的烧饼，就是月饼的简化做法。包完酥，就擀一下，那擀子是管状的，中心是空的，在当地叫“响子”，每擀一下，就发出清脆的响声，在小巷深处回荡。

烤也有讲究。小时候，没见过烤箱，贴烧饼的大师傅，在我们孩子的心中是了不起的英雄。他们常常光着上身，把双臂伸进热腾腾的火炉中（他们的臂上一律没有汗毛），把烧饼一个个贴上炉膛，然后用扇子扇火（后来用鼓风机了），再用火钳一个个把烧饼夹上来。金黄金黄的酥，在炭火的熏烤下，发出一股牵肠挂肚的焦香。老远老远，就知道这儿是家烧饼店。

粯子粥

中国人民有句家喻户晓的话，叫“小米加步枪”打败了“飞机加大炮”。因此，小米成了某种象征。小时候，我没见过小米，等见到小米差不多三十岁了。但喝到小米粥，我就每每想起家乡的粯子粥。

江苏产水稻，但好大米不多。在泰州的泰兴和靖江地区，却盛产大麦和元麦。大米和麦子熬在一起，好像其他地方没有这种做法。粯子粥是指用大麦片或元麦片放在大米粥中，既有大米的清香，又有粯子的麦香。初喝，细腻，香甜；再喝，滑润，爽口。南方的水稻和北方的麦子就这样完美地交融在一起。

这粯子粥好喝，却不容易做。我曾经从老家带过粯子到北京，由于我从小没熬过，几次都熬得不成功，熬成了疙瘩，跟燕麦片的味道差不多。后来，我就请教泰州在北京的老乡姚，姚说，粯子不是熬出来的，而是“扬”出来的。我一愣，怎么“扬”？他说，大米粥要稀稠适度，扬粯子技巧性可强呢！要轻，匀，敏捷。

我听他讲那么玄乎，一个周末就邀他到我家来“扬”粯子。待大米粥开锅之后，他左手拿着盛粯子的瓢（他自带的），把粯子纷纷扬扬雪花似的撒到粥锅里，右手则拿着勺不断地舀起又放下，不停地搅和，左右开弓，像乐队指挥似的，待粥粯出来，才戛然而止。我看他熬粥的过程，充分体会到美食背后必定是劳动的优美。这一顿粥，我喝醉了。

关于泰州美食的记忆（二）

生姜本是调味品，煮鱼烧肉离不开生姜，如果有哪一天母亲做菜少了生姜，她会异常不安，怎么也得到邻居家去借一块姜来。说借其实是不还的，而邻居一定会借的，再抠门的邻居也是会借的。至少我小时候到邻居家借生姜从来没有空手回过。我那时候就非常奇怪，为什么一定要借呀（母亲非常不喜欢向人家借任何物品），而人家为什么一定要借给我们？这似乎蕴含了某种默契，它似乎和阳光、空气、水一样是必不可少的，一旦缺少，就必须补充。因此，再拮据的家庭，家里可能没有粮食和油了，但厨房肯定有几块生姜。

我没有做过调查，至少我们这一带人民的“姜文化”大致如此。

家家常备生姜，但生姜并不能当主食吃，它是用来去腥调味的。煮鱼烧肉之后，姜是不能吃的，那年头常见的餐桌景象是：鱼肉猪肉吃完了，只剩下几片姜块漂浮在汤水之上，如果这一顿吃得狠，汤被人泡饭用完，碗底必有几块姜片完整地匍匐在那里，一动不动。

但泰州人爱吃咸生姜，而且吃得津津有味。扬州离泰州很近，扬州酱菜里也有咸生姜，但扬州人好像也没有泰州人这么爱吃。我在高邮工作多年，离泰州很近，和泰州的生活习俗大致相同，和泰州一样爱吃早茶，爱吃干丝，但奇怪的是没有一家饭店有咸生姜卖的。我问高邮人，他们说那是酱小菜，吃点心吃那个干吗？喝粥才用。

其实，我小时候平常也是吃不到咸生姜的，只有春节的时候才能吃上。过春节了，家家爱喝早茶，这早茶必有咸生姜，一家人兴致勃勃地就着咸生姜喝茶吃点心，如果把花生仁剥到咸生姜的卤里，花生仁的味道鲜似神仙。家乡有道菜名叫神仙汤，是实在无菜时的无奈之举，放点酱油，放点猪油，讲究点再放点虾子，当然有点麻油（北京人称香油）就更好，然后开水一冲，漂漂乎油花，香香乎河鲜，几碗米饭下肚。

我原以为这咸生姜是大家都能共享的，后来发现其实还是有些小众的。我后来在扬州念书时，曾经买过扬州酱菜里的咸生姜，但这咸生姜偏苦偏辣，进了嗓子之后远不如其他扬州小菜滑溜顺畅。再后来，我也吃过其他人家的咸生姜，发现味道也不是那么回事。后来才知道这泰州酱醋厂产的咸生姜最好。我的一个婶婶在那个厂里当会计，我们每年春节吃的咸生姜是婶婶挑的嫩姜带给我们的，泰州话说是“拐姜”，这拐姜大约类似乳猪、乳鸽的意思，和毛豆（“青春期”的黄豆）是一回事，是未成熟的生姜。难怪片那么薄，那么脆，鲜嫩，吃到嘴里没有渣的感觉。做菜的生姜难吃的原因，除了老以外，吃起来满嘴的渣，因而味同嚼蜡。这拐姜吃到嘴里，像萝卜一样清脆但不空洞，像梨一样爽口而没有颗粒的渣感，有质感有力道但很快会融化。配上一杯清茶和两片云片糕，回味无穷。

后来，母亲居然学会了做咸生姜。婶婶每年春节给我们带拐姜，但有一年两家为鸡毛蒜皮的事产生了一点误会，春节我们就没有吃上那鲜嫩爽口的拐姜。整个春节虽然物资比任何一年都丰盛，我还从南京带了南京的土特产想冲淡缺姜的遗憾，但家里人谁都明白，还是缺点什么。虽然也有咸生姜，但不是泰州酱醋厂的特制的拐姜（那还是计划经济的年代，拐姜是内部人的特权），味道差了很多。被泰州极其看重的早茶，在我家没有以往吃得那么热情洋溢，那么慷慨激扬。

再后来，我就到北京工作，在北京也曾寻觅过咸生姜的踪迹，意外地发现北京也有咸生姜，像制作果脯那样被风干了，味道不错，虽然也是切成片状的，但不是水质的，虽然有些偏甜，但太太还是购置一些放在家里，偶或吃上两片，聊解思乡之渴。

去年春节，母亲从老家来京过春节，她在电话里说带了好东西给我吃，我没在意，因为家乡的食品对客居在外的游子来说，都是世上最美的。等我把她和父亲从火车站接回家，她兴致勃勃地从大包小包里找到那瓶咸生姜，我一看，久违的拐姜！我迫不及待一尝，当年的味道！

我：婶婶带的？

妈：婶婶退休了。

我：酱醋厂买的？

妈：酱醋厂关了。

我更加好奇了，父亲一旁连忙揭开谜底：

你妈妈自己学做的，四个孩子一家送一瓶。

啊！我的妈呀！

这一年春节，女儿也从美国赶回来，一家三代，其乐融融。每顿早茶，胜似夜宴。

邻居的艺术

张晓萌出版他的摄影画册《百姓》，要让我写序，我犹豫再三，不敢答应。因为我不够资格写序。我多年从事文学编辑、出版、评论，算是文学中的熟脸而已，对于摄影，虽心向往之，但至今也只能按个傻瓜在风景点留个影什么的，谈艺术，外行，连热闹都说不上，让我作序，有越位之嫌。

翻看张晓萌的摄影，反而增添了一点点的自信。因为他拍的那些场景，他捕捉的那些镜头，一点也不陌生，几乎随时可见，几乎就是生活的翻版。但为什么我们抓不住呢？而张晓萌能够持之以恒地抓住，并且蔚然成册呢？这不是一个摄影技术的问题，而是一个艺术观乃至美学观的问题。张晓萌镜头下的那些凡夫俗子，那些芸芸众生，那些无名的人生，记录了生活的本相，揭穿了人生的真谛。春夏秋冬，生老病死，喜怒哀乐，天南海北，张晓萌的镜头带着悲悯的人道主义情怀，体贴他们，理解他们，也偶尔善意地嘲讽他们身上的弱点。这样一种富有人道情怀的价值取向，我一点也不陌生，在文学里，我们一点也不陌生。《百姓》让我想起了汪曾祺的小说，汪先生的小说写的也是百姓，写的日常生活的生存状态。他的《异秉》写那样一群不能掌握自己命运的百姓，力透纸背。《岁寒三友》那样相对雅一点的百姓，也是相濡以沫，见人性真情。《百姓》里的很多影像都是向着这方面努力的，镜头是会说话的，好的镜头是有思想在背后支撑的。

《百姓》里全是黑白照片，这当然是有讲究的，这不是简单的怀旧或复旧，而是有一种艺术的追求在里面。黑白的颜色看似简单了，但经张晓萌的处理往往会不那么简单。彩色照片的好处是层次清楚，颜色也丰富，但彩色照片在处理人物命运的时候似乎有某种局限。多年以前，我听一个画家朋友说过，人做梦的时候几乎没有色彩，也就是黑白的。我没有去深究这话的科学程度，但我相信因为梦是不真实的，梦是艺术的，所以没有那么高分辨率的色彩指数。但就我个人的感觉而言，黑白的视觉冲击力有时候超过彩色。我主编《中华文学选刊》期间，有一段时间，封面就是用黑白照片，彩色的也处理成黑白的。中国的书法艺术靠黑白，靠线条，中国的围棋也是黑白行走。黑白是基本颜色，也是最大颜色。张晓萌的追求是强调百姓生活的日常化、平民化和无色彩化，平淡往往与彩色无缘，底层和草根更像黑白人生。

我说的这些内容基本上没有超出文学美学的范畴，但好在摄影是文学的邻居，在美学上，它们是一个家族。当然张晓萌的大多作品还没有能够摄出人的灵魂来，在攫取表象的力度上没有深入到人的灵魂深处。这是一个很大的难题，现在的文学作品基本上在表象层面表现人生，灵魂的深度难以触及。张晓萌今后的作品在脸——心——魂这三个境界上再进一步，就会让摄影变成灵魂的透视和人性的心电图。

之所以想到邻居这个概念，是因为我在高邮生活期间居住在梁逸湾 61 号，张晓萌的弟弟张晓耕和我是邻居，同住一个大院，而我居住的房间居然是他们父母生他们育他们的地方，他们的父亲张元奇是摄影名家，也是我的朋友。而 1986 年张晓耕和朱向东、成群三人成立“扶风”诗社，他们三人诗选的序言也是我写的，而且好像也是我第一次作序。如此说来，从诗到摄影，从高邮到北京，漫漫二十三年，短短二十三年，邻居着，艺术着，不容易啊。遗憾的是，我在《百姓》中没有看到梁逸湾老屋的照片，那情景绝对是黑白的。

第六章 他乡

对潜京者来说，北京就是他乡。但你从北京出差，从北京出发，满眼依然是他乡。他乡的缺陷往往很快会忘记，他乡的优点和好处常常记得住。这是为什么？

芝加哥建筑与个园假山

在前往芝加哥论坛的途中，收到扬州电台石翔的电话。和石翔打交道缘于几次采访，她是全国金话筒奖的得主，很善于把握人的心理。她在电话里希望我为家乡扬州的“双东”文化写点东西。扬州是太熟悉了，我便一口答应了。

可等我准备下笔时，却犯愁了，写什么呢？因为熟悉，觉得处处可以写，也因为熟悉，又觉得处处不好下笔。几年前，曾读过赵昌智先生主编的《扬州文化丛书》，还写过书评，关于扬州文化，那套书说得清楚准确，我能说出什么新的见解呢？

带着心事上路，满眼的异国风光，满脑子的扬州文化，交叉在一起，错位，不相容。时差的困扰，加之我英语听力较差，仿佛人在一个巨大的电影院里，一切都有一种不真实感。会议结束后，主办方带我们参观芝加哥的风景，尤其是有现代建筑博物馆之称的芝加哥建筑群。

早就听说芝加哥有建筑王国的美称，但那是百年前的事情了，因此并没有抱太高的期望值，但等我来到密歇根湖畔的闻名世界的建筑群面前还是有些震惊。

俗话说，不破不立，芝加哥建筑的辉煌，还要追溯到美国史上有名的芝加哥大火。这场大火发生在 1871 年 10 月 8 日。由于当时天气干燥，又是顺风季节，再加上当时消防设备严重缺乏，以及当时芝加哥主要建筑为木屋，大火熊熊燃烧了整个城市长达一天，直到被大雨浇灭。这个灾难烧毁了芝加哥的全部建筑，只剩下了石头建筑物水塔（Water Tower）。大火之后，芝加哥政府邀请全世界的设计师来设计芝加哥的新建筑。当时一流的建筑师从世界各地纷纷涌入，并形成一个独特的强调形式服从功能的建筑新流派——芝加哥学派，在世界上产生了广泛的影响。游览芝加哥，就好像参观建筑艺术博览会，又好像阅读一部生动的现代建筑史。

芝加哥的建筑由于荟萃了当时世界上各地的人才，几乎每幢建筑都精彩，都代表着一种设计理念和思想。每幢建筑，都可作为建筑学的教科书，但这些建筑放在一起又是那么的和谐，比如著名的西尔斯塔（SearsTower）、世界最高公寓湖尖塔（Lake Point Tower）、城中城玉米大厦、约翰汉考克大厦（John Hancock Center）等等所用的材料和形状大相径庭，可放在一起并不冲突。我在中国的一些城市看到单个的建筑非常漂亮，可建筑与建筑之间却相互抵消，形不成一个审美的合力。而芝加哥的建筑为什么如此有机地组合在一起，如此和谐？

我想起了扬州东关街的个园。

不是思乡心切，而是惊人的美学相似。个园被誉为中国四大名园之一，与北京颐和园、承德避暑山庄、苏州拙政园齐名。清嘉庆年间两淮盐总黄至筠在明代寿芝园旧址上重建而成。袁枚有“月映竹成千个字”的诗句，园主“性爱竹”，故名“个园”。个园之名其实还有另一层意思，即九州方圆，天下独一个。个园以竹石取胜，进入个园，首先映入眼帘的是月亮门两侧花坛里的几十棵修长的劲竹，竹竿青翠欲滴，枝叶扶苏婆娑，然后便是鬼斧神工的四季假山。扬州园林素以叠石为胜，个园就是一个以假山堆叠精巧而著名的园林。造园工匠们选用褐黄石、太湖石、雪石和状如竹笋的石笋，叠成四组假山，表现春夏秋冬四季景色，称为四季假山。每一景用不同石材堆砌而成，或玲珑剔透，或磐石叠翠，或花石相依，或白石似雪，自成一景。

可以说个园几乎将中国园林的假山造型和石材类型拢聚到一园之中。中国古人选石有“丑、透、瘦、漏、皱”之说，丑，指石形怪异；透，指山石之间要通透；瘦，指山石尖耸、瘦削；漏，指湖石多孔，利于采光；皱，指山石起伏，形似波浪。个园的春山多采用太湖石，间以石笋，春笋寓春，夏山以漏透的湖石建成，秋山则以黄石为主色调，冬山用清一色的宣石堆砌，仿佛隆冬季节，大雪纷飞。这些山石堆出峰峦起伏，或高峻挺拔，或雄伟奇秀，登山的路径诡秘神奇，曲径盘旋。庭中一汪水池，似浓缩的密歇根湖，清水荡漾。

扬州的个园将山水化为园林，将山林融入家园，缩小的山峰岩石，象征天地山水大境界。芝加哥建造的一座座大楼犹如假山般精美，将假山的美学放大为一个现代意义上的大都市建筑，或许当初芝加哥建筑设计时，并没有想到过中国的园林美学，更没有想到扬州的个园假山。个园的每块石头都不寻常，芝加哥的每栋大楼也都是精品；个园假山是用一块块石头建造了美妙绝伦的园林天地，芝加哥建筑则是一栋栋大楼营造了巨大的园林，成为独具匠心的世界建筑奇观。芝加哥建筑群由于无意识地契合了中国的造园美学，所以多而不乱，呈现出和谐之美。个园的山石假山，经放大后其气势其震撼亦不逊于芝加哥建筑群。后人把个园的设计者想象为山水大师石涛，而在芝加哥，我似乎也看到了石涛的影子。

从美国回来北京，又看到本届奥运会开幕式上，那别具一格的画轴表演中心区，其实也是中国山水画传统的放大。古老的在现代技术的衬托下，也释放着迷人的新世纪之光。

城市十章

北京

北京的色调是咖啡
北京的味道是咖啡
不甜，有点苦
有点香，还有点提神

南京

一片硕大的梧桐树叶
落进了十个朝代的雨巷

一杯沉绿的雨花茶
从昨天品到今天

杭　州

杭州是片荷叶
西湖是叶上的露珠
杭州也是颗露珠
在祖国大荷叶上滚动

台　湾

一挂长锚，深深牵着记忆
两岸涛声磨洗出痕迹
知道沉没因为脱离
所以泊定大海和历史

厦　门

多年以前
我在鼓浪屿认识了海
多年以后
我在海边想起了鼓浪屿
桃花想起人面
人面想起桃花

深　圳

城市是张犁
停了就会锈
市中心的孺子牛
就是这城中人

重　庆

夜重庆才是重庆
灯火是山城的瀑布
美女是瀑布的源头
棒棒是夜晚的灯影

昆　明

天天花季就忘了花季
不变的节奏不变的花期
下雪是昆明的节日
春天成了一个背景

拉 萨

高原上的炒鸡蛋
来自天国的美味
布达拉宫
神的大积木

扬 州

扬州月
从二十四桥孔升起
扬州竹
铺出板桥的乱石烟云

城中瀑——极边之水

对很多地方的理解，是从地名开始的，腾冲也不例外。腾冲的地名容易给人起飞后翱翔的感觉，当然，还会给人一种进步向上、努力奋进的印象。等我到了腾冲之后，发现可能有另外一层含义。

我到达腾冲的时候，正下着雨。下雨并不是什么特别的景观，但腾冲下雨的时候，我远远地在县城里听到轰轰烈烈的声音，很让我吃惊。那声音是排山倒海狂放无羁之声，那声音是摧枯拉朽更新万物的声音，那声音是咆哮奔跑激情四射的声音。

我好奇，问当地的朋友，声音来自何处？

朋友说，叠水河。

很多县城里都有河流通过，这叠水河怎会如此磅礴如此嚣张？

朋友说，那是叠水河瀑布。

瀑布？在城里有瀑布？我不敢相信自己的耳朵。

是，全国唯一的，在县城里有瀑布的就是腾冲。

朋友用带着浓郁云南口音的普通话不紧不慢地告诉我，我放下行李，说，我们看城中瀑去。

雨有些停歇，雨点还不时地打到我们的脸上，凉爽而不冰冷，我们听见水声越来越近，轰鸣如交响乐团般的震荡，待我们行到瀑布前，乐曲也奏响了高潮。水流撞击到石头上，发出的是金属般的声响，仿佛是怒江奔腾到县城。

瀑布飞泻的崖顶，那巨石似龟蹲立，若鳖仰望，形态不一。距瀑布十几米处，有一古石桥跨越江上，名叫太极桥。这太极桥让瀑布分为两部分，桥上观瀑布，宛然看大江东去，桥下看瀑布，则怀疑银河落下人间。我看过多处瀑布，从上下分别看去，别有一番滋味。桥上大江奔流，滔滔不绝，桥下激流奔驰，破青崖，白练雪云，水色蒸腾，珠沫四溅。我们来观望时，正巧雨后阳光初现，绚烂的七色彩虹从江这边连到江那边，好像现实和梦幻联系在一起。

听朋友介绍，原来这城中瀑是大盈江的一部分，大盈江属于伊洛瓦底江水系，沿途众流汇合，到达县城地面时，遇到一个巨大的断层崖。崖旁三峰突起，比肩兀立，水从左峡中夺路而出，从四十六米高的崖头跌下深潭，然后继续奔涌向前。这里，河水一分为二，仿佛被叠为二折，才有“叠水河瀑布”之称。1639 年 4 月 16 日，徐霞客曾到此，他写道：“其水从左峡中透空平坠而下；崖深十余丈，三面环壁。水分三派飞腾：中阔丈五；左骈崖齐涌者，阔四尺；右嵌崖分趋者，阔尺五。盖中如帘，左如布，右如柱，势极雄壮。”“从西崖绕南崖，平时而立，飞沫倒卷屑玉腾珠，遥洒人衣面，白日间真如雨化雪片。”霞客先生当年记载的景观依旧，只是当年瀑布的周围不会像今日这么繁盛，而这繁盛让城中瀑显得弥足珍贵——在喧嚣的现代化城市中，能够享受到如此壮美的山水，是天赐大福。

一个地方能够给你深刻印象的地方并不太多，我到腾冲也仅仅两天，但腾冲能给人印象深的东西太多了，和顺小镇的古朴和深厚，艾思奇故居的深邃和亲切，巍巍松山的悲壮和肃穆，云峰山的超凡和包容。当然，腾冲给我印象最深刻的还是山和水的多种组合，怒江的雄阔和壮伟来自岩石的阻隔，热海的奔放和热烈来自火山的造化，还有这城中瀑更是水和山的完美组合，人和自然的亲切交融。

我知道腾冲这个地方，是读了熊清华先生的散文《至爱极边》之后，他用了“至”和“极”这样“最”的组合来形容古称“极边”的腾冲，我在到过腾冲之后，觉得城中瀑——极边之水，水之至爱。

山水精神人文魂

保山其实不是熊清华的故乡，但熊清华对这块土地的感情之深，浓于一般的乡情。乡情是与生俱来的，不是培养出来的，生你养你的地方其实是你自己无可选择的，所以故乡是一种命定，也是一种宿命。因此描写故乡的美好篇章，是文学史经久不衰的永不消逝的风景。

具有大爱的人则能跨越区域和地理的制约，在异国他乡也能唱出最优美的颂歌来。眷恋故乡，痴迷故乡，是人之常情，爱他乡如故乡，爱天地似家园，则是超越了诸多偏见的人类之爱。这就是所谓的大爱。熊清华是具有大爱之心的人，你看这样的文字：“腾冲冬日的阳光像祖先宽大温暖的手，正漫不经心地抚摸着这块大地，只有腾冲才拥有这样的冬天，只有腾冲才给我这样的感觉。”

很显然，对腾冲阳光的“宽大温暖”的感觉是源于熊清华的个人感受，或是源于他内心的独特发现。或许用“宽大温暖”来作为这本书的关键词更为合适。宽大是胸怀，也是一个人的心境，正是大爱者的外在特征，而温暖则是质地，是一个人灵魂的内核。熊清华在《至爱极边》中表达这样的审美感受，是他灵魂深处的需求和表达。

山水从来不是无情物，一方山水养一方人情，也培育一方诗情。云南有很多美好的地方，有些是心仪已久，有些去了也不失望，甚至去了还想重游。保山我是没有去过，在这之前也没有太多的文字让我想象，但读完熊清华的这本书之后，我对保山的印象居然清晰起来，居然也有些向往，并希望踏上这片神奇而古老的土地。书中的那些图片固然优美，但能唤醒我的还是那些宽大而温暖的文字。或许有人奇怪，宽大是因为行距大吗？说实在的，我在阅读这本书的时候，还是半成品，宽大和温暖是字里行间之外的感受，或许是我对文字过于敏感，就像熊清华对腾冲冬季阳光那样敏感一样。

敏感是一个人的天赋，敏感是一个人对外界的独特感受。要把这种对山水的敏感转化为能够穿透给他人的文字，则需要足够的文学准备，需要足够的历史知识、地理知识，需要对历史和现实穿透的哲学睿思和审美力量。熊清华好像并不是从事文学的专业人士，但这丝毫没有妨碍他文字的力量和审美的高远。陆游说，“功夫在诗外”，熊清华的诗外功夫显然与他的人生修养和阅世经历有关。他在山水之中，他在他日常工作的地方，发现了诗意，发现了哲理，并用自己的方式充盈地表达出来。

想把他的表达方式称为跨文体写作，又觉得不免有些时髦。但和时下那些刻意追求跨文体写作的创作者相比，熊清华的跨文体是自然的，用苏东坡的话说，是“行于所当行，止于所不可不止”。像《至爱极边》这类书，很容易被做得很土很俗，因为叙说的还是一个地方的风物和文化，但熊清华的《至爱极边》却首先是一本美文的著作，是一本带有强烈个人色彩的著作，这也是他找我作序我也愿意为他作序的原因。倘若纯然是地方风物的著作，理当找该地的元老级人物或上级领导来壮声势，而在熊清华看来，这本书是他的精神徜徉和思想漫游，甚至是文字的飞翔和俯冲，所以愿意我一个从事文学评论、研究多年的陌生人来判断、阅览他的美文天地。

因为职业的原因，我在读完全书之后，忽然想到他的文体特性，是志类，还是游记类？是散文长卷，还是随笔集？书中的文字是按地段分的，每个地段抒写作者不同的感受和经历，每个地段像音乐的乐章一样，独立而互有联系，而在我阅读的时候它们又分布在不同的时段，时空的交织仿佛是交响乐般紧凑和谐。或许这正是作家刻意追求而不留痕迹的高明之处，也许是文化本身就应该浑然天成，文体则是后来者加上去的框框。囿于文体，则难免有匠气，超越文体，才能创新。

我知道，这肯定不是关于保山的第一本书，前人和今人，都会写过，但这么写保山的可能是第一本，融山水人文和作家自己的艺术个性为一体，化诸多文体于一体，这是第一本。熊清华在书中有这样一段文字很有意思，他说：“我一向认为，一块真正让人神爽气清的福地，必然是山水相依的。保山因拥有雄峻的大山和澎湃的大河，具备了这样的条件。唯有山水相映，阴阳调和，刚柔兼济，才有生机的盎然，才有自然之美的最高境界。如果再加上人文的色彩，那就成了天人之合的至美尽美。”山水神韵，人文魂魄，是美的最高境界，也是熊清华的审美理想。

书中有很多照片，照片是纪实，也是史料，收在书中也是合适的，但我相信，如果去除了这些图片，仅剩下了文字，《至爱极边》仍然是一本好书，仍然会有人读得津津有味，而不像现在流行的那些图文书，只是以图取胜——图是满足人的视觉的，而文字才能穿透人的心灵。

心灵是没有图像的。

是为序。

如何进入重庆

猛一看，这好像是一道军事思考题，其实读过我的《如何进入南京》的朋友就知道，这是对一个城市的多角度观察、多角度描写的方式。

重庆是一座不容易描写的城市，因为有时候你觉得它就不是一座规范的城市，有哪个城市有那么多的山水，有哪个城市有那么大的面积，又有哪个城市有那么多神奇的传说和无尽的想象？但重庆又确实是一座城市，一座了不起的城市，一座正在改变我们传统城市观念的新城市。

进入重庆的方式可以选择水、陆、空几个途径。陆路原本比较艰难，“蜀道难，难于上青天”，说的是四川，其实也是说的重庆。重庆被崇山峻岭包绕着，是全国城市中最著名的山城。抗战时期，国民政府把抗日大后方放在重庆，依仗的便是这儿陡立的山岩、峭拔的峰峦，不可一世的日本侵略军对这天然的屏障也束手无策，只能从空中来骚扰、来轰炸。重庆在中国人民的抗战斗争和世界反法西斯的斗争中名扬四海。

如今从陆上进入重庆早就不用翻山越岭了，成渝铁路的开通和放射性公路网的建设让天堑变成了通途。我第一次到重庆是坐火车抵达的，一路上秀丽的山色水景如画，在穿越了无数的隧道之后，终于在菜园坝重庆站停了下来。应该说重庆这座让我向往已久的城市并没有给我太多的惊喜和意外，可能是所有的火车站都是相似的缘故，重庆给我的印象除了车站外那些手执扁担的棒棒军有别于其他城市以外，你不会意识到你来到了一个让你情绕梦萦的梦幻之都。

坐汽车进入重庆要比火车的感觉好，重庆的公路与江、山、桥密切相连，构成了独特的风景。重庆境内的长江、嘉陵江、乌江都是天险，重庆的山又是屏障峭拔，山峻水险，但行路却不必慨叹“行路难”，因为那些彩虹一样的大桥横跨天险，连接起古人唏嘘风景绝唱而慨叹路途绝艰的巴山渝水。有风光之峻丽，而无路途之风险，幸耶。那一次我从成渝高速进入市区，在青山、江水和桥影的转换中，充分体会到“条条大路通重庆”的妙处。

当然，公路行会让你联想到成都。重庆和成都是两个兄弟，巴蜀之美时有重合之处。从水路进入重庆最能看到江山交汇的壮美，别的城市所缺乏的那种气吞山河的壮美。我原住在南京，是长江的下游，长江到了那里开阔而平和。有一次坐江轮溯江而上，在饱览了三峡的奇丽无比的风光之后，来到了长江的上游。抵达朝天门的时候，我惊呆了，山和城融为一体，江和城融为一体，天和水融为一体，天和城融为一体，天和人融为一体，好大的气派和胸襟。朝天门，是万船汇聚的地方，又是万船出发的地方。生命在这里不断地延续，不断地进发。朝天门，是重庆的灵魂。

原以为从江上进入重庆是最佳的选择，但这一次我坐夜航飞到重庆，才发现空中抵达重庆更是妙不可言。

那就是重庆的灯火，在飞机上阅读到的重庆的灯火。

飞机行进到半夜时分，困倦欲睡，忽然空姐说重庆到了，睁眼忽见舷窗外一片灯火的海，这灯海随着飞机的下降，渐渐变成灯火的海洋。睡意全无，兴奋异常。

重庆的灯火是其他城市不可能拥有的灯火，其他的城市是“疑是银河落九天”，重庆是把灯火搬进了银河，是在银河里布置了人间灯火，重庆人在长江和嘉陵江这两条人间银河上来点燃自己的灯火，来展示自己的夜景。其他的城市大都是平面地展开自己在夜晚的柔姿和娇态，而重庆人像他们的美女一样立体地来呈现夜色的五彩缤纷。山城特殊的地理优势让重庆的灯火有着一般城市不可比拟的层次感和起伏美，一般城市是用楼房来造成山势，用楼势的起伏来衬托灯火的动荡和变幻。而重庆则在山水的间隙里糅进了楼群的参差，点缀进大厦的雄姿。山水楼厦，构成了重庆灯火特立独行的美，它在起伏中孕育起伏，在动荡中酝酿动荡，在变幻中变幻，在迷离中迷离。 灯火的瀑布。灯火从天空中一直泻到长江之上。 因而重庆的灯火是有声音的，层层叠叠的山势和多姿多态的楼厦，让重庆的夜色宛如气势磅礴的交响乐，灯火流动，如乐曲行进，动听感人；灯火辉煌处，如雷霆万钧，声声壮烈；灯火阑珊处，如余音袅袅，不绝于耳。两岸灯火，一江春水，又似二胡琴弦，抑扬吟唱，摇曳奔驰，天上人间。

山外青山楼外楼，重庆的灯火第一流。我看到了一流的城市，踩进了一流的土地。

过桥米线和菜泡饭

饮食文化也是交融的，南北会交流，中西也会碰撞。扬州炒饭是淮扬菜的看家菜，但这扬州炒饭其实是经过粤菜厨师的加工之后才变得这么好吃有影响的。我是吃淮扬菜长大的，蛋炒饭是小时候常吃的一道，基本上鸡蛋炒饭，最多加点葱花。而现在流行的扬州炒饭，又是火腿又是虾仁，加了无数的配料，这是广东厨师调味出的结果。

这扬州炒饭非但是南北餐饮的结合物，后来也成了中西餐的一个共赏物。没有吃过中餐的老外，最能接受的中餐据说是扬州炒饭。当然西方人在吃炒饭的时候还要浇上醋、咖喱之类合他们口味的调味品，与我儿时吃的蛋炒饭大相径庭。

是先有米线还是先有面条？没作过考证，照我的理解，该是先有面条后有米线、米粉、河粉之类，但筷子似乎有时是专门用于吃面条的。南方把米粉做成元宵，北方把面粉做成饺子，就是一种很好的对应。

而蒙自过桥米线产生于明末清初，这就坚定了我米线是面条的替代品的想法。明代朱元璋开始，就不断有中原人士南迁到西南地区，西南不宜种麦子，吃惯面食的北人很自然就想到了替代品，这米线该是改良的成果。

而蒙自过桥米线则是更加北方化的文化杂交饮食。明末清初，大量北方游牧民族南进，他们的饮食比中原人更加粗犷和简捷，过桥米线的产生，实在让人不能不联想起北方游牧民族的涮羊肉，所不同的是，由于南方物产丰饶，加之南方人的精细，这过桥米线就明显比涮羊肉要丰富和复杂，主体也改变了，由涮肉变成涮米线了，当然总体风格还是一个：简捷。

说实在的，我吃米线很晚了，大约在我快三十岁的时候，我才第一次吃上米线，那时候人的胃的文化结构已经形成，很容易排斥另外的非本胃文化的饮食。但我第一次吃米线，就喜欢上了这种方式。而且当时还不是过桥的方式，等尝过过桥米线之后，就欲罢不能了。以前在南京的时候，家门口就有一家云南人开的蒙自米线店，经常带家人去过馋瘾。现在到北京不像过去那么方便了，我仍然执着寻找米线店，终于在东便门云腾宾馆发现了心爱的过桥米线，因此我的舌头和胃又一次找到幸福的家园。我带朋友吃饭，最多的是云南菜，最多的是过桥米线，好多朋友因为我爱上了过桥米线和云南菜，还有一些朋友爱上了普洱茶。朋友们开玩笑说，你快成了蒙自米线的代言人了！

蒙自过桥米线有一个美好的传说，说蒙自的一个读书人，在南湖用工读书，废寝忘食，妻子怕饭菜凉了，就急中生智发明了鸡汤过桥这个方法保温保鲜。这个传说是对中国传统文化的一次褒扬。读书人，考试，贤妻，昏倒，鸡汤。当然还有这米线。所以在蒙自县城的南湖，还有一座传说中的过桥，风景秀逸，浮想如云。

传说当然美好，也可能是真实的，但蒙自过桥米线广为流传的原因，除了它的美味外，还在于它方便和节俭。在我的家乡，有一道菜泡饭广为流行，当时其实是被穷困逼出来的，富贵人家，饭是饭，菜是菜，断然不会饭菜混在一起煮的。而穷人则没那么多讲究，菜泡饭，一锅全煮，又省材，又省油，还省时间，且少洗碗。颇有些类似过桥米线。

不过因贫穷产生的饮食不一定就不好，而那些讲究排场、讲究奢侈的大菜也不见得就好吃，就能流传。比如，满汉全席，名可谓响矣，可有几人吃得起，又有几人能吃到真味呢？而且，那些高脂肪、高胆固醇且以野生动物为原料的大菜，大悖科学发展观！

倒是那些因为贫穷而产生的美食反而更健康更环保，比如这蒙自过桥米线，比如这菜泡饭，省了多少油，省了多少原料，省了多少煤气，又省了多少人工！如果评选最佳节能美食奖，蒙自过桥米线当获第一名！

把风情撒向餐桌

上海菜，其实是一种风情，一种与夜色有关的风情。“夜上海”是很多城市上海菜馆最通常、最流行的店名，为什么叫“夜上海”，而不叫“夜北京”呢？虽然现在北京的夜晚，北京的夜色也是一道迷人的风景，长安街的华丽，三里屯的浪漫，什刹海的喧闹，与黄浦江的夜景有不同的韵味，但没见过“夜北京”的牌号，而遍地都是“老北京”风味的餐馆。

“夜”和“老”把上海和北京两个城市的底色昭显无疑：“夜”是一种风情，“老”则是一种韵味。因而就菜者而言，上海菜则宜于用眼睛去“品尝”，而北京菜的妙处更多的在舌齿之间。

上海菜本不是菜系，它只是淮扬菜系的一个分支，但现在上海菜的声名远远高于淮扬菜，很多人已经只食上海，不知淮扬了。这有点像杭州菜风行天下一样，靠的全是经济实力和经营。杭州菜也是淮扬菜的一支，可早就青出于蓝胜于蓝了。有趣的是前日我到长安大戏院二楼的“夜上海”去就餐，发现那里包间的名字居然用的是“杭州”“南京”“扬州”“苏州”“无锡”“宁波”“绍兴”这几个城市的名字，其囊括诸城之意不言而喻。像我这样从淮扬菜大本营来的人就有些不顺眼了：这不是本末倒置吗？

不顺眼也罢，不顺气也罢，上海菜还是提高了淮扬菜的品位。淮扬菜讲究原汁原味，讲究清淡新鲜，但仍过多保留了农耕时代的饮食美学，比如讲究量，比如讲究“肥水不流外人家”（原汁原味），很多菜往往比较油，初食鲜美，再食油腻。上海菜则扬弃了这些毛病，把西餐的一些风格引入了淮扬菜之中，比如量的缩小（当然也被人嘲讽小气），比如用做沙拉的方式做凉菜，更重要的是饮食环境的改变——上海菜馆通常呈现的是欧陆风情。这是京菜、粤菜、川菜所不能企及的，设想一下如果在装潢极为欧化的环境吃烤鸭、涮羊肉、重庆火锅会是怎样的一种荒诞，而上海菜，它在洋气十足的环境能吃，在土财主气十足的老屋也能吃。当然，今日的上海菜已成为西化小资的某种符号。

一个菜进入另一个城市总会发生某种变异，上海菜大举进入北京并成为某种时尚是二十世纪九十年代以后的事。因为我来自淮扬菜的根据地，朋友请客，常常被拉到“夜上海”一类的饭店去。我一方面感谢朋友的好意，另一方面则颇不乐意，因为这些上海菜已经串味了，或者说比较北京化或者北方化了。我印象当中城南的深圳大厦的上海菜做得比较地道，或许那里来往的以南方人为主，所以才没有过分北方化。东四十条的沪江香满楼是上海杏花楼集团的分店，经营者比较用心，服务员取本地人，厨师一律来自上海本部，管理层也是清一色的上海人。我常去哪儿就餐，最爱吃的不是他们的大餐，而是小吃，尤其是生煎包子。因为小吃当中有不少面食，而北方的面食比南方有劲道，所以这上海风味的小吃加上北方化的面艺，便是强强联合、优优相长了。其实，沪江香满楼的小吃比上海本地的还要好吃。

上海菜在北京本土化的过程中，居然也培养了一些人独特的上海口味。我们一位北京朋友以爱吃上海菜著称，我引以为知己，可有一次他约我到“× × 坊”去品尝“地道”的上海菜，应该说，“× × 坊”的环境是够上海风情的，可一上菜，我惊讶了，因为那是北京化的上海菜，制作工艺、餐具、厨师都是带着“卷舌音”的，而他居然奉为正宗，还爱吃了那么多年！

或许，有时味道并不是那么重要，食的只是那么一种概念，那么一种风情。上海菜不需要克隆。

中国老百姓最爱吃的十道菜

开作代会期间，天天吃自助餐，吃得有点腻，便想起了中国人民喜爱吃的十道菜。这十道菜，都不是大菜，都是日常的家常菜，简单易做，价廉物美。

油炸花生米

好像没有不喜欢的，飞机上的航空食品也有花生米。茶楼里，喝茶喝得嘴里淡了，来几颗，茶兴又起。当然，花生米是下酒菜，三两好友，三两兄弟，三两酒鬼，一把花生米，喝得找不到北，是常事。

红烧肉

是毛主席老人家的至爱，也是全国人民的至爱。在战争年代里，毛老人家经常要一碗红烧肉“补补脑子”，但红烧肉现在被科学研究得让人吃起来有所收敛。“非典”期间，我自暴自弃，天天狂吃红烧肉，越吃越想吃，“非典”结束，从老家回到北京，还吃，但北京的猪肉不好吃，打住。有些感谢北京的猪肉不好吃，要不，我会胖成何样？

酱烧豆腐

共产党人、文学家瞿秋白在临终写的绝笔《多余的话》里，说中国的豆腐世界第一，我看了以后大为感动，瞿秋白先生在生命的最终一站想到的是家乡的食物。生命不是理念，而是具体的生活。豆腐有多种烧法，素斋的豆腐还可以做出鱼肉的形状，我个人认为酱烧豆腐，最下饭。

黄瓜蘸酱

东北菜，简单且粗，但现在连广东人民也爱吃，二十年前我第一次把黄瓜蘸酱的吃法带到江苏，所有的熟人都诧异地望着我，王某变侉了！

烤　鸭

北京烤鸭名扬全球，各国人民都爱吃。与烤鸭相近的还有广东的烧鹅，南京的烤鹅，嫩、肥、脆、油，属于贫困时期、饥饿时代的美食。现在人们虽然畏惧“三高”，但美味是挡不住的诱惑，勇士们依然大啖。

螃　蟹

螃蟹是典型的南方美食，但现在也已经成为中国人民最喜爱的美食之一。很多北方人其实并不会吃螃蟹，看他们吃螃蟹，真是一种糟蹋。2003 年，我在阳澄湖畔手把手教王朔吃螃蟹，刚吃了一个，朔大爷就不干了，说：这哪是吃东西，明明是手艺活嘛？！

鸡　汤

老母鸡汤，小鸡炖蘑菇，柴鸡汤，土鸡汤，补人。以前是产妇专用，现在全民男女老少都喝，皆补。不亏也补。

菜泡饭

本是主食类，但现在被新杭州菜弄成了一道菜，哭笑不得，好在南北人士没有反对吃的，做起来也容易，懒人爱吃好做。

西红柿炒鸡蛋

也是懒人菜。西红柿广为流行是二十世纪七十年代以后的事，至少我幼时很少吃到西红柿，这与后来的大棚普及有关。西红柿炒鸡蛋受欢迎的原因，除了味道好外，还有一个重要的原因，就是做好容易做坏难。锅里加点油，先炒鸡蛋先炒西红柿都无关紧要，味道都差不多。我吃过的最好吃的西红柿炒鸡蛋，是 1998 年在拉萨，当时不知道为什么鸡蛋特嫩，现在明白，那嫩，不是厨师的手艺好，而是高原缺氧的缘故，烧不老。

鱼香肉丝

鱼香肉丝是川菜，川菜以及相关的湘菜、湖北菜、江西菜、云南菜、贵州菜等颇为风行，且经久不衰。川菜的精华是辣，川菜的底色是家常，是劳动人民的食品。川菜的特色是下饭，这鱼香肉丝便是下饭的典型。当然，各地的鱼香肉丝味道不一，连四川内部的口味也差别很大，二十年前我在峨眉山脚下吃过的一顿鱼香肉丝，最让人难忘，现在想起，垂涎欲滴。

平民烤鸭

我是不大爱吃烤鸭的。源于记忆，也源于现实。

登长城，吃烤鸭，看纪念堂，是当年外地人到北京的三门必修课。这三样虽然说起来有些简单甚或调侃，但倒是将北京的文化特征概括得差不多了。长城代表的是北京深厚的历史文化，毛主席纪念堂代表的是北京的政治文化，是红色经典的符号，当然也是皇家帝都之气象在新中国的变革。

这烤鸭则是京城饮食文化的代表之作。说实在的，烤鸭的名声太响亮了，大多数人常常会慕名而来，虽不扫兴而归，大多数时候还是失望而归。我第一次吃烤鸭是在上个世纪的 1985 年的 4 月，那天在王府井一家闻名遐迩的烤鸭店排了近两个小时的队，摊上我吃时，桌子也没收拾干净，服务员不耐烦的京腔，那些排队的人用嫉妒而又羡慕的眼光看着我在吃烤鸭，我仿佛多吃一分钟都是罪过。鸭子显然是电烤的，而且不是现烤的。荷叶饼是凉的，酱也不甜。由于凉，鸭油腻，软塌塌的。

之后又来过北京，十年前又迁徙到北京落户。期间没少吃烤鸭。在一些价格高昂的店吃过，也在一些普通的店用过。但多没有传说中的那么动人可口。我甚至觉得烤鸭作为宫廷的饮食文化是否已经变味。

虽然我吃不上传说中的烤鸭，但随着时间的推移，我慢慢意识到烤鸭作为北京饮食文化尤其是皇城饮食文化的代表，依然是合理的。为什么？用北京话说：讲究。很多美食都很讲究，但美食不一定都是讲究的结晶，比如清水出芙蓉的美食是非常自然的，比如海鲜的生吃，只要原料好了，其他的就没那么多讲究。但皇家美食一定是讲究的结晶，而精美的烤鸭是配得上“讲究的结晶”的称呼的。烤鸭好吃，在于每一个环节都不能有瑕疵，否则这烤鸭的味道就相差甚远了。烤鸭的选料要好，太肥腻，太瘦又烤不出嫩香来。烤鸭的火工非常难把握，虽然电烤鸭的电脑比较精细，但电烤的鸭子就是不香，就是少了人间的味道。在电子化日益发达的网络时代，很多的事物被机器和机械替代，但美食还是人工的好，没法让电脑取代。不要说人工烤比电脑烤讲究，烤的火也有很多说法。烤鸭必用果木烤，用什么样的果木也因时因地因口味而异。枣树的和苹果树的不一样，梨树的和桃树的又不一样。但果木是必需的。

掌握烤鸭的火候在于经验，简单的分秒计算常常会犯教条主义的错误。因为气候、鸭子的品质、果木的力道都在变化之中，如果简单搬用几分几秒的定规常常会烤焦或烤生。而烤鸭是不能回炉的。之后的配料，用什么样的甜面酱，什么样的荷叶饼，什么样的小葱，什么样的瓜条，也是马虎不得的。但北京烤鸭片鸭子的“片”功，尤其值得一书。一般的美食，讲究形式美，但似乎并不影响菜的本味。比如，很多的工艺菜只是为了形式美而形式美，并不能增加菜的味道。比如，同为鸭中美食的南京盐水鸭，在原料、火工、调料诸多方面有无数的讲究。但在形式上，似乎并不重要，可以切大块的，也可以手撕，鸭块的形状不影响味道。北京烤鸭如果片得不够薄，那味道就大相异趣。北京烤鸭的精华在鸭皮，片薄了，烤鸭之烤，就无从落实了。

北京喜欢说“皮实”，从这个角度看，北京烤鸭太不皮实了。南京盐水鸭怎么切都不能改变其味道。而北京烤鸭是最不皮实的，在哪个环节上都很讲究，娇嫩无比。因而从这个意义上，北京烤鸭有点贵族化。因而我对北京烤鸭的美食常常心向往之，因为太娇嫩了，名店不是不知其讲究，而是难以讲究。小店又无力讲究。而美食是不能将就的。由此，我私下里认为，烤鸭过于贵族化，让它成为平民的盛宴期望过高。

2007 年夏天，云南红河的几位中学教师来京，要吃烤鸭。我说，烤鸭是概念。他们说，不吃烤鸭，回去，人家以为我们没到北京。我也由此明白北京的烤鸭贵且味道一般，而人们依旧蜂拥的原因了。他们吃烤鸭也就是“吃过了”而已，至于味道如何只有天知道。于是就在我家附近的一家名叫“大鸭梨”的店定了一只烤鸭。因为大鸭梨的炸酱面我吃过，非常地道，我一周差不多要去吃一次。没想到，这不贵的烤鸭让云南的朋友风卷残云，吃了一只，又加了一只。连一向对烤鸭有成见的我，也加入了赞美的行列。肉嫩，皮脆，果香，饼薄。我似乎见到了传说中的烤鸭，我不再轻易贬斥烤鸭价高质次了。之后，再有外地朋友来京吃烤鸭，我就让他们吃平民烤鸭——价廉味正。

我甚至想，社会主义或共产主义的理想，就是让平民吃得讲究起来，吃到过去达官贵人也能吃到的美食。美食的共享，是所有权利共享的前提。

第七章　互文

本想取名为“朋友”，但后来又怕有“我的朋友胡适之”之嫌，后来改为“友文”，一半是朋友写我的文章，一半是我写朋友的文章。编辑如月说，能否换一个？就用“互文”修辞一下。我写朋友多宏观、抽象、精神，虽不高山，确乎仰止。朋友写我，常常细节、具体、生活，间或调侃欲扬先抑，夸奖过度。

王蒙的N个春天

一

2003年度的春天文学奖在东方花园酒店又一次颁奖了，年轻的李修文获得了第一奖项，王蒙看着比他小五十岁的作家在他手里接过获奖证书，脸上露出了微笑。发奖更像一场接力赛似的，李修文激动地接过文学的接力棒，充满信心地向前跑过去。

李修文不是第一个幸运者，2002年的春天，河南作家戴来成为春天文学奖的第一个得主，陆离、龙女两位获得入围提名，她们一起组成了春天文学奖的一道靓丽的风景线，堪称春光灿烂。今年，藏族女作家格央和金陵中学的学生叶子又获得了提名。两年两届，六个年轻的写作者开放在春天的花园里。人民文学出版社的宣传册子上，六张年轻面孔和王蒙先生的合影，像六朵灿烂的花朵开在一棵壮硕深厚而枝叶茂盛的大树上。

设立春天文学奖或许是王蒙多年的一个愿望了。对文学新人的关注，或许缘于王蒙的“少共情结”或“共青情结”，新时期文学涌现的好多青年俊彦都曾得到过王蒙的直接推举。我清楚地记得王蒙当年在《文艺报》(那时还是期刊的模样)上，满怀激情地“歌颂”张承志的中篇小说《北方的河》，甚至用了一句粗口来表达他抑制不住的喜悦，“你他妈的一辈子也不用写河了”，当然王蒙的这句粗口后来也遭到了一些非议。张辛欣、刘索拉、刘西鸿、余华、陈染等人“才露尖尖角”，就受到了王蒙的关注和推荐。从文化部的领导岗位上退下来之后，他依然关注青年创作的动态。上海的“新概念”中学生作文大赛，他几次都担任评委。他对新一代作家的关注由来已久。

2000年《当代》杂志的文学拉力赛总决赛当场举行，这一次评奖别开生面，将获得各个“站”的冠军(每期的冠军，“站”是借用汽车拉力赛的词)请到现场，当时王蒙以《失态的季节》获得了当期的冠军，总冠军的竞争非常激烈，六个分站的冠军除王蒙外都是当今文坛的少壮派。因是评委当场打分，作家当场在座，胜负难以预料，谁也不能胜券在握，有人担心王蒙不会到场，可到总决赛那天，王蒙出现在赛场，坦然地表示重在参与。总决赛竞争得非常激烈，王蒙的《失态的季节》以微弱的优势获得了总冠军。出人意料的是，王蒙当场表示把获得的十万元奖金捐给人民文学出版社，设立一个青年文学奖，用来专门奖励三十岁以下的青年作家，每年一次。春天文学奖就这样诞生了。

春天文学奖的名称也是王蒙自己确定的。或许“春天”是王蒙一个永远解不开的情结，他写作的第一部长篇小说叫《青春万岁》，他复出之后写作的被文坛称为新时期开了当代文学“意识流”先河的小说，叫《春之声》。“青春”“春天”，是王蒙一生都在歌咏的主题。这与王蒙个人的经历有着很大的关系。王蒙是年轻的老革命了，不到十四岁就唱着冼星海的歌参加了地下党组织，成为著名的“少共”，新中国成立后又担任北京西城区团委的负责人。1957 年被错划右派，1959 年以后到了新疆，一待就是十六年，1985 年以后担任共和国的文化部长。王蒙不仅是著名的“少共”，也是著名的少年写作者。如今，十八九岁的人开始写作，就神童似的被人们惊呼，其实王蒙写作长篇小说《青春万岁》时才十八岁，而《青春万岁》直到今天还在加印。这部小说距今已有快五十年了，不知道如今那些走红的少年才子的小说过了十年之后是否还会有人去问津。或许“两少”（“少共”、少年写作）的特殊经历，让王蒙时刻惦记着青年人的事，二十世纪八十年代中期，王蒙作为新时期文学的组织者和领导者，撰文奖掖推荐了一大批的青年作家，推动了新时期文学的发展。在首届春天文学奖颁奖会上，他讲了有牙没豆、有豆没牙的故事，意味深长。他仍念念不忘青年作家队伍的建设。

二

我在《关于王蒙的八个问题》一文中曾用“一面旗子、一面镜子”来形容王蒙对整个当代文学的贡献，他是当代文学的一面旗子，又是当代中国社会的一面镜子。不仅是王蒙的创作贯穿了新中国成立以来的历程，更重要的是他的创作也成为观照当代中国的一面镜子。新时期文学可以说是当代文学中的当代文学，而新时期文学与王蒙是连在一起的。王蒙作为新时期文学的代表作家不仅写作了一大批的优秀作品，同时作为新时期文学的领导者和组织者也功不可没。我们在翻阅这二十年的文学档案和历史时，处处都能感到他的身影的移动，更多的时候还会听到他深刻又幽默的声音。

从文化部卸任之后，他并没有立刻去从事长篇小说的写作，而是钻到在“文革”时期曾经成为显学之后又慢慢冷却的红学当中，写出了一本《红楼启示录》，对《红楼梦》这部中国人家喻户晓的名著进行了王蒙式样的解读，成为红学界的另一朵奇葩。王蒙的这种特殊“隐士法”，在短短的时间内让文坛重又掀起了一股“红楼热”，刘心武、李国文等人也相继迷上了红学，刘心武还续写了《红楼梦》的部分内容，引起了周汝昌等红学大师的关注。这一段时间，王蒙还深入到李商隐的奇妙世界之中作艰难而又十分“现代”的精神漫游。他对李商隐的研读受到了专家的好评，李商隐研究学会还请他到会作了演讲。但我个人认为王蒙对《红楼梦》和李商隐的研究，虽然有很多的考证和释义，但仍然是他个人精神漫游的成分居多，借古人之杯，浇胸中块垒。

二十世纪九十年代中期，王蒙卷入了一场复杂的论争，这就是关于人文精神的大讨论。人文精神的讨论是九十年代最为长久、最为激烈的一场文坛之争，这场从 1993 年底开始酝酿的讨论，最初发源于上海，后来涉及全国，由纯理论到泛学术，由圈内到圈外，由讨论到争吵，最后不了了之。王蒙最初进入讨论是用质疑的口气，以他一贯的敏锐和反“左”的经验提出了自己的看法和忧虑，但没想到他被误解了，一段时间可以说陷入了被围攻的境地。尽管王蒙以他的方式左推右挡，但还是没有能够阻止误解。导致在一些人的印象中，王蒙似乎和王朔是“一伙”的，至少也是王朔的代言人，这让王蒙陷入非常尴尬的境地。且不论王朔的“我是流氓我怕谁”让人觉得他是一个流氓的形象，光就王朔的“痞”而言，就会让王蒙本来的“正面形象”打了折扣，王蒙虽然不是那种修身治国平天下的儒家楷模，但从我个人对他的了解，他是一个对自己要求非常严格的共产党人。应该说，在这场人文精神的讨论中，王蒙是有些“冤”的，他不仅成了王朔的同盟（虽然他肯定的只是王朔小说中对僵化的意识形态的消解功能），而且成了青年思想家们的靶子，有一阵子一些青年思想家演讲撰文，则言必称王蒙，当然是把王蒙作为人文精神的对立面来批判。王蒙越辩越激起对方的激情，对方的意气用事被看客们叫好，而王蒙的性情一流露就被看客视为犯规“虐待青年”，好在王蒙能及时调整自己，他不想让这场不平等的论战消耗过多的精力，适时地挂起了免战牌。他在《新民晚报》上发表文章，告知论敌“王蒙老矣”，不想去争个是非公断来。王蒙退得及时，他再不退出阵地，只能造就更多的新秀向他打擂。人文精神的讨论自然不会有什么真理出现，倒是滋生出“新左派”和“自由主义”更为激烈的论战，迄今仍未停战。

在整个九十年代，王蒙最为用心也最为投入的还是他的《恋爱的季节》《踌躇的季节》《失态的季节》等四卷本长篇小说“季节”系列，每卷四十万字，记录新中国成立初到“文革”结束的历史生活。王蒙平均两年写一本，到2000年由人民文学出版社出齐。在这四部长篇小说中，王蒙以他恣肆汪洋的笔墨和特殊的个人际遇，清晰地记载了共和国成长起来的一代知识分子的悲欢离合和人性变异，既有《布礼》《蝴蝶》里的“少共”的执着，也有《杂色》里的疑惑和迷茫，还有他一贯的辛辣的幽默，多声部记载了不同类型的知识分子的命运。小说中的主人公钱文显然有王蒙个人的影子，与他在二十世纪八十年代写的《活动变人形》里的倪藻有异曲同工之妙。“季节”系列长篇小说的写作，让王蒙重新回到了现实主义的创作道路上来。虽然在“季节”里，王蒙在小说的手段上大量借用了现代主义和后现代主义的手法，但就小说的主体而言，仍然是写实主义的，回到了《组织部来了个年轻人》《青春万岁》的文学价值观上，几乎可以称为档案现实主义或史料现实主义，某种程度上可视为他的一种回忆录或自传。从小说的进程来看，他的自传色彩越来越浓，刚开始他还犹抱琵琶半遮面，在钱文和作者之间做一些“隔离效果”，越到后来越坦率地认同这种自传的叙述，不再故意去隐藏他和钱文的互文关系。在“后季节”的写作中，有可能会过渡到第一人称的叙述。因为我最近刚读到他在《芙蓉》上发表的“后季节”第一部的片段，已经毫不掩饰地将自己的诗歌当作钱文的发表，钱文与王蒙在今后的小说中将会合二而一。虽然，“季节”里描写的生活对今天的年轻读者来说，生活面是过于遥远了一些，可读性也会弱一些，这丝毫不会影响到小说自身的价值。从在八十年代末期我和王蒙先生对话时，他就表白他向往一种“枯燥的辉煌”，他举了陀斯妥耶夫斯基，但在今天他会体会到这种“枯燥的辉煌”之后的孤独和冷寂。

三

虽然王蒙倾毕生之力精心营造的“季节”系列并没有获得作品价值所应有的欢呼和认可，读者还没有充分理解这部大书的意义和价值，评论界也基本上是观望的态度，所以说这个多卷本的长篇小说让王蒙体会到了“枯燥的辉煌”之后的孤独和冷寂，但王蒙的生活，王蒙的其他作品，却一点也不孤独和冷寂，繁闹依旧甚至有点过于“火”，人文精神讨论中他两三篇带有急就章性质的札记和随感，引发的争论数以百计，而之前的一篇《坚硬的稀粥》更是搅得江湖风生水起。当然，各种荣誉和机会也纷纷“砸”向他，出国讲学，客座教授，他自己都有些应接不暇。最有趣的是，诺基亚公司中国的总经理在中国选了五个成功者，他要赠送诺基亚 8810 手机给这些人，其中有围棋九段马晓春、舞蹈家刘敏、指挥家陈佐煌，有一位科学家，还有一个就是王蒙。今年，印度政府邀请中国十大文化名人访印，王蒙也位列其中。虽然他再三表示：这就是成功吗？但他的生活和写作确实异常丰富和充实。2002 年，中国当代文学研究会、《中华文学选刊》《南方都市报》《南方文坛》等单位评选年度文学人物，王蒙被选为文学先生。评选委员会的评语这样写道：“丰富多变的人生道路历练了王蒙智慧丰盈的文学个性。不断地给文学输入新的文学元素，不懈地对民族灵魂进行扣问，不停地对知识分子命运进行思索和自省，使他成为文学的先行者之一。他把感性、悟性与智性贯穿于自己的各种文学实践，取得了多方面的卓越成就，建构了一个当代文学大家的基本格局，表现出入乎文学又出乎文学的哲人风貌。”

今年，王蒙又推出了他的《我的人生哲学》，上市半年，已经发行到十五万册，而且畅销的势头有增无减。这对王蒙来说，可以说开了新的纪录。因为王蒙的作品虽然质量高，已有一千万字，读者也爱看，但并不畅销，而这一次，正是向百姓普及王蒙的大好时机。在北京、上海签售时，排队的人山人海，在上海居然当天就脱销。对此，王蒙说：“我已经超过六十八岁了，也有了一些包括社会、生活、工作、学习上的各种各样的经验与体会。我曾被肯定、被赞美、被羡慕、被怀疑、被指责、被妒恨、被审查，也被误解……酸甜苦辣，十年生聚，十年教训，三十年河东，三十年河西，算是有一点经验、有一点体会了。人生哲学与小说是有一种天然的联系的。我写了四十多年，都写了什么呢？还不是在写各式各样的人。如果小说创作不去关心人生，也许就成不了小说，成不了文学。我们随手翻一下架上的书，可以看到，连神话、童话、寓言的创作，都离不开谈人生。”

一直以来，有这样的看法：一个写小说的人需要保持一定的神秘感、一定的矜持为好。而人生哲学云云，你就得一下子站出来。对于小说的作者来说，那可是实打实地招呼了，那是一个考验，也是一次冒傻气的拼搏。王蒙曾经打了一个比方：写小说就好比是做菜，人生就好比是厨房，请客的人不见得欢迎客人参观厨房，厨房里有油腥、有煤烟，锅也没刷完，有些操作还因陋就简——客人一进来，就都露馅儿了。大学问家钱钟书有一个更高级的比喻，他说，比如吃鸡蛋，鸡蛋好吃就好吃，不好吃就不好吃，不必要非看鸡不可，鸡的模样好不好，不必管它。王蒙却发现，许多读者，许多朋友，他们不但关心我的“蛋”，也关心这“鸡”本身。他到各地去讲演，讲完了之后，听众会提议：您再讲讲您自己的人生道路吧。他觉得不能再拒绝回答这个问题了，尽管主人不愿意客人进他的厨房。

《王蒙自述：我的人生哲学》又兴起了一股“王蒙热”，这位特殊的作家，十四岁入党，二十四岁被打成右派，虽因毛泽东的保护得以解脱，在新疆生活了十六年。后被平反，于 1986 年出任第八届文化部部长，并两届当选中央委员。传奇的经历让他具有某种卖点，属于名人出书的范畴。但如果其他名人读过王蒙的书之后，一定会汗颜的。因为在这部书里，王蒙呈现出的不仅是高超的文学技巧，还有一颗真诚的赤子心。

与铁凝对话实录

笨花是花，又非花

王干：我们先从比较技术性的话题入手吧。《笨花》这个书名本身是什么含义？

铁凝：首先笨花不是我的创造，笨花是冀中平原一带对本地棉花的俗称，笨就是本地的、本土的，与之对应的是洋花。洋花指域外传来的品种。

王干：现在还有笨花吗？

铁凝：可能有，但越来越少了。更有意思的是，本地人叫棉花往往是把“棉”字去掉，就叫“花”。如果叫“棉花”可能不会触动我，叫“花”，就有了一种轻盈的、飞升的感觉，包含了想象力在里面。但同时，这种轻盈又被“笨”压住了。“笨”显得非常本分，含有劳动基础在里面。这种组合非常奇妙，其实人生、日子，一轻一重，都是不可缺少的。所以我拿过来用，给小说起名《笨花》，小说里的村子我也给起了个名字叫“笨花”。这个村子的人也种棉花。笨花不是我的创造，它很凡俗，但是也很神奇，非常触动我，很有意思。

王干：我觉得这部小说也有一个写作状态的问题。从这个小说可以看出来，你有意识地进行了很大的改变。你以前的小说，像“花”一样，秀丽而轻盈，特别有才情。到了这部小说里，你有意识地把才情收敛起来，变得内敛，像艾略特说的那样，诗人重要的不是展示才华，而是掩饰才华或者躲避才华。所以，我看出来你是在用“笨”躲避你特别个人化、女性化的写作路数。这部小说的语言、语调和节奏，都慢下来了，而且你故意用笨得有些拙的方式，用滞重、迟缓的行文风格写作，回避掉了原有的才情飞扬。这可能是你对自己写作状态调整的结果，也可能是你针对目前这个描写对象所采用的特殊的方法。书中历史生活和人物命运的朴实是不是决定了你要选择这种方式？

铁凝：这个小说像你形容的那样，它部分地呈现出了这种状态，是一种互相选择。《笨花》里的人物系列藏在我心中，我必须找到一种方式将他们的故事、命运呈现出来，这种方式必须对得起他们的生活和命运。从这个意义上说，他们要求我这样。

王干：他们要求你采用这样一种叙事方式，甚至是价值观念。

铁凝：是的。而且这是一个相互的选择。对我而言，采用这种方式写这样的故事，塑造这样的人物，不是自发的，而是长期的积累。

王干：这种积累是从《大浴女》之后？《大浴女》是 1998 年的？

铁凝：1999 年。

王干：酝酿了五六年时间。

铁凝：这本书写了两年，但是这些人在《大浴女》之前就有，再早也有。

王干：你以前写过《棉花垛》，这个中篇跟《笨花》有关系吗？

铁凝：应该说《棉花垛》仅仅是《笨花》里抽出来的一个枝杈。虽然《棉花垛》在前，但它只是大构架里的一点点小材料。我心里一直有这群人，但为什么到现在才写出来呢？是因为我面对他们一直不知道怎么办。我一直认为，长篇小说的人物，一定是在作家心里培育了很多年，这种培育不是存放。存放是被动的、静止的，放在那儿不动。培育则是主动的。那么多年我没有能力表达他们，但我一直在培育着。我一直不知道用什么话来说，用什么方式来表达，所以这个前期的准备有几年。双向选择的另一个方面，就是这群人想让我这样表达。在《大浴女》之后我沉淀了很长时间，那时候我也很困惑。以前我很少困惑。从我走上写作道路，我的写作都是很顺利的，如你所言，那时候写作是轻盈秀丽的。那个时候，写作是情之所至，有感而发，没有什么不能写。在发表作品上我也没有什么挫折，特别是在得到表扬之后，会有些得意。白天如果谁说读了我的作品，我晚上一定会拿出来重新读读。（笑）

王干：（笑）自我欣赏。

铁凝：对。写到现在，有读者帮我算，从 1975 年钢笔字变成铅字，我已经写了三十年了。

王干：1975 年发表在哪儿？

铁凝：北京出版社的《儿童文学》，名字叫《会飞的镰刀》。那时候名字都那么飞扬，现在我要落地了。三十年了，我不能再飞升了。尤其是我心里的这群人，让我害怕了，让我慢慢地觉得，文学没有近路可以走。特别是在写《笨花》的时候，觉得每一条路都是笨的。

女钟馗与中性写作的魅力

王干：其实从写作上而言，长篇最没有捷径可走。写短篇可以用技巧讨巧，而长篇则非常实在。一些技巧、花样只是装饰，它呈现出来的必须是扎实的东西，长篇是一种实在的建筑。所以，你说写作是越写越害怕，完全可以理解。当初你写《玫瑰门》的时候肯定没有这种感觉。

铁凝：那时候是无知者无畏。虽然也遇到过困难，但根本没有像现在这样。我在写《笨花》的时候遇到的是前所未有的困难。我越来越意识到，轻盈的想象力的根基在笨劲儿里，这种想象力不是讨巧的东西飞升出来的。反倒是"笨"带有更广博意义上的智慧，这种智慧不是作者的，而是来自这些人本身的。面对这样一群有着质朴的智慧的人，我怎么对待他们，这确实是我相对比较自觉的思考。总体来说，我用这样几个词来表达我对于"笨"的理解，结实，简朴，准确，温润。这比较接近我对他们的感受。在我第二次修改的时候，有一些明显碍眼的东西，不必要的抒情，甚至一个字，我都删掉了，有的章节我甚至推翻了重写。第二次修改用了大概十个月的时间。我警告自己对这些人物一定要小心，不要多嘴。该写够的地方写够，该克制的地方不能多嘴。

王干：你说“不能多嘴”，我觉得很形象。我觉得这是一个中性写作的态度。好像你以前曾提到过“第三性写作”，超越性别的写作。我想中性写作跟这些有些关联，意思比较相近。以前文学创作中是没有“男性写作”概念的，但在出现了女性写作、女权写作之后，这成了一个问题，并在二十世纪八十年代末到九十年代这一段时间内，呈现了一种别样的风貌。实际上，私生活写作、身体写作，有一个最大的特点就是在过度使用女性本身的资源。这种资源的使用有好处，能够在文学上突显女性的性别，但缺点也很明显，在反对男权话语中心的同时，它也因循了男权话语中心的逻辑。在女性话语充分展示优美、多情甚至妖艳的时候，也暴露了女性的脆弱、过于敏感甚至病态。当然，文学不能奢求完美，但是女性话语到了九十年代后期，《上海宝贝》之后，彻底蜕变成了商业话语，女性写作也心甘情愿地站在了被看的位置，此前女性写作的思想解放意义也被展露女性特殊生活方式的功能所取代。这种受商业化影响的女性话语其实是更加被男性统治了。阅读变成了一种猎奇，而猎奇不是审美，只是满足窥探欲。回到你的小说，这部小说对你自己也是一个调整。你的写作始终与商业化保持着距离，反过来说商业化要利用也非常困难。从这个意义上说，你内心里倒是真正的女性主义者。《笨花》给我的第一印象是，这是铁凝写的吗？这种笨重的、迟缓的、木讷的，跟才华横溢的、轻盈的铁凝完全不同，铁凝在变化，在拼命抑制女性的想象，抑制女性的思维空间对整个人物、历史场景的控制。因为写作本身，不管怎么客观冷静，始终是主观的投射，这种人物和历史场景，对你是生疏的，是个挑战。而如果你采用主观化写作的方式可能是另外一个面貌。

铁凝：虽然历史不能假定，但我想顺着你说的思路去写的话，会变得轻浮，甚至不成立。

王干：会变成被无数人写过的，有关男性、女性的故事，会把社会动荡变成简单的道德伦理或者男女关系演绎出来的故事。

铁凝：还有钩心斗角的纠缠，这些小说数量很多。

王干：有些写得非常好，像《红粉》《妻妾成群》等等，也写得很好，但那种不是你需要的。

铁凝：不是这部小说需要的。

王干：所以你在《笨花》里是采用非常克制的方式。《白鹿原》也是写社会命运和家族命运，但它采用的方式是用汪洋恣肆的男性话语、政治话语和性的话语，解读家族的浮沉。而假如你用女性视角，可能会写成一个五十年的女性血泪史。而且你这里面女性的命运，都具备写成血泪史的可能，社会混乱，军阀给女性的情感命运带来的伤害等等。说到这儿我想起，在我们闲聊的时候你说你被河北梆子感动得流泪，是什么促发的？

铁凝：是在看裴艳玲扮演的钟馗的时候。她演男鬼跟男演员的理解不同。裴艳玲扮演钟馗，不是鬼气打动我，而是因为裴没有刻意躲开女性扮演钟馗的缺陷，而是故意张扬了男鬼身上的妩媚。我认为这是裴艳玲的高明，这也是男人和女人看男性的差异。如果是男性演员，他很怕自己塑造男性有柔的东西。这跟我的写作也有关系。实际上，我总是被不断问到这样一个问题：女性作家塑造男性形象的时候会不会有障碍？这一次我的主人公又是男性。所以这个问题必然又会引起关注。但对于男性作家写女性会不会有障碍的问题好像很少有人问津。这仿佛成了约定俗成的一个规律，男人写女人自然，女性写男性就不自然，这里面有没有不平等？

王干：这个问题很复杂，有很多历史原因，但是不得不承认，历史上很多著名的女性形象都是男性作家塑造的。我明白你的意思，包括你对裴艳玲表演的理解，都是指一种超越本身性别的状态，这样反而能够大于约定俗成的女性美或男性美，这跟张国荣扮演的女性大于女性美一样的道理。

铁凝：文学对于生活的体验，永远是间接的大于直接。裴认为，妩媚是有意为之，这也是男性扮演男性不容易发掘到的一面。从这个方面说，女人写男人可能不那么直接，不那么真切，但也确实有特殊的美。

王干：所以，第三性写作或者中性写作其实是很多人愿意追求的，人说到底都有超越性别的渴望。

铁凝：这种渴望通过自觉的尝试和努力，在写作中体现出来可能是更高的境界，更开阔。

王干：对，这样能够具有超越性别的艺术含量。人的生活需要突破各种限制，写作也需要突破各种限制，这种限制最明显的就是性别的限制。而且，目前的文学语境下，这个话题不仅仅是文学性的，还是社会性的。从超女李宇春的火暴可以看出中性美已经成了一个让人追捧的审美标准。

铁凝：这倒是有意思的话题，但我希望读者读《笨花》的时候，别想性别的特征。我希望超越一切性别的限制，变成一个叙事者。

茶馆式的世俗烟火

王干：《笨花》在写中国社会从民国初年以后的特殊命运的时候，在写向喜与家族的兴衰命运的时候，一直有一条隐性的线索伴随着他，这就是对中国农村现代性问题的关注。单说向喜这个人物，他虽然成了个军人，但他骨子里是个农民，他一直遵循着农村的道德伦理，一直恪守着一个农民的规则，他甚至把打仗都说成干活儿。

铁凝：这也是他内心简朴的一个表现。

王干：在走出“笨花”的现代性进程中，向喜是被动的，被裹挟的，他时时向往着能够回到“笨花”。无论如何，“笨花”这个小村子是他灵魂安息的地方，也是他的道德需求能够得到满足的场所。

铁凝：对。

王干：所以，从这个人物身上，我们就可以看到，现代性进程在中国的复杂。同时，还有一个面对传统生活方式和伦理道德的问题。我觉得这部小说，写中国农民面对灾难变故、社会动荡，坚持住民族性，坚持住草根性，真是一个巨大的奇迹。而这种不断被冲击、被修改，又不断地巩固自身特征的过程，也充分展示了现代性的复杂程度。《笨花》是中国农民的巨大承受力、忍耐力和生存力的展示，是中国农民以不变应万变的处世哲学的展示，同时也是农村现代性进程的一个巨大隐喻。

铁凝：这一点非常重要，也是我要表达的东西。小说中的这些人被我称为“中国凡人”，你刚刚提到他们巨大的承受能力，巨大的韧性，其实包含了宽容和达观。你可以说他们是斤斤计较的，但同时，他们身上又有另外的东西在等着你。他们是斤斤计较的，又是达观的；他们是很闭塞的，但又有巨大的包容性；他们有很多悲苦的伤痛，但他们又有幽默感。乱世中他们不屈不挠地生活，过日子。棉花籽到了地里，他们不去种吗？要去种，要活下去。这个民族就是这么走过来的。向喜面对着那么多选择，而且很多选择都是只要他稍微偏向一点，就会得到实惠。本来他就是被动地达到了一种相对显赫的、从村子里出人头地的状态，但我觉得他命运打动我的，不是出人头地之后向农民回归的状态，让我动心的是他面对实利时候的选择。最后他凭着直觉做出了选择。可以说，这个人物没有什么高远的政治主张，也没有属于英雄的那种大气，他只是一个凡人。每一个选择，比如我们谈到宜昌兵变，到孝感督战，还有日本人来的时候，他怎么办？可以说，他最终的选择都是人道的。

王干：符合我们民族人伦的。

铁凝：对，这是一种本能的、非常深厚的力量。他坚守着内心的道德秩序，虽然这种秩序只有一点点基础。他不是豪杰，不是英雄。但他有自己的气概和气节，保住了自己的尊严。最后他所有的选择，在被动的时代是积极的美德。从这方面来讲，这种半自觉不自觉的选择，小人物在乱世面对更大利益诱惑的时候做选择，会更加艰难。而支撑做这种选择的，是一个民族的底盘，是沉重的而不是飞扬的。

王干：是的，这种底盘更多的是日常的，尤其是乱世中的日常，更显不同。小说中乱世的刀光剑影波澜起伏，军阀你方唱罢我登场，在这样历史动荡、摇摆、混乱的年代背景下，小说很容易写成宏大叙事，而你描写的是非常日常、琐碎的凡人琐事。甚至用很大的篇幅写怎么吃饭，怎么种庄稼，怎么织布，全是乱世的平凡生活。社会动荡对这个村庄似乎没有什么影响，而唯一的信息渠道来自向家。孙犁的小说为什么好？在红色经典不断被书写的年代，他写战争中的日常生活，多年之后，他的小说因为这些日常而贴近我们，变得有价值、有生命力、有美感，所有的动乱、灾祸变迁，都有日常生活做底线。比如老舍的《茶馆》，尽管时代距离很远，但依然带着亲切可感的气息。日常叙事在这里非常自觉，而且更能彰显宏大叙事无法顾及的细部。而对于写作者而言，日常生活不容易展示才情。但是如果能够把日常写好，是抹不掉的才情，意义非常深远。而宏大叙事年代的日常叙事，其实是现代小说赖以存在的背景。鲁迅的小说写的也都是凡人琐事，是生活的日常部，比如孔乙己、阿Q、祥林嫂、吕纬甫等等，但时代在日常生活中都有体现。对宏大叙事和日常生活之间的关系，以及由此展现的现代性问题，在你的小说里都有非常好的闪现。

铁凝：我把这种情形命名为“精神空间用世俗的烟火来表述”。罗列日常生活不是目的，罗列历史事件不是目的，二者怎么糅合在一起就是个问题。比如宜昌兵变之后，远离宜昌的笨花村向家向喜就摆上了从宜昌兵营里运回来的沙发、椅子，大的历史事件，由于一个人物的勾连，就不再闭塞，但同时村子还是村子本身。生活里的意趣，人情中的大美，世俗烟火背后的精神空间。这虽然不如风云史有伟大感，但这种写法也更过瘾。我写了军阀战乱，也写了三百多种农事、风俗。我在宏大叙事和家常日子之间找到了一个叙述的缝隙，并展现了我内心想要表达的东西。

王干：我听说你在写这部小说之前，曾做了大量的准备工作，到图书馆查了资料，还到乡村去采集民俗民风，也就是做了功课的。这在现在来说，是比较少见的，因而你的小说里显得特别充实，充实得信息量几乎都溢出来了，这和那些灌水的长篇小说形成了极大的反差。小说是一个作家的精神空间的体现，也同时是一个作家理解生活、体味生活、表现生活的能力和智力的体现。生活永远大于概念，生活也永远大于文学。

三 × 与刘恒

三 × 现在人人皆知，我这里写的不是高考，而是取了文章中三个小标题的首字的声母做标题，是一种偷懒的办法。

吸烟的刘恒

戒烟是人生的一大难题，我的很多朋友经常戒了又开，开了又戒，终究戒不了烟。我自己的上呼吸道不好，经常肿痛发炎，也常常告诫自己戒烟，但从没坚持过三个月，倒不是烟瘾发作难受，而是写作时老觉得少了伴儿，手里少了什么，心里挺慌的，于是便四处找烟，点上，仿佛灵感来了。其实，吸烟不会带来什么灵感，而是放松了，心里踏实了，写作也就顺畅了，就来火花了。

刘恒戒烟是一大奇迹，他的烟瘾很足。1988 年，刘恒戒烟，开始好像不太成功。他那时候因《狗日的粮食》《白涡》在文坛崭露头角，在文坛唱起一股写实的新风。我认识刘恒的时候，是参加《北京文学》举办的《伏羲伏羲》的研讨会，我差点把宝贝女儿丢了。当时我到《文艺报》工作不久，太太和女儿看我，顺便来北京旅游一下，那一天我要参加刘恒《伏羲伏羲》的讨论会，就安排太太和女儿到王府井大街东安市场（那时还叫东风市场），把她们送到王府井大街之后，叮嘱了几句，就匆忙赶到北京文联去参加讨论会了。太太带女儿在王府井大街走了一阵之后，女儿开始走不动道了，在东安市场门口，太太就让女儿站在那儿等她，并嘱咐她：妈妈不叫就在原地不动。太太没想到东风市场是个超级商城，进去之后就觉得时间很短。女儿站在门口，时间一长，心里就盼望妈妈来接她，听到商场里有人叫她的名字（其实是一种幻听），就匆匆冲进商场，结果根本没找着母亲，就一个人在商场里哭。等太太从商场的人海里赶回东安市场进口，发现女儿已不在原处，转身就进商场里去寻，可哪里找得到。太太告诉我，当时她浑身湿漉漉的，两腿发软，待在商场里，傻了。这时一位卖冰棍的老太太问她，是不是找孩子？是。女孩？是。老太太告诉太太，她刚才把一个走失找妈妈的小女孩送到派出所，去看一看吧。太太在派出所里找到了心爱的女儿，我到现在为这件事常被太太和女儿谴责，我心里也在庆幸女儿当时幸亏遇到了一位善良的老太太，要是碰上人贩子什么的，那后果不敢想象了。

当女儿遇到卖冰棍的老太太的时候，我遇到了刘恒。虽然那次会议开的是他的作品讨论会，他应该是主人，可没想到他当时只是《北京文学》的普通编辑，大家在“冠军，冠军”地叫他，丝毫也没有意识到他是会议研究的对象。《伏羲伏羲》后来被张艺谋改编成电影《菊豆》，现在已成为当代文学的名篇。当时到会的评论家居然没来得及读《伏羲伏羲》这篇小说，我是读过作品的数人之一，自然就成了重点发言对象，我在发言中毫不掩饰对《伏羲伏羲》和刘恒作品的偏爱。现在人们经常批评评论家不看作品，看来由来已久，这也是让作家尴尬的事。

那时候刘恒住在金台路《人民日报》的宿舍，我住在团结湖，彼此靠得很近，便时常在一起聊天聚会。我知道刘恒戒烟，是有一次到他家去玩，他太太发现他躲在卫生间里抽烟，不小心留下烟头，及时揭发他的“阴谋”，刘恒“嘿嘿”地赔不是，表示下次不再抽了。过了几日，刘恒晚上十点多钟来到我住的43旅馆（43路终点站的一家旅馆），一进门，便问：有烟吗？我说没有好牌子，只有春城了。他说，有，就行。一连抽了几支，才与我说话。他正在写长篇《逍遥颂》，半夜时分，烟瘾发作，而家里的香烟全被太太收缴了，他找了个理由想在外边买包烟，可深冬的北京所有铺面全打烊关门了，情急之下便来到我这里。我清楚地记得他抽烟的样子，那模样就像饥饿了一个星期的人见到食物一样，几乎是“扑”到香烟上。

幸福的刘恒

等我两年后在南京再见到刘恒的时候，我吃了一惊，原先又黑又瘦的刘冠军变得白白胖胖，让我不敢相信是一个人。刘恒说，这全是戒烟的好处。戒烟之后的刘恒又生了一个白白胖胖的儿子，叫刘传。刘传现在已经上小学了，好像还是中队长或大队长的学生干部。刘恒得子之后，那股喜欢劲又可笑又让人感动。刘恒戒烟成功，应该得力于儿子。刘恒的太太是个医生，医生深知吸烟的害处，反复教导刘恒香烟的尼古丁如何损伤肺、肝、心血管，刘恒和所有的烟民一样，一副“我是烟民我怕谁”的嘴脸，丝毫不畏惧尼古丁这些小玩意儿，烟还是戒不掉。忽然有一日，太太说到未来的儿子，刘恒就下决心留一副好身板给后代。戒烟再难，也难不过关心下一代的意志。写作时没有烟做伴，就改喝咖啡，有一次一夜喝十碗，刘恒的肝又疼了。之后，又改吃糖，吃瓜子，最后改喝茶，用尽一切能够替代香烟的办法，总算把烟瘾治住了。戒烟后的刘恒体重一下子增加了三十斤，这三十斤肉拎在手上还是一大负担，可刘恒硬是凭着这沉甸甸的三十斤把烟压住了，为太太和儿子，也为自己，营造了一个纯净的无烟世界。

刘恒有一个幸福的家庭，这个幸福的家庭是围绕着儿子刘传这个幸福的中心。刘恒天生是那种不喜欢声张的人，他什么都喜欢低调处理，从不给人添什么麻烦。1997 年春节，刘恒一家三口到黄山旅游，他们本想不惊动人，悄悄来去无痕迹，但没想到春运期间，回京的火车票根本没法买到，无奈之下，他们只好找到《钟山》。刘恒幸福的一家很浪漫，他们要到黄山看雪景，颇有诗心。我们见到他们时，刘恒一家三口形容自己像是逃难，刘恒平时还拄着爬山用的拐杖，但全家脸上荡漾着无比的幸福。

像很多北京人一样，刘恒也是非常幽默的，而且颇爱自嘲。这些年刘恒头发越来越少了，他自我调侃，头秃了，“秃笔随之顺畅”,“我老说自己在写这写那，兄弟别信。我要是顶着秃瓢那样说，你就得信了”。因为头发少了，刘恒难免有些老相，一次他带儿子刘传上街，一位老太太指着儿子问他：“这是您孙子？”刘恒说是。

还有一次，他的一个亲戚读了他的文集，深感不解，问他："你的小说，书皮印个你爹的照片干啥哩？"刘恒一点也不生气，只是略感惊讶，还有点高兴："我是个老作家了！"刘恒的幽默感有时候还非常尖刻，比如他作为中国电影的超一流的编剧，和张艺谋、谢飞、李少红等人合作过，《菊豆》《秋菊打官司》《本命年》《四十不惑》《贫嘴张大民的幸福生活》等都为这些导演获得了巨大的荣誉，刘恒的作品也随之受到了更大范围的关注，刘恒在影视界也有"第一编剧"的"封谥"，但刘恒自己很清醒，他说，文学是吾妻，电影是吾妾。

刘恒这些颇为尖锐和尖刻的自我调侃，加之《贫嘴张大民的幸福生活》里张大民的超级"贫"，使人们以为刘恒就像张大民一样巧舌如簧，甚至有人开玩笑称他"刘大民"。《贫嘴张大民的幸福生活》的风格显然是比较幽默调侃，但那是一种哭不出声的笑，是一种苦涩的人生悲喜剧，把悲剧转为喜剧，不只是一种艺术追求，也是一种生存哲学。张大民让人想起了阿Q，可刘恒在写作时却一点不轻松。他告诉我，他写作是很少动情的，可写《贫嘴张大民的幸福生活》时他异常地痛苦，异常地伤心，写着写着就号啕大哭。他满以为在写作小说时痛苦已宣泄掉，可写电视剧本时，反而更加悲痛，他当时在一家没有空调的招待所里写电视剧本，写一段就到卫生间里去洗一次脸，因为泪水流得不像样子。因为天热开着窗户，对面的人家看着这个男子写着写着就哭起来，一直好奇不解。还有一次，他太太来招待所看他，看他眼睛红肿，问他有什么伤心事，刘恒不好意思地说，写的写的。

我印象之中的刘恒是一个敦厚而坚强的男人，想象不出他流泪痛哭的样子，但为一个小说人物让他这么一个硬汉子泪流不止，肯定是动了他心灵的血肉。鲁迅说，从血管里流出来的是血。刘恒说，这篇小说用了他个人经历的很多积累，他说张大民结婚盖房那棵树的细节，便来自他本人的遭遇，这是想象不出的。刘恒小说之中那种强烈的平民意识让他与一些作家的精英意识保持着距离，反讽的笔调又让他在小说之外保持着与日常生活的距离。

《虚证》里的刘恒

《虚证》是刘恒的一部中篇小说，发表在《开拓文学》上。《开拓文学》是工人出版社办的一本大型文学刊物，现在好像已经停刊。一部作品的命运与它的诞生地不知道有没有很大的关系，但《虚证》显然是受到“出生地”的牵连。与《虚证》同时“出生”的另一部小说《白涡》因为发表在林斤澜先生主编的《北京文学》上，并由李国文先生主编的《小说选刊》转载，获得了巨大的反响。而《开拓文学》是一个新创办的刊物，发行量低，影响力小，因而一直不被人们重视。刘恒一向不满意自己的作品，但他说《虚证》是个例外，他说“它体现了我真正的兴趣”。以至于他在这部小说发表十年之后，还津津乐道在《中国妇女报》上去写创作谈，谈论这部小说的由来，并动情地说“如果有人读了它心弦为之一动，我将引以为知己，并将这些无用的文字献给他，供他真心一瞥”。

我无心成为刘恒的知己，但对《虚证》的鼓吹热情成了我一个解不开的“情结”。1988 年读完刘恒的《伏羲伏羲》之后，我开始有意识地收集阅读他的作品，无意之中读到了他的《虚证》，不禁拍案叫绝，《虚证》让我对刘恒的认识更深刻，打心眼里钦佩他，窃以为他具备了大师的某些素质。因为刘恒的小说一般从农村题材取胜，又以白描和简洁、冷峻的风格取胜，很少崭露他文采和才情的一面。然而，《虚证》说明刘恒具有多种笔墨、多种叙述才能，不像一些写实型的作家只能干巴巴地写实，描摹人物和场景。《虚证》依旧保持着刘恒对普通人生存状态的关注，但他的解剖刀似的人性分析与灵魂拷问，跳出了表象 / 反映的写实层次，以一个虚拟的想象去寻找一个朋友死亡的理由，小说采用了层层推理的警探小说方式，去想象模拟一个死亡者生前的言行。但小说又是不确定的，死亡的追踪变成了对人性的追踪，而人性的追踪犹如死亡那样复杂不可测，刘恒悲天悯人的慈悲胸怀油然而生。刘恒的小说一般是被看做人世的，可这篇出世得厉害，这一篇的出世精神与另一个超凡脱俗的史铁生的作品可以同日而语。

有一段时间，我逢人便向人推荐刘恒的《虚证》，仿佛推销商似的。但《虚证》仍然没有得到更多人的激赏，有人对我的过分颂扬表示不解。这里有可能与我个人的偏爱有关，因为我关于“新写实”理论的阐释，很多的立论是建立在刘恒小说的基础上，特别是“与读者对话”这一论点是受到《虚证》的启发的。“新写实”的另外两个特点“还原生活”“零度写实”，还可以从契诃夫、福楼拜等人那里找到依据，而“与读者对话”则是现代小说的精神之一，“新写实”之“新”也才得以立足。否则，“新写实”与社会问题小说、契诃夫式的批判现实主义小说还是拉不开距离。

我在《虚证》里看到了另一个刘恒，这就是抽象的、哲学的、优美的刘恒，而不只是生存的、白描的、狗日的刘恒。刘恒告诉我，《虚证》是对亡友的祭奠，“他活着的时候，我未能给他有效的解救，因为他拒绝”，还说用这篇小说来抚慰受惊的灵魂。这让我更为震惊，也更坚定对文学前景的信心，影视、时尚、电子这些“妾”们可以肆意掠夺文学的风光，但它们不能像文学、音乐那样抚慰受惊的灵魂。

我所见到的田瑛

第一次见到田瑛是在南京，他刚刚就任《花城》的负责人，第一站到南京组稿，并客气地说主要是向《钟山》学习，他觉得《钟山》的办刊思路可以借鉴。那一次聚会的召集人是周梅森，周梅森说《花城》家大业大，于是狂点好酒好菜，那一次喝的是五粮液，好像不止一瓶，我看了都有些心疼。不知道田瑛回去有没有顺利报销，但我知道田瑛是为了刊物的面子自己花钱也干的主儿。

不论田瑛当初的话是否有水分，但《花城》的面貌在他那里有了较大的变化，注重文本，注重探索，注重新人，这些原是《钟山》的看家本领，在田瑛那里发扬光大，成绩卓著。

一个人做好事并不难，难的是一辈子。一个刊物搞探索并不难，难的是十几年痴心不改。而如今，与《收获》《钟山》相比,《花城》显然渐行渐远了，显然有些孤独，显然有些脱离大众。但是，正因为有了《花城》的无私奉献，文学刊物才不那么一个腔调，文学的探求者才会找到归宿。

如果说二十世纪八十年代的文学探索还有些新潮和时尚的意

味，甚至带有某种意识形态的启蒙色彩，那么今天的文学探索就是更加艺术化和个人化的小众追求了。这对一个刊物来说，是很艰难的，因为我们面临的已经不是一个要求个性、要求艺术个性的人文时代了，而是商业的、GDP 的、追求收视率和点击率的经济社会。而田瑛和《花城》的同仁们坚持住了，并坚持得很好。当然那要归结于肖建国和广东文化的大胸襟。

可以说，《花城》在为中国当代文学史默默无闻地作着奉献。奉献是一个好听的词，但真要自己来实践是不容易的。比如田瑛吧，其实小说写得很好，很有点鬼斧神工的传奇之气，但看得出，办刊以后明显写少了！记得当初他在《钟山》上发表《大太阳》时，我们以为湘西又出一个鬼才呢！

田瑛的小说不多，与时下某些高产作家相比，田瑛的小说创作实在是低产，甚至算得上是歉收。或许田瑛把更多的精力投入到《花城》杂志的工作当中去了，或许他对小说的数量不感兴趣，总之他的量是太少了。但这并不能影响作为有个性的小说家的存在，因为田瑛的小说不是用笔写出来的，而是用“锤子”镌刻出来的。已经不止一个评论家说他的小说不好读，这不仅是一个行文风格的问题，而是“工具”的差异。他的文字仿佛是一个一个敲击出来的，读他的小说就像是看画像、石刻一样，不是一般意义上的阅读，而是用眼睛从石缝里将历史的岁月勾出来的。

田瑛是以一种反文化的姿态来进行小说创作的，虽然他的小说里经常出现现实生活的一些痕迹，《山的图腾》甚至讲述的是现代故事，但他的兴趣却在史前刀耕火种的先民生活。他的代表作《大太阳》《金锚》都是对旷古原始生活的直接书写，《仙骨》虽然是写现代文明与原始文明的冲突，但要表现的还是巴洞人混沌未开的生存状态。

在田瑛的小说里经常出现迁徙的情节，这种迁徙带着先民们生活的印记，而田瑛几乎是围绕着迁徙来组织小说的。《大太阳》里出现的迁徙，则造成了整个部落的毁灭。老酋长的一个梦导致了全部落的迁徙，但是牛不能全部带走，通过打卦决定每条牛的生死，奇怪的事情发生了，剩下的全是公牛，生态失去了平衡。随着牛贩子贩牛进山，给部落带来了生机，但同时也埋下了隐患，因为牛贩子将黄金的价值观带到了部落。虽然牛贩子被割去了脑袋，但他的价值观却像核辐射一样，最终毁灭了这个部落。为了能够攫取黄金，老酋长带领全部落的人疯狂焚毁树林，导致了生存环境的恶化，部落不得不再次迁徙，但这一次迁徙却让部落彻底灭绝。在迁徙的过程中，人和牛发生了前所未有的冲突，结果是牛获得了生机，“人一概变成了化石”。这是一个寓言，又仿佛是一个预言。这部写于十年前的小说，至今读来依旧初始一般新鲜。它是一个远古神话，又是一个现实的警示录。

在人与自然的关系上，田瑛总是写自然的胜利。自然在田瑛的小说里是一个无所不在的神秘之物，或者说自然的力量被田瑛神化，当然他是借助远古先民的视角来完成的。在某种程度上田瑛是一个泛神论者，他的小说中的一草一木都带着灵性和神彩，“天空出现了一丝云彩，像一个人光洁的前额无意耷拉下的一根发丝。云彩起着戏剧性变化，也许是风也许是内力的作用，云彩一分为几烟雾般散开，那么发丝就不再是一根而是一绺。呈烟状的云系没有彻底分散，它们缠在一起，翻卷，滚动，渐渐聚成了一团乌云。”这是《大太阳》中的一段描写，但这不是一般的景物，因为牛见了这云彩之后就疯狂地追逐过去，结果牛淋到了雨，得了救，而人却因停在原地失去了获救的生机。在这里，云彩是通神的，牛也是通神的，而人却因为嘲弄牛遭到了报应。这种原始的故事，与田瑛内心的世界观有某种默契。

法国人类学家列维·斯特劳斯有一本很有名的著作叫《野性的思维》，他在书中将非科学性的原始思维称之为野性的思维，以区别于那些普遍性的思绪。他说："巫术与科学之间的第一个区别就是，巫术以一种完全彻底的、囊括一切的决定论为前提，另一方面，科学则以层次之间的区分为基础，只有其中某些层次才接受某些形式的决定论。对于其他层来说，同样形式上的决定论就不适用了。我们还可以进一步认为，作为非自觉把握决定论真理的一种表现的巫术思想和仪式具有严格性和精确性，决定论的真理即是科学现象的一种存在方式，因而决定论的操作程序在其被认识和被遵守之前，就已普遍地被猜测到和被运用。"（《野性的思维》，商务印书馆 1987 年 5 月出版）

田瑛有没有读过这本书，其实是没有必要去考察的。作为湘西出身的土家族人，他的写作有一种天然的野性思维，即使他没有读过这本书，他也会按照这一思路去进行写作的。在 1985 年前后，曾有一批湖南的作家到湘西去采风，以获得"野性的思维"，还有一些人以所谓的力作问世。如今看来这是一个可笑的事情，就像现在有一些人模仿法国人的口吻批判中国的后现代一样可笑。这种缺乏独创精神的模仿，无非是受到拉丁美洲的魔幻现实主义成功的影响，想迅速制造出中国的《百年孤独》来。而真正的魔幻是模仿模不出来，是采风采不到的。魔幻在于一种野性思维，思维则是不可以克隆的，它不像文学形式那么容易复制。田瑛这种野性的思维则是原创的，或者说从骨子里自然生长出来的。

郭小东在评论田瑛的小说时说：“田瑛是内向的，他的一切问题都是向着灵魂发问，同时自说自话，这就导致他的小说带着一种心智涂抹的色彩，我称之为沉稳的黑色语言，那种既有浓烈的抒情性，又有沉重郁结的语言，有时显得灵秀，有时又滞重化不开。”郭小东用“黑色”来概括田瑛小说的语言给我留下了很深的印象，他在《大太阳》里有这样一段话可用来形容他的小说风格：“老酋长凝神谛听着类似屋檐滴水般的叙述，眼前始终有一把剜刀的阴影在闪烁。”田瑛小说也在用一种屋檐滴水般的叙述来营造他的小说，有时候你会觉得他的修辞到了泛滥的程度，他状物写景给人一种穷而后工的雕凿感。但是他的修辞的目的却是一种反审美的阅读效果，“眼前始终有一把剜刀的阴影在闪烁”。这个阴影就是田瑛的美学追求，或许可以称之为“残酷美学”，就是田瑛小说中大量出现的残忍、狰狞、野蛮、阴毒的场景。

《金猫》里的向是一个食人者，而且是一个嗜婴者，他经常让他的管家到市场去收购小孩为他食用，他食人肉还要吃熏腊的，他的家里有一个专门熏婴孩肉的大坑。向的残忍、冷酷本已令人发指，但向又是一个阴毒无比的人，小说里有这样一个细节，向家大院和很多有钱有势的人家一样，养了很多的狼狗，但向家的狗是哑巴狗，从小就被割去了舌头，只长身坯没有声音，这些沉默的畜生比向的残冷性情更加让人感到寒气逼人。“向家家规也很严，禁止家人和外人接触，违者就要像对待狗一样割断舌头。”这样一个残酷的暴君，在成了王的阶下囚之后，死得也是空前地作孽，他先被剥了头皮，然后像他家的狼狗一样被割舌，“由于刀刃很钝，且缺了齿，王割得很费劲，像拉锯一样割了半天，才割下小小舌尖。手一扬，舌尖划出一道漂亮的弧线，准确地落入早已烧沸的油锅里。舌尖如一条活泥鳅在锅里翻滚不已，顿时空气中浸透了人肉的奇香。眨眼间，炸熟的舌尖再次通过王的手醮完作料送到王嘴里，王咀嚼着，品味着。”这些“剜刀”般的描写构成了田瑛小说的一大奇观，就是折磨读者的阅读习惯，给人一种毛骨悚然的震撼。

这也是田瑛小说未能产生广泛影响的原因，他用这样一种反人道的场景目的是为了对应他走进远古、逼近原始的生命意识，但残酷、残忍作为一种审美的禁区，至今并没有很多人涉猎，即使涉及了也是小范围的实验，余华在《现实一种》中曾有过类似的描写，也曾引起了人们的非议。田瑛由于将故事设定在远古、蛮荒的土家人世界之中，或许逃避了某种责难。但这种以残酷、残忍为特征的审美思潮，却是需要我们直接面对的。当一些作家在玩过“深沉”之后，再面对这种“超级深沉”的美学趣向，该如何认识和解决呢？

田瑛自己也陷入了某种困惑，这不仅从他近几年的创作陷入停滞的境地能感觉到，从他已发表的作品也能发现这种艰难。他意识到他在营造新的美学精神，但他只是直觉地去体味把握，更多地停留在描写的语言层面上，还不能有更为深刻的整体理性观照。因而田瑛给我们最深的还是那些“黑色语言”镌刻的场景和语言本身的冲击力，小说整体的力量就要稍逊一筹。我们在读他的小说时，更多的时候是被他的錾子雕凿的声音和雕凿的刀法所吸引，有时候会产生得言忘意之感。

在当代小说家中，他是一个坚守在悬崖绝壁之上的石匠。

平常看不到他，只有猛然抬头，才会发现他孤寂的身影。